Viktoria Steins
Sternzeichenmänner

Viktoria Steins

Sternzeichen-
männer

ROMAN

Die Bibliografische Information der Deutschen Bibliothek

Die Deutsche Bibliothek verzeichnet diese Publikation in der Deutschen Nationalbibliografie; detaillierte bibliografische Daten sind im Internet über www.d-nb.de abrufbar.

Umschlaggestaltung unter Verwendung zweier Abbildungen von
© Peter Hermes-Furian, Fotolia | © Christiane Wulf, Fotolia
© 2018 Alle Rechte bei der Autorin
ISBN 978-3-7460-6749-0

„Verdiene ich die große Liebe nicht?"
„Die Herausforderung ist, so lange zu warten,
bis der Richtige kommt. Wenn es so einfach wäre,
wäre es nichts Besonderes ..."

Inhaltsverzeichnis

Vorwort 9

1. Die Widderfrau 11

2. Christoph (kein typischer Löwe) 14

3. Paolo (Waage) 16

4. Marco (Sternzeichen: ungeklärt) 32

5. Giuseppe (Wassermann) 51

6. Christian oder Mark ? (Sternzeichen: folgt) 75

7. Christian (Zwilling) 102

8. Erhan (Sternzeichen: unwichtig) 113

9. Pierre (Skorpion) 122

10. Robert (Steinbock) 139

11. Peter (Jungfrau) 150

12. Thomas (Krebs) 159

13. Frank (Fisch) 170

14. Dietmar (Schütze) 184

15. Georg (Stier) 196

16. Andreas (Krebs) 215

17. Richard (Löwe) 225

18. Matthias (Widder) 245

19. Matthias – Fortsetzung I 261

20. Matthias – Fortsetzung II 276

21. Wie geht das Leben weiter? 291

22. Kurzübersicht über die Eigenschaften 297
    der männlichen Sternzeichen

Vorwort

Die Suche nach dem perfekten Lebenspartner gestaltet sich oft schwierig.

Umso mehr soll dieses Buch als Wegweiser durch die Unwägbarkeiten männlichen Verhaltens und seiner Logik dienen.

Dabei liefern die Sternzeichen einen roten Faden durch die amüsant-frivolen Episoden.

1. Die Widderfrau

„Sie ist mit ihrem elektrisierenden und mitreißenden
Wesen vielleicht zu viel für den Durchschnittsmann ..."
(Astrologie sternenklar)

Katarina saß im Auto und dachte über ihr Leben nach. Irgendwie war alles nicht so richtig glatt gelaufen. Sie war siebenunddreißig Jahre alt und im neunten Monat schwanger. Der Mann, von dem sie vor gut einem Jahr felsenfest geglaubt hatte, er sei der Richtige, lebte weit weg in Österreich und hatte sich erst vor Kurzem scheiden lassen. Sie liebte ihre Wohnung in der Stadt, Maisonette auf zwei Etagen mit Balkon, er hatte gerade eine Eigentumswohnung vom Scheidungsauskommen in einem kleinen Kuhdorf zwanzig Kilometer entfernt von Innsbruck erstanden und stand wieder ganz am Anfang.

Aber stand man nicht immer wieder im Leben ganz am Anfang? War es nicht gerade das, was das Leben so interessant machte, dass es nie aufhörte, spannend und neu zu sein? „Manchmal möchte ich schon ein schönes ruhiges Leben führen wie meine Freundinnen, die einen Mann haben, der sie versorgt, ein nettes Häuschen mit Garten und keine zukünftigen Probleme mit Babysittern und Finanzen", seufzte Katarina.

Es war ja nicht so, dass sie nie die Bekanntschaft

eines solchen Mannes gemacht hätte. Tatsächlich hatte sie einige Männer kennengelernt, die ihr die finanzielle und persönliche Sicherheit geboten hätten. Aber sie fand sie entweder grottenlangweilig oder sie waren einfach nicht an ihr interessiert. Oder war sie zu anspruchsvoll gewesen in der Wahl ihrer Männer? Aber nein, das war es auch nicht. Sie hatte im Laufe ihres Lebens so viele unterschiedliche Männer getroffen und hätte für jeden von ihnen ihr Leben geändert und sich in gewissem Maße angepasst.

Oder haftete ihr vielleicht doch das Verruchte an, das sie damals empfunden hatte, als ihre Eltern sich kurz nach ihrem Abitur nach einer langen Phase der Streitigkeiten und dauerndem Fremdgehen der Mutter hatten scheiden lassen? Ihre Mutter hätte die Ehe am liebsten annullieren lassen, weil sie vor der Hochzeit nicht über die Krankheit des Vaters informiert worden war und ihn auch einfach nie geliebt hatte. Aber da war auch schon ihre Schwester unterwegs gewesen, da die Anti-Baby-Pille noch nicht erfunden war ...

Irgendwie waren viele Dinge in Katarinas Leben schiefgelaufen, aber trotzdem freute sie sich nun auf dieses Kind und hoffte, dass es die gleichen Chancen wie andere Kinder haben würde. Dafür würde sie jedenfalls kämpfen! Und immerhin hatte sie nach langen Jahren des Suchens nach dem „Richtigen" in Matthias einen Mann gefunden, der mit ihr auf einer Wellenlänge zu sein schien. Vielleicht war es aber auch nur ein Stück Verzweiflung gewesen (sie befand sich damals in einer sehr einseitigen Beziehung mit einem Arbeitskollegen, der ein hoffnungsloser Egoist und Eigenbrötler war) und Matthias hatte sich in seiner Ehe in einer ebenso ausweglosen Situation befunden. Es war wie eine Offenbarung für beide gewesen, als sie sich beim Skifahren auf einer urigen, abgelegenen Hütte in Tirol kennen und lieben gelernt hatten.

In jedem Fall war das Timing in ihrem bisherigen Leben – was die Männer anging – nicht wirklich gut gewesen, darüber war sich Katarina völlig im Klaren. Hätte sie Matthias eher kennengelernt, hätte der nicht noch für seine Frau und die zwei kleinen Kinder Alimente bezahlen müssen. Dann hätten sie ein unbeschwertes Leben in einer schönen Wohnung irgendwo in Innsbruck geführt.

Überhaupt war das Timing in ihrem bewegten Leben in den letzten sieben Jahren seit der Trennung von ihrem letzten langjährigen Freund Pierre ein einziges Fiasko gewesen. Ob es wohl Menschen gab, die immer zur falschen Zeit am falschen Ort waren, oder war es einfach Pech, wenn man die richtigen Männer nie oder immer nur gebunden und in Konventionen gefangen kennenlernte? Hätte sie sich vielleicht hier und da als Widderfrau mehr auf die optimale Sternzeichenkonstellation besinnen sollen?

Und sie ließ die Gedanken schweifen und die letzten zwanzig Jahre ihres „wilden Lebens" Revue passieren ...

2. Christoph (kein typischer Löwe), der erste feste Freund, und der beinah erste Sex

Männer waren für Katarina in ihrer Jugend immer schon bewunderns- und beschäftigungswerte Objekte gewesen. Allerdings hatten sie nie die erste Geige in ihrem Leben gespielt, gab es doch noch anderweitig so viel zu lernen, zu entdecken und zu erfahren. Sie war eine gute Schülerin und wollte auf dem Gymnasium ein gutes Abi bauen, sodass ihr alle Möglichkeiten offenstanden.

So hatte sie erst mit achtzehn Jahren ihren ersten festen Freund. Er konnte den vielen Ferienbekanntschaften, die sich aber lediglich auf harmlose Knutschereien beschränkt hatten, endlich das Wasser reichen.

Erwartungsgemäß handelte es sich bei Christoph nicht gleich um die Sorte „erster und perfekter Mann fürs Leben", sondern eher um einen leicht verwöhnten, etwas abgedrehten Jungen aus gutem Hause, der in Amsterdam Schuhe kaufte und keinen Fuß in die Woolworth setzte. Er spielte Tennis, hatte dunkle Locken und sah ein bisschen südländisch aus. Sexuell war noch nicht viel gelaufen; es gab zwar wilde Knutschereien in ihrem Zimmer, aber als Katarinas Eltern einmal nachts nicht daheim waren, war die einzige tatsächliche sexuelle Annäherung kläglich gescheitert.

Danach hatten sie es mit dem Sex nicht mehr versucht und ein halbes Jahr später ödeten sie sich schon sichtlich an. Katarina hatte daher auch keine Scheu, ihm am Bahnhof den Laufpass zu geben, als er sie in Richtung Schweiz verabschiedete. Sie hatte mit viel Glück einen gut bezahlten Ferienjob im Schwimmbadrestaurant Interlaken im Berner Oberland ergattert. Dort sollte sich das erste wirkliche Liebesabenteuer ihres Lebens abspielen.

Nach dem erfolgreichen Abitur fuhren alle aus Katarinas Clique in großangelegte Ferienreisen mit ihren Eltern. Da sich Katarinas Eltern als Belohnung für ihr Abitur lediglich scheiden ließen und nicht wirklich die Idee hatten, auch noch vier Wochen Mallorca als Belohnung für sich und ihre fleißige Tochter zu absolvieren, gab es für Katarina nur eine Lösung, in den nächsten drei Monaten bis zur weiterführenden Schule der totalen Langeweile zu entgehen: Arbeit im Ausland.

Mit einem fingierten Zeugnis über angebliche Kellnertätigkeiten in der Kneipe des Onkels und den recht guten Fremdsprachenkenntnissen bewaffnet, bewarb sich Katarina bei der Studentenvermittlung um einen Job in der Gastronomie im Ausland. Kurz darauf bekam sie eine dreimonatige Arbeitserlaubnis für die Schweiz als Kellnerin in einem Schwimmbad-Restaurant. Die Bezahlung war nicht die Welt, aber ohne jegliche Berufserfahrung konnte sie sich nicht beschweren, und so begab sich Katarina in die ungewisse Ferne.

3. Paolo (Sternzeichen: Waage), der erste Italiener

„Der Waage-Mann ist gutmütig und liebenswert. Die Liebeskünste sind ihm angeboren und daher ist er oft erfolgreich in der Wahl seiner Partnerin. Manchmal kann er dann aber schon bald wenig mit ihr anfangen."
(Astrologie für Männer)

D er Koffer wog schwer, enthielt er doch alles Überlebenswichtige für immerhin drei Monate. Katarina versuchte sich im Geiste immer wieder auf die Situation vorzubereiten, die sie erwartete, aber das war unmöglich.

„Im schlimmsten Falle schicken sie mich halt nach einer Woche wieder nach Hause, weil ich's einfach nicht hinkriege", hatte sie zu ihren Eltern und zu ihrer Schwester gesagt, die in der Zwischenzeit den gemeinsamen elterlichen Haushalt auflösten. „Dann kann ich euch wenigstens noch beim Umzug helfen."

Katarina war die ganze Zugfahrt über und auch lange schon vorher mulmig bei dem Gedanken daran, als gastronomische Niete erkannt und wieder zurückgeschickt zu werden. Ganz zu schweigen von dem finanziellen Verlust des Zugtickets in die Schweiz, welches beinah ihre kompletten Ersparnisse gekostet hatte!

In Basel musste sie noch zur Gesundheitsuntersuchung für Gastronomiekräfte, ein notwendiges Übel, das sie einige Nerven kostete, da sie den schweren Koffer mitnehmen musste. Als dann schließlich der Stempel auf der Gesundheitsurkunde der Schweizer Fremdenpolizei prangte, war die erste Hürde genommen. Sie setzte sich wieder in den Zug und fuhr nach Interlaken im Kanton Bern, dem Ziel ihrer Reise. Dort wurde sie von einem leicht übergewichtigen Herrn mittleren Alters abgeholt, der auffällig viel schwitzte und den sie wegen seines ausgedehnten Schweizer Dialektes kaum verstand. Er wirkte jedoch nicht unsympathisch, brachte sie auch gleich mit seinem großen Jeep in die Personal-Unterkunft und ließ sie mit ihrem Gepäck in ihrem Zimmer allein, welches nun für die nächsten drei Monate ihre Heimat sein sollte.

Es war ein kleines Zimmerchen komplett aus Holz mit einem ausreichend großen Kleiderschrank und befand sich direkt unter dem Dach des Personalhauses. Hier waren ausschließlich die ausländischen Bediensteten der umliegenden Restaurants und Hotels untergebracht: Köche, Kellner und Küchenhilfen aus dem ehemaligen Jugoslawien, aus Österreich, Deutschland und Portugal. Katarina merkte schnell, dass sie nicht nur die einzige Deutsche, sondern auch die einzige Frau im Haus war. Aber das störte sie nicht besonders. Wichtig war, dass die Unterkunft nah an ihrer zukünftigen Arbeitsstätte lag und sie ihr Zimmer sehr gemütlich fand. Ja, hier konnte man es wirklich drei Monate aushalten!

Am nächsten Morgen machte sie sich nach einer unruhig verbrachten Nacht mit einer gehörigen Portion Lampenfieber auf, um pünktlich um sieben Uhr auf ihre neue Chefin, Frau Michel, zu treffen, die einen sympathischen Eindruck machte. Sie bemühte sich, Hochdeutsch zu sprechen, und erklärte Katarina zunächst die verschiedenen Arbeitsschritte und die Maschinen, die sie selbst bedienen musste. Schnell erfuhr sie, dass es sich hier im Schwimmbadrestaurant des Nobelortes Interlaken lediglich um einfachen Service handelte und man mittags ein Menü servierte. Ansonsten gab es eine rustikale Speisekarte mit internationalen Spezialitäten, Eis und natürlich Getränke. Katarina atmete auf: Sie musste keine Fische filetieren oder sonstige hochwertigen Kellnertätigkeiten absolvieren.

Der erste Gast war zwar ein ziemlicher Reinfall; es handelte sich um einen Schweizer, der eine „Schale" bestellte, was Katarina nur ein dümmliches Nicken auf ihr hübsches Gesicht zauberte. Schnell war aber geklärt, dass es sich hier um einen Milchkaffee handelte, bei dessen Zubereitung sie sich erst einmal die Finger beim Aufschäumen der Milch verbrühte. Aber die nächsten Gäste waren schon pflegeleichter. Sie waren ausländischer Herkunft und da ansonsten niemand im Restaurant Englisch sprach, war die Dankbarkeit für die englischsprechende Deutsche bei Gästen und Chefin groß und man verzieh Katarina die anfänglichen Ungeschicktheiten beim Servieren der Getränke.

Nie erwähnte Frau Michel Katarinas offenkundig fehlende Professionalität in puncto Serviertechnik, sondern lobte stattdessen ihre Freundlichkeit den Gästen gegenüber.

Eines Tages brach im Restaurant die Hölle aus. Die Außenterrasse war an diesem lange erwarteten Sommertag bis auf den letzten freien Platz gefüllt. Katarina hechelte von einem Gast zum nächsten, schleppte Teller mit Pommes Frites und Knödeln und schwitzte unter dem Genörgel der ewig unzufriedenen vornehmlich Schweizer Gäste.

An einem Tisch machte sie fünf neu angekommene Gäste aus, die sich natürlich an einen nicht aufgeräumten Tisch setzten. Es handelte sich offensichtlich um Italiener; der Größte von ihnen fiel ihr gleich auf. Er bestellte auf Deutsch und dabei nutzten die anderen vier die Gelegenheit, die hübsche Blondine ganz ohne Scheu zu mustern, während sie den Tisch aufräumte und abwischte. Sie sahen nett aus und waren eine willkommene Abwechslung zu den unfreundlichen Schweizern. Sie brachte die bestellten Getränke und wieder fiel ihr der Hochgewachsene auf, der sie mit seinen braunen Augen und dem spitzbübischen Gesicht anlachte. Er war der Wortführer, wohl auch der Einzige, der Deutsch sprach, und bezahlte mit dem besten Trinkgeld des Tages. Als Katarina es annahm, rief schon der nächste Tisch nach dem „Fräulein" (wie sie diese Bezeichnung hasste!) und sie widmete sich den anderen Gästen.

In den nächsten Tagen und Wochen lernte Katarina die Arbeit als Kellnerin und die Familie ihrer Chefin (sie hatte fünf Kinder) kennen. Vor allem die jüngste Tochter Sabine war sehr nett und hatte mit ihrem Schweiz-deutschen Akzent und den wilden roten Locken ein so gewinnendes Wesen, dass Katarina sie gleich ins Herz schloss.

Sie wurden schnell Freundinnen und Sabine zeigte Katarina das Nachtleben Interlakens, welches vor allem aus einer Diskothek bestand, die allerdings nur an zwei Abenden pro Woche mit interessanten Leuten gefüllt war. An solch einem Abend waren Sabine und Katarina im „Barbarella". Es wimmelte von Touristen, Einheimischen und auch einigen Kellnern aus den umliegenden Hotels und Gaststätten. Katarina war gut gelaunt, hatte sich in ihre schicksten Klamotten geworfen, tanzte und flachste mit Sabine über den ein oder anderen Typen und amüsierte sich bestens.

Gegen ein Uhr entdeckte sie durch Zufall „ihren" Italiener auf der Tanzfläche. Sie erkannte ihn nicht sofort, da er bei ihrem ersten Zusammentreffen eine Badehose (geblümte Boxershorts, wie sie sie gern bei Männern mochte) getragen hatte. Jetzt fand sie ihn noch interessanter: er trug Khakihosen, moderne Schuhe und ein grünes Polo-Shirt. Da er so groß war, konnte sie ihn gut unter den anderen Tanzenden erkennen und zeigte Sabine die „Errungenschaft".

„Sieh mal, sieht der nicht süß aus? Ist mir schon letztens im Restaurant aufgefallen."

„Mensch, lass bloß die Italiener in Ruhe. Die bringen nur Ärger", entgegnete Sabine, die sich trotz ihres jungen Alters offensichtlich schon eine Meinung gebildet hatte.

Egal, Katarina war hingerissen von seiner großen Statur und den schönen dunklen Augen und pirschte sich langsam, aber gezielt auf der Tanzfläche an ihn heran. Schließlich tanzte sie direkt neben ihm und er lächelte sie ganz unverhohlen an und sie lachte zurück. Verdammt, sein Lächeln war einfach umwerfend!

Wer wen angesprochen hatte, wusste Katarina hinterher nicht mehr, aber das war auch Nebensache. Sie vergaß ihre Freundin und unterhielt sich den Rest des Abends mit Paolo. Er sagte ihr, dass sie ihm schon lange aufgefallen war mit ihren blonden Haaren und den eleganten Klamotten und dass er schon länger eine Gelegenheit gesucht hatte, sie anzusprechen. Gegen drei Uhr brachte er sie heim. Und wie von selbst ergab es sich, dass sie sich küssten. Oh, er hatte wunderbare weiche Lippen, und selbst der relativ kurze Kuss war wie eine Offenbarung! Katarina schwebte im siebten Himmel die Treppen zu ihrem Zimmer herauf und konnte die ganze Nacht nicht schlafen. Sie war so verliebt wie noch nie zuvor. Der Trip in die Schweiz hatte sich jetzt schon gelohnt!

Die Tage vergingen wie im Fluge. Sie machten wunderschöne Ausflüge ins malerische Umland von Interlaken, unterhielten sich über dies und jenes und er war ein guter, einfühlsamer Liebhaber. Paolo stammte aus dem Ort Schio in Nord-Italien, war für einen Italiener ungewöhnlich groß und hatte relativ helle Haut, und seine wunderschönen tiefbraunen Augen, sein ebenmäßiges Gesicht und die dunkelblonden Locken faszinierten sie.

„Wie kann ein Mann nur so charmant und gutaussehend sein und sich in mich verlieben?!", schwärmte Katarina ihrer Schweizer Freundin Sabine vor.

Aber die ließ sich nicht von ihrer Meinung abbringen: „Pass nur auf. Die Italiener bringen immer nur Tränen."

Katarina ließ sich dadurch in ihrer Euphorie und Verliebtheit nicht beirren; sie freute sich bereits morgens auf dem Weg zur Arbeit in „ihrem" Schwimmbadrestaurant auf den Nachmittag oder Abend mit Paolo. Er arbeitete als Oberkellner im besten Restaurant am Platze in einem Fünf-Sterne-Hotel und hatte regelmäßig Spätdienst, weshalb sie sich oft erst abends gegen zweiundzwanzig Uhr trafen. Sie knutschten dann in seinem kleinen Personalzimmer oder amüsierten sich mit seinen italienischen Freunden. Leider verstand Katarina oft die Sprüche der anderen nicht, da sie kein Italienisch konnte, aber Paolo versuchte zu übersetzen, wo es nur ging. Sie lauschte gebannt seiner weichen, melodischen Sprache und hoffte, von selbst ein paar Brocken zu verstehen, da sie auf dem Gymnasium immerhin Englisch, Französisch und Latein gelernt hatte. Und ihr Entschluss stand schon bald fest: diese faszinierende Sprache so bald wie möglich in ihr Repertoire aufzunehmen.

Leider ließ inzwischen aber Stück für Stück Paolos Interesse an Katarina nach, was sich darin äußerte, dass er in seiner Freizeit immer mehr mit seinen Freunden unternahm als mit ihr. Sie besuchte ihn oft auf seinem Zimmer, weil sie keinen Tag ohne seine Nähe ertrug, aber er wurde immer abweisender und erklärte ihr schließlich nach nur vierzehn Tagen, dass er kein Typ für eine feste Beziehung sei und sie sich daher nicht mehr sehen sollten.

Für Katarina brach eine Welt zusammen. Sie konnte einfach nicht verstehen, warum Paolo, der anfangs mit solch einer Begeisterung und Gefühlsbetontheit an die Sache herangegangen war, plötzlich so kalt und abweisend sein konnte. Sie weinte viel nach ihrem Dienst (dort versuchte sie ihre Traurigkeit so gut es ging zu verbergen) und zermürbte sich mit ihren traurigen Gedanken, in denen es sich immer nur um ein Thema drehte: *Was habe ich falsch gemacht, dass er mich nicht mehr liebt?* Sie sollte noch einige Erfahrungen machen müssen, um zu verstehen, dass man die Fehler nicht immer bei sich suchen sollte.

Katarina versuchte sich also abzulenken, weil noch gut eineinhalb Monate in Interlaken vor ihr lagen. Ihre Freundin Sabine gab ihr Bestes und auch die anderen Bewohner des Personalhauses gingen mit ihr aus oder luden sie zu Partys ein, um sie abzulenken; aber es schwebte immer ein Stück Traurigkeit mit in allem, was sie tat. Katarina weinte Paolo nach, weil er ihr solche Glücksgefühle beschert hatte wie noch kein Mann zuvor. Und sie konnte einfach nicht verstehen, wie man diese Flugzeuge im Bauch einfach abschalten konnte.

Es durchfuhr Katarina immer wie ein Messerstich, wenn sie Paolo in seiner schicken Livree von der Straße aus beim Bedienen der Gäste beobachtete oder ihn mit anderen Frauen in der Diskothek sah. Sie konnte sich nicht von ihm lösen, obwohl sie nur zwei gemeinsame Wochen verbracht hatten. Dies war tatsächlich Katarinas erste lebendige Erfahrung mit einer Beziehung, die auf wahrer Liebe (ihrerseits) beruhte und sie bewahrte sie in ihrem Herzen.

Außerdem war sie so angetan von dieser ihr bis dahin unbekannten italienischen Lebensart, dass sie gleich zu Hause einen Italienischkurs an der Volkshochschule buchte. Nein, sich einfach so von dieser großen Liebe, von so viel Gefühl zu trennen, das wollte sie nicht, auch wenn es ihr ebenfalls eine Menge Schmerzen bereitete. Und sie fing an italienische Musik zu hören, italienische Opern zu besuchen und die italienische Küche zu studieren. Die letzten Wochen in Interlaken waren wie im Fluge vergangen, sie hatte gutes Geld verdient, konnte nun endlich ihren Führerschein machen, und auch ihr Berufswunsch stand fest: Hotelkauffrau. Durch die Tätigkeit in der Schweiz hatte sie so viel gelernt über Gastronomie und Hotelerie, und eine Affinität für Sprachen und fremde Kulturen brachte sie sowieso mit.

„Es war eine sehr wichtige und schöne Zeit in der Schweiz und wenn's klappt, fahre ich nächstes Jahr vor dem Beginn der Ausbildung wieder hin und verdiene mir noch das Geld für ein Auto", erzählte sie ihrer Freundin Bettina.

Der Italienischkurs war zunächst eher langweilig, weil sich hier gut dreißig völlig unterschiedlich gebildete Italienfans zusammengefunden hatten, und wurde von einer Deutschen geleitet, welche die Sprache nur an der Uni studiert hatte. Besonders fielen Katarina zwei Frauen auf, die immer in der letzten Reihe saßen und herumflachsten. Ulla war etwas pummelig und vollbusig, trug meist weite Sweatshirts, hatte wilde, blonde Locken und war ein bisschen naiv. Petra wiederum war klein, schwarzhaarig und hatte ein süßes Gesicht, das genauso keck war wie ihre humorvolle Art. Zum Kurs trugen die beiden nicht viel bei, aber dies war nichts Besonderes, da sich beinah die Hälfte der Kursteilnehmer nach einem Monat abgemeldet hatte, weil das Urlaubsfieber vorbei war. Für Katarina war es viel ernster. Sie fühlte sich Paolo wieder nahe, wenn sie Italienisch lernte, auch wenn es gar keinen Kontakt gab.

Eines Abends ging der Kurs gemeinsam essen und die Briefträgerinnen Ulla und Petra erzählten ihre lustige Urlaubsgeschichte und warum sie nun auch Italienisch lernten: Sie hatten beim Zelten am Luganer See zwei Italiener aus Mailand kennengelernt und Petra hatte weiterhin Kontakt. Als Katarina dann auch ihre Geschichte zum Besten gab, war das Eis gebrochen. Man verabredete sich und gründete den ersten „Frauenabend" in Katarinas Leben. Und diese Institution wurde wirklich wichtig für sie. Mit niemand anderem konnte sie so ausgelassen herumalbern, über die Männer lästern, aber auch ernste Themen besprechen, die sie bewegten.

„Ich finde, so einen Frauenabend sollte jede Frau haben", sagte Petra aus vollster Überzeugung und die anderen stimmten ihr zu.

Ulla hatte inzwischen im Austauschprogramm bei der Post einen Franzosen kennengelernt und belegte einen Französischkurs. Von dort brachte sie irgendwann Britta mit und die vier Frauen trafen sich jeden Donnerstag zum Essen, im Kino oder in der Kneipe.

Katarina erlebte ein interessantes Schuljahr mit dem Abschluss der Höheren Handelsschule, sie bewarb sich bei den wenigen Hotelketten, die eine Ausbildung zur Hotelkauffrau anboten, und wurde tatsächlich im Fünf-Sterne-Hotel in Frankfurt angenommen. Es konnte also losgehen mit der Hotelkarriere!

Mit Frau Michel, ihrer ehemaligen Chefin aus der Schweiz, war sie zwischenzeitlich in Kontakt geblieben und bekam auch im nächsten Sommer die Möglichkeit, im Schwimmbad-Restaurant zu jobben und sich endlich den heiß ersehnten eigenen Wagen anzuschaffen. So fuhr sie mit bester Laune wieder mit dem Zug nach Interlaken und wurde dort freudestrahlend von ihrer Freundin Sabine, mit der sie regen Briefkontakt geführt hatte, abgeholt. Sie war auch inzwischen auf die Hotelfachschule in Genf gewechselt und hatte einen süßen Freund. Es gab so viel zu erzählen! Sie gingen abends in die beste (und einzige) Diskothek in Interlaken, ins „Barbarella", und tanzten und amüsierten sich den ganzen Abend. Natürlich gab es wieder neugierige Blicke von den Hotelangestellten und auch anderen Diskothek-Gästen, die sich für die hübsche junge Frau aus Deutschland interessierten.

Katarina genoss das Gefühl, eine Art zweite Heimat gefunden zu haben. Sie feierten die ganze Nacht durch und Katarina wurde oft zum Tanzen aufgefordert. Nur noch mit ganz wenig Trauer dachte sie an ihren ersten Abend mit Paolo in der Diskothek, als sie sich kennen und lieben lernten. Nun war sie ein Jahr älter, hatte vieles dazugelernt und bereitete sich auf ihr Berufsleben vor.

An diesem Abend lernte sie Oliver kennen. Er sah unverschämt gut aus und hatte große Ähnlichkeit mit einem bekannten Schauspieler.

Leider steh ich nicht so auf Tom Cruise, der ist mir 'ne Spur zu glatt, schrieb sie danach ihrer Freundin Petra, *aber er scheint sich sehr für mich zu interessieren, obwohl er sehr arrogant wirkt*. Oliver spielte in der Schweizer Hockey-Nationalmannschaft und hatte mit seinen blauen Augen und den dunklen Haaren, die er mit Gel gebändigt länger trug, schon eine gewisse Ausstrahlung, auch wenn er nur circa einssiebzig groß war. Er lud sie einmal zum Essen ein und versuchte so charmant wie möglich zu sein – trotz seiner ihm ureigenen Arroganz. Katarina fand ihn und sein schönes Auto recht amüsant und eine nette Abwechslung zum Alltag im Restaurant. Als er allerdings eines Abends nach einem gemeinsamen Kinoabend versuchte, sie relativ plump zu küssen, war sämtliche Sympathie verflogen und auch Oliver schien so gar nicht der Typ zu sein, der mit einer kleinen Niederlage leben konnte.

„Dann hol ich mir halt 'ne andere. Glaub nur nicht, dass du was Besonderes bist", rief er Katarina hinterher, als sie aus dem Auto in Richtung ihres Zimmers flüchtete.

„Oh je", gestand sich Katarina ein, „ich bin einfach

noch immer nicht über Paolo hinweg, und wenn, dann sollte es auch mit jemand Netterem sein!"

Gemeint war ihre Jungfräulichkeit, die mit nun bereits zwanzig Jahren an ihr haftete und ihr langsam bedrohlich schien.

„Jetzt bist du schon zwanzig und hast noch nie mit einem Mann geschlafen. Wie lange willst du denn noch warten?", hatte Ulla beim letzten Frauenabend vor ihrer Abreise gefragt.

Aber es sollte der Richtige sein, einer, in den sie wirklich verliebt war.

Und ein One-Night-Stand soll mein erstes Mal sicherlich nicht werden!, machte sie sich nochmals klar.

Aber so langsam aber sicher zweifelte auch sie selbst an ihrer Standhaftigkeit und dachte daran, dass fast alle ihre Freundinnen, auch die Jüngeren, schon Erfahrungen auf dem Gebiet hatten. Wie lange würde sie wohl noch Jungfrau bleiben? Diese Frage sollte sich schneller klären, als Katarina lieb war.

An einem grauen Julitag in den Schweizer Alpen ging sie ohne Vorahnung an einen Tisch, um die Gäste zu bedienen, und es traf sie wie ein Blitzschlag: Da saß Paolo mit einem ihr unbekannten Freund. Sie war ziemlich geschockt und wusste nicht, wie sie reagieren sollte, sodass sie seine freundschaftliche Begrüßung über sich ergehen ließ und die bestellten Getränke brachte. Die Abrechnung überließ sie Sabine, weil sie es einfach nicht über sich brachte, noch einmal an diesen Tisch zu gehen. Alles kam nun wieder in ihr hoch und sie fühlte sich seltsam. Einerseits waren plötzlich wieder die Flugzeuge im Bauch da, andererseits fühlte sie den Abstand, der sich durch sein schlechtes Verhalten und auch die zeitliche Differenz automatisch eingestellt hatte. Aber eins war ihr klar: *Ich liebe ihn immer noch und ich möchte, dass er mein „erstes Mal" ist. Er ist älter als ich und bringt sicherlich auch die notwendige Erfahrung mit, damit es auch für mich schön wird,* dachte sie und ertappte sich wieder dabei, im Restaurant nach ihm Ausschau zu halten. Aber er kam danach nicht mehr; vielleicht war ihm die ganze Geschichte ja doch etwas unangenehm.

Im Personalhaus und im Schwimmbad-Restaurant waren dieses Jahr sehr viele Portugiesen engagiert; man unterhielt sich in Englisch oder Französisch und Katarina lernte schnell diesen speziellen Menschenschlag kennen. Sehr lustig und laut, man trank gerne Champagner mit Zucker, und dann aber auch sehr melancholisch und nachdenklich, wenn man gemeinsam der Musik des Fado lauschte. Joaquin wuchs ihr besonders ans Herz. Er entwickelte sich in den zwei gemeinsamen Monaten zu einem echten Freund. Er war in Katarinas Alter und arbeitete in der Saison als Weinkellner in einem guten Restaurant in Interlaken. Vielleicht war er auch ein bisschen verliebt in Katarina, aber sie ließ es nicht zu und wechselte das Thema, sobald das Gespräch mit Joaquin in diese Richtung ging. Sie verbrachten viele Abende zusammen, feierten, tranken und tanzten gemeinsam.

Doch immer, wenn Katarina Paolo in der „Barbarella" oder auf der Straße sah, durchzuckte es sie wie ein

Blitz. So konnte es nicht weitergehen. Sie musste endlich mit der Geschichte abschließen.

Als sie ihn das nächste Mal in der Diskothek traf, wusste sie, dass es nun passieren musste. Sie holte tief Luft und ging geradewegs auf ihn zu, als sie bemerkte, dass er im Begriff war, zu gehen.

„Begleitest du mich nach Hause?", fragte sie ihn ohne Umschweife. Er war etwas verdutzt, aber willigte dann ein, aus Höflichkeit oder Neugier.

Sie gingen die Straße entlang, ohne sich zu berühren, und unterhielten sich über Belangloses. Katarina erzählte von ihrem Italienisch-Kurs und Paolo von seinen Zukunftsplänen; er wollte nach Amerika oder Kanada gehen, um dort gut Englisch zu lernen. Dies versetzte Katarina einen Stich, hatte sie doch irgendwie gehofft, ihn vielleicht nächstes Jahr hier wieder zu treffen.

„Ich bin die letzte Saison in der Schweiz", sagte Paolo, „hier wird es mir einfach zu langweilig."

Jetzt oder nie, feuerte sich Katarina an und sagte ganz offen zu dem verdutzten Italiener: „Auch wenn du mich nicht liebst, so liebe ich dich doch sehr. Und ich möchte mich positiv an unseren letzten Abend erinnern. Bitte schlaf mit mir, damit ich dich auf ewig in Erinnerung behalten kann! Und das ist mein erstes Mal ..." Sie hielt inne, um auf seine Reaktion zu warten.

„Na gut. Warum nicht, wenn du es so möchtest", sagte er und begann Katarina zu küssen. Sie gingen in sein Zimmer und liebkosten und entkleideten sich wie im Jahr zuvor und er schlief mit ihr. Ein wenig enttäuscht, aber trotzdem glücklich verabschiedete sich Katarina danach von Paolo. Sie hoffte, dass der Sex die nächsten Male besser werden würde, aber fühlte sich nun viel erwachsener und als richtige Frau.

Viel weniger erwachsen fühlte sie sich zwei bis drei Wochen später. Sie hatte Paolo nur noch von Weitem gesehen und versuchte sich weiterhin abzulenken, ging abends mit ihren portugiesischen Freunden oder Sabine weg und freute sich auf ihr Zuhause. In den letzten Tagen fühlte sie sich morgens unwohl, einmal musste sie sich sogar erbrechen.

„Na, das ist ja toll", meinte Sabine. „Du hast dich doch wohl nicht von dem Typen schwängern lassen, oder? Ich hab's doch gesagt, Italiener machen nur Probleme."

Auf diese Idee war Katarina noch gar nicht gekommen und jetzt bekam sie es doch mit der Angst zu tun. Sie stellte sich vor, wie sie ihre Ausbildung mit dickem Schwangerschaftsbauch absolvierte und was ihre Eltern sagen würden. Unterstützung wäre hier wohl von ihnen nicht zu erwarten. Ein gemeinsames Kind mit Paolo wäre eine romantische Vorstellung, würde aber so gar nicht in ihre Lebensplanung passen und Paolo wohl alles andere als recht sein.

Als die morgendliche Übelkeit nicht besser wurde und dann auch noch ihre Tage ausblieben, trottete Katarina zur Apotheke und kaufte sich den ersten Schwangerschaftstest ihres Lebens.

Eine Schrecksekunde – das Röhrchen verfärbte sich ... nicht.

4. Marco, der zweite Italiener (Sternzeichen: Es war nicht genug Zeit, es herauszufinden)

Im September nach Katarinas zweitem Schweiz-Aufenthalt begann endlich die Ausbildung im Hotel. Sie lernte die anderen Auszubildenden kennen (fast ausschließlich hübsche Blondinen).

„Na, hier steht aber jemand auf blond!", brachte es Andrea, eine der wenigen dunkelhaarigen, aber nicht minder hübschen Mitstreiterinnen, auf den Punkt.

„Im Zweifelsfalle wohl der Personalchef", mutmaßte Katarina weiter.

„Ist aber 'ne Personalchefin und die ist lesbisch", erörterte einer der wenigen Männer in der Runde die Situation.

Später stellte sich heraus, dass der Finanzchef die Entscheidungen für die Auswahl der Hotelkauffrauen traf, außerdem passte die dunkle Hoteluniform tatsächlich sehr gut zu blondem, langem Haar.

Katarina begann in einer kaufmännischen Abteilung, dem Einkauf, und wurde gleich von ihrer etwas herrischen Chefin ins kalte Wasser geworfen. Bestellungen für sämtliche Restaurantbereiche, das Einholen von Angeboten für die verschiedensten Bereiche des Hotels und das Pflegen der Lagerpositionen waren ihre ersten Aufgaben und wurden von Frau Schlicht eifrig überwacht. Aber sie schien zufrieden zu sein mit Katarina, die ihre erste Abteilung mit viel Interesse und dem notwendigen Charme meisterte. Sie hatte schnell erkannt, dass man Frau Schlicht gut um den Finger wickelte, wenn man ihr nicht widersprach und brav ihren ausführlichen Erklärungen zuhörte. Und so verging der erste Monat im Hotel wie im Fluge, danach folgten noch die Telefonzentrale, die Reservierungsabteilung und der Empfangsbereich. Katarina lernte schnell und kannte sich inzwischen schon recht gut aus in dem großen Hotel mit den vielen Zimmern und Suiten. Einmal kam sogar Tina Turner zu Besuch und machte sämtliche Abteilungen mit ihren Sonderwünschen verrückt. „Ernährt sich diese Frau eigentlich nur von Frankfurter Würstchen und Perrier?", fragte ein verzweifelter Kellner aus dem Room Service, der rund um die Uhr für die Wünsche der wichtigen Dame und ihres Gefolges zur Verfügung stand.

Angesichts des Pensums aus Schule, dem zweimal pro Woche stattfindenden Italienischkurs, dem Frauenabend und den vielen abendlichen Bankett-Einsätzen zum Aufpolieren des spärlichen Gehaltes gab es kaum Freizeit. Katarina war jedoch nicht ganz zufrieden mit dem Erfolg ihres Italienisch-Kurses; es war zwar immer lustig (vor allem mit den dummen Sprüchen von Petra), aber sie hatte nie den Eindruck, diese Sprache tatsächlich zu beherrschen.

Als sie mit einer ehemaligen Freundin aus Abiturzeiten sprach, die inzwischen in Italien Zahnmedizin studierte, eröffneten sich ihr ganz neue Möglichkeiten.

„Wie kannst du nur einen VHS-Kurs machen, das bringt doch gar nichts!", sagte Sabine und frotzelte weiter: „Da sind doch nur Muttis drin und man richtet sich im Lernpensum nach dem schlechtesten Teilnehmer. Die Sprache musst du im Land lernen. Ich habe da in Livorno in der Toskana ein super Sprach-Institut für dich, das auch nicht so teuer ist. Du kannst in einer WG wohnen oder bei einer Gastfamilie unterkommen."

Das klang wirklich verlockend und Katarina wusste, dass sie etwas tun musste für einen weiteren Lernerfolg. Also ließ sie sich Prospektmaterial zuschicken und rechnete aus, ob ihr Lehrgeld für einen dreiwöchigen Aufenthalt in Livorno reichen würde. Im Hotel mussten die Auszubildenden immer im Sommer für vier Wochen ihren Jahresurlaub nehmen, da dann die Geschäftskunden ausblieben und keine Messen stattfanden.

Und so buchte Katarina für Anfang Juli eine Reise nach Livorno mit der Bahn, weil das Auto ihr für eine so lange Reise und dann noch im Alleingang nicht behagte. Sie absolvierte die lange Bahnfahrt mit Muße; abgesehen von der anstrengenden Nachtwagenfahrt mit einer italienischen Familie, die – je näher die italienische Grenze rückte – immer lauter zu werden schien und dauernd aß und trank. Dieses Mal fuhr sie mit dem Zug in den wohlverdienten Urlaub und nicht wie die letzten beiden Male zur Arbeit in die Schweiz. Und das gab ihr ein Gefühl der Überlegenheit.

Dieses Gefühl verschwand allerdings schnell, als

sie – nach einer anstrengenden Fahrt im Regionalzug in Italien – den Besitzer der Wohnung traf, in der sie die nächsten drei Wochen nächtigen sollte. Er sprach nichts außer Italienisch und das Ganze ohne Punkt und Komma. Doch es sollte noch schlimmer kommen. In ihrer WG angekommen, stellte der italienische Herr ihren Koffer in ihr Zimmer, wo schon einige Leute warteten, und verabschiedete sich. Eine Schweizerin stellte sich als Lena vor, die mit ihr das Zimmer teilte. Sie war bereits seit vier Monaten hier und hatte auch gleich ihre italienischen Freunde mitgebracht, die unentwegt auf Katarina einredeten. Sie war einfach nur total genervt wegen all dem Fremden um sie herum und hätte die Volkshochschullehrerin erschlagen können, weil sie ihr in ihrem Kurs überhaupt kein spontanes Sprechen beigebracht hatte!

Vor den Augen der sieben belustigten Leute packte Katarina stumm und wütend ihren Koffer aus und ärgerte sich, dass sie nicht reagieren konnte. Die anderen machten sich lustig über ihre Sachen und entdeckten die Tampons und andere Hygiene-Artikel, die nun wirklich nicht für die Augen fremder Italiener und Schweizerinnen vorgesehen waren.

Am nächsten Morgen war schon der erste Schultag und Katarina war mächtig aufgeregt. Die anderen Bewohner ihrer WG hatten frei, weil mit den Neuankömmlingen Einstufungstests gemacht wurden, die den ganzen Tag dauern sollten. Sie schliefen alle noch, als Katarina die Wohnung verließ, nachdem sie sich mit mitgebrachtem Knäckebrot, Nutella und Nescafé kurz gestärkt hatte. Eigentlich war sie aber viel zu nervös, um etwas herunterzubekommen. Wie schlecht würde sie tatsächlich eingestuft werden, nachdem sie hier kaum etwas verstand und wäre dann das viele Geld womöglich doch umsonst investiert gewesen, wenn sie in der italienischen Sprachschule nicht klar kam?!

Natürlich fehlte Katarina nach erst einem Jahr Sprachkurs an der Volkshochschule noch eine Menge Grammatik, aber sie landete in der Mittelstufe und durfte mit dem bestaussehenden und dazu noch fähigsten Lehrer der Schule, der passenderweise Paolo hieß, den Unterricht bestreiten. Die Nationalitäten der Mitschüler waren bunt gemischt; es gab viele Deutsche, Österreicher und Schweizer, aber auch Skandinavier, Engländer und sogar Amerikaner. Katarina gefiel sofort die internationale Atmosphäre in der Schule. Zunächst lernte sie jedoch zwei Mädels aus Stuttgart kennen und Britta, eine Architektur-Studentin aus Essen, die sofort durch ihr gutes Aussehen auffiel. Sie war mit ihrem Auto gekommen und bot sich gleich an, einige aus der Gruppe mit zum Strand oder auch mal auf eine Städtetour mitzunehmen. Mit ihren großen blauen Augen und dem blonden kurzen Wuschelkopf war sie mit Abstand die Hübscheste von allen und das entdeckten auch die Italiener sehr schnell: das „*Ciao bella*" galt meistens ihr.

Sechs Stunden Italienisch am Tag und danach noch gemeinsames Essen in der anliegenden Pizzeria, das schweißte zusammen, und nachmittags ging man an den Felsenstrand oder traf sich noch auf ein Eis oder machte einen Stadtbummel. Livorno war eine typisch italienische Hafenstadt, nicht besonders hübsch, aber doch mit einem gewissen Charme, welchen die Stadtgebäude oder auch die alten Villen mit den versteckten, kleinen Gärten ausmachten. Livorno war Militärbasis und Stützpunkt für hunderte junger Rekruten des italienischen Militärs. Die oliv-grün gekleideten Adjutanten und Offiziere gehörten genauso ins Stadtbild wie der Einbahnstraßen-Verkehr, der die Straßen zu den Hauptstoßzeiten in ein wildes Chaos verwandelte.

Die Schule machte Spaß, was nicht unwesentlich an Paolo, dem blauäugigen Lehrer, lag, der den Stoff komplett auf Italienisch vermittelte und nur, wenn er bei allen Schülern auf Unverständnis stieß, eine Vokabel in Englisch übersetzte. „Tja, du hast echtes Glück mit deinem Lehrer. Da schaut man halt gerne hin und hört andächtig zu, obwohl er ja ein bisschen klein ist", sagte Britta, als sie nachmittags den Sandstrand von Livorno, der ein gutes Stück von ihrer Wohnung entfernt lag, ausprobierten. „Meine Lehrerin ist auch sehr nett, aber sie kann mir als Anfängerin nicht alles so gut vermitteln wie ich dachte."

„Hey, denk mal an meine ersten Erfahrungen mit der Sprache hier und ich hatte schon ein Jahr Unterricht", entgegnete Katarina verständnislos. „Du musst halt schon etwas Geduld haben. Italienisch ist zwar relativ leicht zu erlernen, aber man braucht – wie bei jeder Sprache – Geduld."

Katarina kam inzwischen gut mit Italienisch zurecht und konnte auch Stück für Stück mit den Freunden ihrer Zimmergenossin, die nach vier Monaten am Italienisch-Institut fast akzentfrei sprach, mithalten und ihre Späße verstehen und darauf reagieren.

Überhaupt hatte sie sich mit Lena nach der anfänglichen Skepsis doch noch angefreundet; sie blieben lange auf und unterhielten sich. Lena, deren Vater in der Schweiz stellvertretender Bankdirektor war, wusste nicht, was sie nach dem Abitur machen sollte, also hatten sie ihre Eltern kurzerhand für einige Monate zum Sprachenlernen geschickt. Sie bekam regelmäßig Geld aus der Heimat geschickt und konnte sich in den Designerläden die schicksten Sachen leisten, aber Katarina hatte trotzdem nicht den Eindruck, dass Lena besonders glücklich war.

Einige der ersten Bekanntschaften unter den Schülern des Italienisch-Instituts waren bereits nach zwei Wochen wieder abgereist und so hatte sich Katarina vermehrt mit Lena verabredet, die hier und da genug hatte von ihren oberflächlichen italienischen Freunden. Und so gingen die zwei jungen Frauen eines Abends in die Stadt, um noch einen Aperitivo zu trinken und die laue Sommernacht zu genießen, bevor sie sich wieder den Mücken in ihrem Zimmer widmen mussten.

Lena war schlank und groß, von der langen Zeit im sonnigen Italien braun gebrannt und hatte kurze braune Haare. Sie trug zu ihren langen schlanken Beinen gerne kurze Mini-Röcke und sah an diesem Abend sehr hübsch aus. Auch Katarina hatte die italienische Mode und Lebensart gut adaptiert, gab es doch auch günstige Kleider- und Schuhmärkte in Livorno, wo man modische Kleidung schon für wenig Geld erstehen konnte. So waren die beiden durchaus ein Blickfang, eine blonde Langhaarige und eine brünette Kurzhaarige, als sie sich zu Fuß in Richtung Livorno Centro aufmachten.

Sie setzten sich an den Rand eines festlich beleuchteten Platzes in ein Straßencafé, genossen ihren Aperol mit Weißwein und schauten sich das Treiben auf dem Platz und auf den benachbarten Straßen an.

„Echt schade, dass ich in gut einer Woche schon wieder heim muss", sagte Katarina. „Aber ich habe mein Italienisch hier echt verbessert und freue mich schon, das Gelernte mit den italienischen Kellnern im Hotel auszuprobieren."

„Ja, da kannst du bestimmt mächtig punkten", bestätigte Lena. „Ich für meinen Teil werde wohl hier noch circa einen Monat aushalten. Dann habe ich das höchste Unterrichtslevel erreicht und sollte wohl mal endlich nach Hause zurück. Da sitzt dann mein Vater und will mich wieder in seiner Bank unterbringen, im Exportbereich, wo ich ja jetzt mit meinen Italienischkenntnissen optimal qualifiziert bin, sagt er. Eigentlich möchte ich viel lieber Architektur oder Design studieren, aber mein Vater hält nicht viel davon und will mir dann die Gelder streichen."

„Ich bin froh, dass ich nie von meinen Eltern finanziell abhängig war. Jetzt sind sie eh geschieden und haben genug mit sich selbst und ihren neuen Partnern zu tun. Sie haben sich aber sowieso nie in meine Lebensplanung eingemischt", erwiderte Katarina.

„Du, schau mal, die Gruppe von Soldaten guckt die

ganze Zeit zu uns rüber", unterbrach sie Lena. Und tatsächlich hatten sich – unbemerkt von Lenas und Katarinas tiefsinnigen Betrachtungen über das Leben im Besonderen und Allgemeinen – einige italienische Uniformierte an einen Tisch in ihrer Nähe gesetzt und unterhielten sich völlig unverhohlen über die beiden. Katarina kam das gar nicht gelegen, sie hätte sich lieber noch mit Lena über deren weitere Zukunftspläne unterhalten und reagierte abweisend. Lena hatte aber Lust auf einen Flirt und wohl keine Lust, sich noch weiter über ihre unrealisierten Lebensvorstellungen Sorgen zu machen, und lächelte freundlich zurück. Sie forderte die drei jungen Männer, die auffallend gut aussahen in ihren oliv-grünen Uniformen und den Bajonette-Mützen, auf, sich doch zu ihnen zu setzen.

Es handelte sich um einen Offizier mit seinen beiden jüngeren Rekruten, die noch ein paar Stunden abendlichen Ausgang von ihrem Militärdienst genossen. Sie waren sehr sympathisch und relativ seriös, gar nicht die typischen „Anmach-Italiener", wie man sie hier mitunter in den Diskotheken abseits des Touristenstroms antraf und mit denen das Gespräch sehr schnell endete. Diese jungen Männer waren tatsächlich sehr eloquent und lustig und so verging der Abend schnell. Weil beide Parteien noch nicht genug hatten von der Unterhaltung, verabredete man sich noch für den nächsten Abend, wo man zuerst ein Open-Air-Kino besuchen und danach noch etwas essen gehen wollte.

Das Open-Air-Kino war nicht wie in Deutschland einfach an einem öffentlichen Platz aufgebaut, sondern wurde auch mit etwas mehr Stil betrieben.

„Wow, so schön hatte ich mir das Kino aber nicht vorgestellt", sagte Katarina sichtlich beeindruckt. „Da ist der Film ja fast Nebensache."

Das „Cinema all'area aperta" befand sich in den Ruinen einer alten Kirche, die effektvoll angestrahlt waren und so dem Gemäuer des mittelalterlichen Gebäudes einen extrem romantischen Touch gaben.

„Na, haben wir euch zu viel versprochen?", fragte Luca, einer der drei Italiener, die sogar heute mal in Jeans und T-Shirt ausgehen durften und ein gutes Bild abgaben.

Der lässig zur Schau getragene Schick der Italiener hatte Katarina schon vom ersten Augenblick an fasziniert. „Die Männer hier haben irgendwie ein Händchen für gute Klamotten", hatte sie einmal mit Lena gefachsimpelt. „Es kommt einfach immer alles superlässig, aber trotzdem modisch bei ihnen rüber; mir gefällt das."

Luca hatte sich offensichtlich ein wenig in Lena verguckt; er ließ sie nicht aus den Augen und scherzte und flirtete mit ihr, sobald sich die Möglichkeit ergab. Er war der Jüngste im Bunde und hatte ein lustiges Gesicht mit leicht abstehenden Ohren und blauen Augen. Lena schien die Aufmerksamkeit zu behagen und so widmete sich Katarina den beiden anderen, die aber nicht minder interessante und aufmerksame Gesprächspartner waren.

Cristiano und Marco kamen beide aus dem Norden Italiens und lebten in Florenz (ihrer Meinung nach natürlich die schönste Stadt auf der Welt). Cristiano, der Offizier, war schon lange beim Militär, circa dreißig Jahre alt und sehr zurückhaltend und höflich. Marco (circa Mitte zwanzig) hingegen war anfangs sehr still gewesen, kam fast ein wenig arrogant daher, ging aber mehr und mehr aus sich heraus.

Der Film begann, man hatte eingelegte Oliven und Wein mitgebracht und sie genossen den lauen Sommerabend in dieser traumhaften Atmosphäre und der netten Begleitung. *Wann werde ich wohl wieder solch einen perfekten Abend erleben?*, fragte sich Katarina insgeheim und seufzte.

„Was ist los mit dir, gefällt dir der Film nicht oder verstehst du nicht alles?", fragte Marco fürsorglich.

„Nein, alles bestens. Ich genieße nur", antwortete Katarina und nahm noch einen Schluck Wein.

„Ich genieße den Abend auch sehr ... vor allem wegen dir", flüsterte Marco Katarina ins Ohr.

Katarina hätte sich beinahe an ihrem Wein verschluckt und sagte: „Lass uns doch einfach erst mal den Film schauen, damit ich noch etwas davon mitbekomme."

Tatsächlich musste sie sich sehr auf den Inhalt des Films konzentrieren, denn „Der Pate" auf Italienisch war nichts für Anfänger!

Sie fand Marco attraktiv, er hatte eine ähnlich laszive Art wie Paolo, war aber dabei höflicher und sah besser aus mit seiner sonnengebräunten Haut und den dunklen Haaren und Augen. Er hatte ein ähnlich spitzbübisches Gesicht wie Paolo, aber irgendwie männlicher.

Katarina beobachtete ihn, so unbemerkt es eben ging, im Schein der angeleuchteten Kirche und sagte sich: *Warum eigentlich nicht noch mal das Abenteuer wagen und sich in einen Italiener verlieben? Nein, ich bin ja gar nicht richtig verliebt, aber eine kleine Affäre wäre doch ganz nett.* Sie begann mit Marco zu flirten und zum Ende des Abends gingen sie Hand in Hand heim. Sie hatten wunderbar gegessen und viel gelacht und Katarina bemerkte die attraktiven Lachfältchen in Marcos Gesicht und verliebte sich in ihn, in der leichten Unbeschwertheit dieser italienischen Sommernacht.

Marco küsste sie zum Abschied.

„Amore, das war unser letzter Abend in Livorno. Wir marschieren morgen weiter und sind dann in Lugano stationiert. Aber ich muss dich unbedingt wiedersehen! Ich werde dir schreiben, und Lena und du kommen Luca und mich ein Wochenende mit dem Zug besuchen. Bitte, ja?"

Katarina staunte nicht schlecht, aber sie war noch ganz benommen von Marcos Kuss.

Aber irgendwie war sie auch verärgert. Warum waren sie nicht schon früher mit ihrer baldigen Abreise rausgerückt?! Lena schien sehr gefasst und busselte alle ab: „Ja, das ist superschade, dass ihr schon fahren müsst. Aber wir sehen uns bestimmt." Sie zogen davon und Katarina blieb reichlich verdattert im Hausflur stehen.

„Mensch, mach dir doch keinen Kopf. Wie gewonnen, so zerronnen. Aber es war doch dafür ein superschöner Abend!", sagte Lena, die schon etwas zu viel

Wein genossen hatte und bald darauf ins Bett ging.

Katarina brauchte noch etwas Zeit, die Ereignisse des Abends mussten noch verdaut werden und sie bemerkte überrascht eine gewisse Trauer über den Abschied. *Verdammt, Katarina. Reiß dich zusammen. Ihr wart nur einen Abend zusammen und jetzt schau erst mal, ob er es schafft, zu schreiben.* Sie schwebte wie auf Wolken in ihr Bett und träumte sich eine wunderschöne Geschichte herbei, in der sich Paolo und Marco um sie stritten und Marco schließlich gewann und sie auf seinem weißen Pferd zum Luganer See entführte.

Um 7.30 Uhr schellte wie jeden Morgen der Wecker zur Schule. Am letzten Abend war es spät geworden und sie hatten alle zu viel Wein getrunken. Die Schule war eine Qual, lenkte aber auch von zu viel Gedanken an Marco ab. Lena schlief den Morgen aus und schwänzte die Schule.

„Ein Tag weniger Unterricht wird meinen Italienischkenntnissen schon nicht schaden", stöhnte sie. „Ich hab so einen Brummschädel. Außerdem haben wir gestern so viel Italienisch gesprochen wie schon lange nicht mehr. Das war eine super Übung."

„So kann man das streng optimistisch auch sehen", sagte Katarina und stürzte sich in die Hausaufgaben.

Die Woche verging mit dem üblichen Tagesablauf, Katarina war nun noch motivierter, die italienische Sprache zu lernen und hing Paolo, ihrem blauäugigen und sehr charmanten Lehrer, an den Lippen. Am Freitag sprach Paolo sie an.

„Sag mal, Katarina, hat man dir schon im Sekretariat Bescheid gesagt? Sie haben, glaube ich, Post für dich aus Italien." Sein verschmitztes Lächeln konnte er kaum verbergen.

Katarina drehte sich auf dem Absatz um und raste ins Sekretariat, wo die junge, hübsche Sekretärin erst suchen musste, bis sie den Brief fand ... und er kam tatsächlich aus Lugano und stammte von Marco! Katarinas Herz hüpfte und sie musste sich erst mal zu Hause beruhigen, bevor sie den Brief aufmachen konnte.

Ja, er schrieb, dass er sie sehr vermisste und dass es ohne sie und Lena irgendwie sehr trist war am Luganer See, wo doch die Landschaft für alles Mögliche entschädigen sollte. Der Dienst war nichts Neues und sie hatten regelmäßig Ausgang, hatten aber dabei nie so nette, amüsante und hübsche Mädels wie in Livorno kennengelernt.

„Mensch, der sülzt aber ganz schön rum", hatte Lena gesagt, der sie den Brief vorgelesen hatte und die insgeheim ein bisschen neidisch war, dass sie keinen von Luca erhalten hatte. Der ließ nur schön grüßen und lud sie beide zu einem Wochenendbesuch nach Lugano ein. Lucas Eltern besaßen ein Wochenendhaus in der Nähe von Lugano und nächstes Wochenende hätten sie militärdienstfrei.

„Ich war noch nie in Lugano", schwärmte Katarina. „Es muss wunderschön dort sein. Und außerdem möchte ich Marco schon echt gerne wiedersehen. Ich glaub, ich hab mich doch ein bisschen in ihn verguckt."

„Nächstes Wochenende kommen meine Eltern extra aus der Schweiz zu Besuch", seufzte Lena. „Da kann ich auf keinen Fall weg."

„Ja, aber die darauffolgende Woche bin ich schon wieder in Deutschland und mein Aufenthalt hier beendet. Ich muss die Chance einfach nutzen und mir ein romantisches Wochenende in Lugano machen", entgegnete Katarina.

„Ist das zu fassen. Du amüsierst dich mit den nettesten Italienern, die ich in meinen vier Monaten hier kennengelernt habe, und ich unterhalte meine Eltern! Das Leben kann schon echt grausam sein", schniefte Lena so theatralisch wie möglich.

„Meinst du denn, ich kann alleine dorthin fahren? Schließlich kennen wir die beiden doch gar nicht gut", sorgte sich Katarina.

„Hey, du bist erwachsen und du kommst mit der Sprache klar. Sonst machst du dich einfach vom Acker, wenn dir irgendwas suspekt vorkommt", schlug Lena vor.

„Ja also, dann fahre ich gleich zum Bahnhof und besorge mir eine Fahrkarte", Katarina strahlte übers ganze Gesicht. „Das ist wirklich ein gelungener Abschluss meines Italien-Aufenthaltes!"

„Versprich dir aber bitte nicht zu viel von der ganzen Sache", warnte Lena.

„Ich versuch's, aber er küsst doch so gut!" Katarina ließ sich ihre Vorfreude nicht nehmen.

Und schon zwei Tage später saß sie an einem Samstagmorgen im Zug und fuhr direkten Weges nach Lugano, wo sie hoffentlich ein traumhaftes Wochenende erwartete. Die Fahrt im heißen und engen Zugabteil wurde zur Tortur. Eine Klimaanlage wäre jetzt traumhaft, dachte Katarina und sehnte sich nach den deutschen Zügen zurück. Nach drei Stunden klebten ihr die Kleider am Leib und sie fühlte sich nur noch unwohl. Nach dreieinhalb Stunden kam der Zug endlich in Lugano an und es erwartete sie „ihr" Marco und er sah mindestens so gut aus wie damals. Katarinas Herz machte einen Sprung, als sie ihn am Bahnsteig erblickte, und sie stieg aus und umarmte und küsste ihn leidenschaftlich.

„Wow, du freust dich aber, mich zu sehen", sagte er und schien ein wenig reserviert. „Lass uns erst mal in die Stadt fahren. Dort treffen wir Luca; wir essen ein paar Spaghetti und du kannst deine Sachen im Haus deponieren. Danach wollen wir mit dem Boot von Lucas Eltern eine Bootsfahrt auf dem Luganer See machen."

„Hui, da bin ich aber so was von einverstanden", entgegnete Katarina und nahm Marco bei der Hand. Sie fand einfach alles an ihm angenehm: er war nicht aufdringlich, momentan eher ein bisschen zurückhaltend im Gegensatz zu ihrem letzten Abend in Livorno, trug lässige, modische Klamotten und hatte dieses spitzbübische Lachen, kombiniert mit den tiefbraunen Augen, was Katarina einfach umhaute. Warum gab es solche Männer eigentlich nicht in Deutschland? *Und von diesem muss ich mich schon sehr bald wieder verabschieden ... Aber vielleicht funktioniert ja eine Fernbeziehung. Ich will diesen supernetten Typen so schnell nicht wieder loslassen.*

Sie begrüßten Luca, verstauten Katarinas Gepäck in einem netten kleinen Zimmer mit Ausblick auf den Garten und gingen dann eine Kleinigkeit essen. Nach dem guten Essen mit viel Wein war Katarina ein wenig nach Ausruhen. Luca sagte, er müsse sowieso noch das Boot für den Ausflug fertig machen, und Marco brachte sie mit dem geliehenen Fiat Uno in das kleine Haus von Marcos Eltern zurück. Er wirkte etwas bedrückt.

„Es ist wirklich wunderschön hier. Ich genieße das Flair der Stadt sehr; ihr könnt wirklich froh sein, hier stationiert zu sein", schwärmte Katarina.

„In meiner Heimatstadt Florenz ist es am allerschönsten", entgegnete Marco. „Ich habe dort ein schönes Appartment, von wo aus ich die Stadt überblicken kann. Es gibt immer interessante Leute dort, nicht solche Schnösel und Langweiler wie beim Militär. In den Wäldern um die Stadt kann man wunderbar jagen."

„Was? Du erschießt unschuldige Tiere?!" entglitt es Katarina.

„Ja, das ist in unserer Familie Tradition. Mein Vater war Jäger und mein Großvater auch", antwortete er und nahm sie in den Arm. Sie gab sich seinem zärtlichen Kuss hin, der Wein tat sein Übriges und sie erkundeten ihre Körper. *Hmm, das fühlt sich aber alles gut an,* dachte sie und fühlte seine Hände geschickt über ihren Körper gleiten. Sein Verlangen wurde deutlicher und gezielter und sie sagte etwas atemlos: „Luca wartet bestimmt schon am Boot und macht sich Sorgen. Sollten wir nicht langsam wieder runtergehen?"

„Ach, das ist nicht so wichtig. Lass ihn ruhig ein bisschen warten", hauchte Marco Katarina ins Ohr. „Ich möchte jetzt viel lieber mit dir schlafen."

Katarina wurde ungehalten. „Aber wir kennen uns doch kaum. Ich kann doch nicht hier mit dir Sex haben nach so kurzer Zeit!"

„Warum denn nicht? Komm, stell dich nicht so an", versuchte es Marco noch einmal.

„Nein", Katarina hatte ihre Prinzipien. „Wenn du mich wirklich gerne magst, dann gibst du uns noch ein wenig Zeit."

„Echt schade, wir hätten sicher viel Spaß haben können", erwiderte Marco und setzte sich wieder auf. „Aber eine längere Sache wäre aus uns eh nicht geworden. Ich habe seit langer Zeit eine Freundin in Florenz und wir sind verlobt. Ich gehe mit ihrem Vater auf dessen Gütern jagen."

Jetzt hatte es Katarina die Sprache verschlagen. „Aber ich dachte, du bist in mich verliebt! Das hast du mir doch geschrieben."

„Papier ist geduldig. Ich finde dich attraktiv und hätte gern mit dir geschlafen, aber du glaubst doch nicht, dass ich meine langjährige Freundin für dich aufgebe!" Marco wurde unruhig. „Zieh dich an und wir treffen Luca. Ich bin eh heut Abend noch verabredet."

„Das ist ja wohl echt die Höhe", fauchte Katarina. „Ich komme extra mit dem Zug aus Livorno und du hast es nur auf Sex abgesehen!"

„Ja, wie naiv bist du denn?", entgegnete Marco, inzwischen äußerst arrogant. Er brachte Katarina zu Luca und verabschiedete sich kurz und wortkarg. „Machs gut und schau dir mal Florenz an, das ist 'ne richtig tolle Stadt."

Katarina rang mit den Tränen, wollte sich aber diese Blöße nicht geben. Sie schluckte die Tränen runter und sagte nur kurz: „Ich hoffe, du wirst glücklich mit deiner Verlobten, die du so leicht betrogen hättest. Ein schönes Leben noch."

Er ging davon und Katarina fragte sich, warum alles so schief gelaufen war. Wie konnte man eine solche Begeisterung für einen Menschen nur so spielen?

Luca empfing sie mit traurigem Gesichtsausdruck und sagte zu ihr: „Ich hätte dich gerne gewarnt, hab allerdings auch nicht gedacht, dass Marco so weit gehen würde. Wir sind keine Freunde, nur Gefährten beim Militär, und daran wird sich wohl erst recht nach dem heutigen Tag nichts ändern."

Sie machten noch eine wunderschöne Bootsfahrt über den See. Katarina ließ die Gedanken im Wind fliegen und ertappte sich dabei, wie sie sich Marco herbeiwünschte. Es war noch ein sehr angenehmer Nachmittag und Abend mit Luca. Er war ein guter Unterhalter und witzelte herum, um Katarina auf andere Gedanken zu bringen.

Als Katarina am nächsten Morgen wieder in den Zug nach Livorno stieg, war sie doch erleichtert, dieses Abenteuer so gut überstanden zu haben.

5. Giuseppe (Sternzeichen: Wassermann), der letzte Italiener

„Der Wassermann spielt gerne; er ist menschenfreund-
lich, offen und tolerant, aber auch wankelmütig, wenn
er sich – nachdem er sein Mädchen eingefangen und ihr
die Welt zu Füßen gelegt hat – der nächsten
interessanten Person zuwendet."
(Astrologie für Männer)

Wieder zurück in Deutschland hatte Katarina ihren Freundinnen beim gemeinsamen Frauenabend so viel Spannendes zu erzählen, dass diese oftmals nur staunend dasaßen.

„Wow, was du alles erlebt hast", sagte Ulla ein bisschen neidisch. „Und wir hatten nur den deutschen Sommer!"

„Mein Marco aus Mailand hat sich auch gemeldet und gefragt, ob ich ihn mal besuchen komme", sagte Petra. „Ich will nicht hoffen, dass es so wie bei dir endet!"

„Tja, es war eine sehr schöne Erfahrung mit 'nem blöden Ende", meinte Katarina. „Aber es war doch trotzdem irgendwie alles superromantisch! Ich habe Marcos Brief verwahrt und denke oft an ihn. Er war zuerst so charmant und aufmerksam und dann diese Pleite zum Schluss. Aber unterm Strich hat mir der Aufenthalt sehr viel für meine Italienischkenntnisse gebracht und ich bin irgendwie daran gewachsen." Und tatsächlich hatte sie durch die Wochen in Italien viele neue Erfahrungen gemacht, hatte sich durchgeschlagen und ihren Wissensdurst getilgt.

Geblieben war das Faible für den Stil, die Sprache und die Mode Italiens, die sie auch selbst mit Stolz trug, und die erworbenen Sprachkenntnisse konnte ihr keiner mehr nehmen.

Nach vier Wochen Urlaub, der für alle Auszubildenden des Hotels obligatorisch war, weil in Frankfurt in den Sommermonaten bis zur Modemesse einfach nichts los war, gingen die Auszubildenden nun ihr zweites Lehrjahr an und man freute sich auf neue Erfahrungen; zuerst wurden aber natürlich die Urlaubserlebnisse ausgetauscht.

„Der Urlaub mit meinen Eltern war echt erholsam", erzählte Andrea, die mit ihren Eltern und ihrem Bruder nach Mallorca geflogen war. „Jetzt bin ich relaxed und erholt und kann die sechs Monate Housekeeping locker angehen."

Tatsächlich hatte die Berufsgruppe der Hotelfachfrauen während der Ausbildung eine harte Prüfung zu absolvieren: vier Monate waren jeden Tag sechzehn Zimmer zu putzen und die restlichen zwei Monate durften dann die Zimmer in Funktion einer Hausdame „gecheckt" werden. Für Katarina, die die Ausbildung zur Hotelkauffrau machte, stand diese Herausforderung in diesem Ausbildungsjahr auch auf dem Programm, allerdings nur einen Monat lang; das hieß drei Wochen Zimmer putzen und eine Woche als Hausdame arbeiten.

„Ich hoffe, du packst es problemlos. Der ein oder andere hat schon sein Zeug geschmissen in dieser harten Zeit", sagte Katarina. „Ich darf jetzt erst mal einen Monat Buchhaltung machen und danach sechs Monate in den Restaurantbereich mit Minibar und Küche."

Die Zeit in der Buchhaltung verging schnell; man lernte hier viele Angestellte des Hotels kennen, da zumindest die Personen an verantwortlichen Positionen die eingehenden Rechnungen persönlich unterzeichnen mussten.

Astrid, die hübsche kleine Blonde mit den großen braunen Augen, die eine Kellnerausbildung machte, kam eines Tages mit einem dunkelhaarigen, sympathischen Typen in die Buchhaltung, um von ihm erklärt zu bekommen, wie die Belege für den Bankettbereich unterschrieben werden müssten.

„Mit wem warst du denn gestern bei mir?", fragte Katarina neugierig. „Der sah aber nett aus."

„Er hat auch gleich gefragt, wer die Hübsche mit den langen blonden Haaren ist", grinste Astrid. „Das ist Giuseppe, mein Vorgesetzter im Bankettbereich, aber er ist momentan mit der japanischen Auszubildenden Ishida liiert. Glaub ich auf jeden Fall. Bei Giuseppe weiß man das nie so genau, der ist immer zu allen freundlich und flirtet gerne. Bei mir versucht er's auch regelmäßig."

Katarina musste an Marco denken und schwieg.

Die Minibar war eine Art Getränke-Versorgungs-einheit im Bereich zwischen Küche und Restaurant, wo ausschließlich die Getränke vorbereitet und für die Kellner bereitgestellt wurden. Es gab eine festangestell-te Italienerin dort und zusätzlich immer einen Auszu-bildenden zur Aushilfe. Die Mini-Bar musste tagsüber und auch abends zu Veranstaltungen immer belegt sein, da sie den einzigen Getränke-Ausschank des Ho-tels darstellte. Es war die typische Einstiegsabteilung zu den Servicebereichen, sie war aber auch eine sehr kommunikative Abteilung und der Dreh- und Angel-punkt zwischen den verschiedenen gastronomischen Abteilungen des Hotels.

Als Katarina sich hier vorstellte, saß dort noch Anja, die dunkelhaarige Kellnerinnen-Auszubildende aus ih-rem Lehrjahr.

„Und wie hat es dir hier gefallen?", fragte Katarina wissbegierig.

Anja gähnte. „Leider hatte ich oft Frühdienst; da machst du nur die Bestellungen fürs Frühstück fertig und langweilst dich die meiste Zeit. Aber jetzt wo es auf den Herbst zugeht, haben wir 'ne Menge Bankettveran-staltungen und da gibt's sicherlich mehr Abwechslung."

„Hab ich da grad Abwechslung gehört, Süße? Fehlt dir irgendwas in der Richtung?" Ein männlich-sympa-thisches Gesicht mit einem Paar dunkelbrauner Knopf-augen schaute grinsend über den Tresen.

„Ach Giuseppe", feixte Anja, „sollte ich mal Ab-wechslung von meinem Freund brauchen, melde ich mich gern bei dir!"

„Na, man kann's ja mal versuchen", erwiderte Giuseppe und ging pfeifend in Richtung Küche, wo er mit dem Küchenchef herumalberte. Er trug sein schwarzes Bankettkellner-Jackett, das ihm sehr gut stand und schlank machte. Katarina war etwas errötet.

„Vor Giuseppe musst du dich nicht ängstigen, der ist total harmlos. Außerdem ist er mit der japanischen Auszubildenden zusammen."

„Weiß ich schon", führte Katarina den Satz fort.

„Ja, obwohl ich es nicht verstehe. Er ist so ein Schatz und so sympathisch und immer gut drauf und Ishida ist immer schlecht gelaunt und 'ne arrogante Zicke! Die passen überhaupt nicht zusammen und ich bin mir auch nicht so sicher, wie lang Giuseppe es noch mit ihr aushält", berichtete Anja der interessierten Katarina.

„Wie lange sind sie denn schon zusammen?"

„Ich schätze mal so circa zwei Jahre. Sie sind gleich in Ishidas erstem Lehrjahr hier zusammengekommen und irgendetwas scheint sie zu haben, was ihn anzieht. Vielleicht weil ihr Vater ein großes Hotel in Japan besitzt ...", mutmaßte Anja. „Egal, was sollst. Muss ja jeder selber wissen und ich interessiere mich auch nach meinen einschlägigen Erfahrungen mit italienischen Männern nicht mehr für sie. Die machen doch immer nur Probleme", sagte Katarina, die sich selbst über ihre Bestimmtheit wunderte.

„Ich kann da nicht mitreden. Bin schon seit Urzeiten mit meinem Freund aus Frankfurt zusammen und wir werden sicher noch irgendwann heiraten", schwärmte Anja. „Und jetzt mach ich Feierabend und freu mich auf meine nächste Abteilung. Bin ab morgen nämlich im Restaurant und du darfst mir dann die Getränke fertigmachen, die ich bestelle, hihi", frotzelte sie.

„Hey, das ist ja klasse. Dann sehen wir uns regelmäßig und können ab und zu plaudern!"

Mit Astrid und Andrea hatte Katarina inzwischen häufig Kontakt gehabt und sie waren regelmäßig in Frankfurt abends gemeinsam weggegangen, hatten über die Chefs und ihre Mitstreiter gelästert und ihre Erfahrungen in den verschiedenen Abteilungen ausgetauscht. Anja war meistens nicht dabei, sie pflegte bisher lediglich Kontakt mit Astrid, die auch aus der Gegend von Frankfurt kam und mit der sie gemeinsame Freunde hatte.

Morgens um sieben Uhr klingelte der Wecker in Katharinas kleiner Singlebude, die mit siebenundzwanzig Quadratmetern immerhin eine eigene Küche, ein Bad und einen kleinen Balkon hatte. Unschlüssig stand sie vor dem Kleiderschrank. Die schicken Büroklamotten aus der Buchhaltung waren jetzt nicht mehr praktikabel, da man zwischendurch auch mal Paletten transportieren musste und sich am Anfang beim Öffnen von Milchtüten, Rotweinflaschen und dergleichen sicherlich schmutzig machte. Katarina fand bei den Sachen, die sie in Livorno auf dem wöchentlichen Kleidermarkt für relativ wenig Geld erstanden hatte, eine schöne, gut sitzende Blümchen-Leggings und ein langes schwarzes, figurbetonendes Shirt, welches ihre gebräunte Haut und die blonden Haare besonders gut zur Geltung brachte.

Als sie pünktlich eine Stunde später in der Minibar des Hotels eintraf, wurde sie freundlich von Franca begrüßt, die immer Frühdienst von sieben bis dreizehn Uhr hatte und schon eine feste Institution im Hotel darstellte. *„Ma che bella questa signorina!"*, lobte sie ihre neue Mitstreiterin.

„Ich brauche zwei Kannen Kaffee und eine Kanne japanischen Tee", befal der Oberkellner, welcher gerade aus dem Restaurant hereingerauscht kam. „Ach, und Sie müssen wohl unsere neue Auszubildende sein", wandte er sich an Katarina.

„Na ja, so neu bin ich nicht mehr. Ich bin Hotelkauffrau im zweiten Lehrjahr und jetzt für einen Monat an der Minibar."

„Dann lassen Sie sich mal von der Franca alles gut erklären, damit der Ablauf im Restaurant reibungslos bleibt. Und wir sehen uns ja dann auch bald, wenn Sie zum Frühstücksdienst ins Restaurant kommen." Mit diesen Worten rauschte er mit seinen Tee- und Kaffeekannen in der Hand ab und verschwand hinter der großen Schwenktür des Restaurants.

„Der wirkt immer ein bisschen abweisend und arrogant. Das liegt aber auch an dem ewigen Disput zwischen Küche und Restaurant, und wir als Mini-Bar liegen halt genau dazwischen." Franca sprach mit stark italienischem Akzent. Katarina bot ihr an, sich auf Italienisch zu unterhalten, aber Franca lehnte ab. „Zunächst mal bin ich schon lange genug in Deutschland, dass ich gut genug spreche, und ich komme aus Kalabrien, da verstehen mich die Römer kaum mit meinem Akzent und erst recht nicht du!"

Katarina arbeitete sich in der Mini-Bar ein, füllte die Milchkannen und Saftkaraffen am Frühstücksbüfett und brühte pausenlos Kaffee und Tee auf. Es gefiel ihr, näher am Geschehen des Hotels zu sein als in der Buchhaltung oder im Einkauf. Hier passierte wirklich etwas und die Leute waren alle sehr aufgeschlossen und nett. Die Zusammensetzung des Personals war natürlich sehr international, wie in jedem großen Hotel. Es gab den Kofferboy aus Amerika und japanische Rezeptionisten sowie viele Italiener im Service, aber auch eine polnische Restaurantleiterin und eine englische Personalchefin. Katarina fühlte sich in ihre Zeit in der Schweiz zurückversetzt und es gefiel ihr mehr und mehr.

Mehr und mehr zeigte sich auch ein italienischer, gutaussehender Bankettkellner persönlich in der Mini-Bar, flirtete mit Anja, die inzwischen im Frühstücksservice des Restaurants arbeitete, und hatte schnell herausgefunden, dass Katarina Italienisch sprach. Er war immer freundlich zu ihr und half ihr, wenn sie allein in der Mini-Bar war und allein mit den vielen Bestellungen aus Bankett und Restaurant nicht mehr nachkam.

„Wir gehen heute Abend in die Baghwan-Disco nach der Veranstaltung. Kommst du auch mit?", fragte er eines Abends unverbindlich, während er flink einige Flaschen Rotwein öffnete.

„Ja, warum nicht", antwortete Katarina zögerlich.

„Die anderen kommen auch fast alle mit: Guido, Frank, Astrid, Anja und Andrea, weil sie alle im Bankett aushelfen und wir dann alle gemeinsam Feierabend haben. Ich werde dir später helfen, damit du auch pünktlich rauskommst."

Katarina fand die Sache eigentlich zu spontan, zumal sie sich auf einen gemütlichen Abend auf der Couch eingerichtet hatte, aber sie hatte sich von ihrem Schweiz-Aufenthalt einen kleinen Renault gekauft und war daher flexibel und konnte jederzeit gehen, wenn es ihr in der Diskothek nicht gefiel.

„Ich weiß aber nicht genau, wie ich dorthin komme", sagte sie.

„Kein Problem. Du fährst mit mir und ich bring dich hinterher wieder zum Auto zurück. Du sagst mir einfach Bescheid, wenn du müde bist, und ich kann dann ja hinterher wieder zu den anderen zurückfahren", bot Giuseppe an. Da dieses Angebot nun wirklich kaum mehr auszuschlagen war, sagte sie zu.

Dieser Giuseppe, der in letzter Zeit viel häufiger als sonst in der Mini-Bar vertreten war (wie ihr Anja eines Tages gesteckt hatte), war ihr als Person einfach sehr angenehm. Er hatte einen guten Humor und war immer zur Stelle, wenn Not am Mann (beziehungsweise an der Frau) war. Wenn er lachte, funkelten seine dunkelbraunen Augen und trotz seiner leicht abgekauten Fingernägel und der nicht ganz perfekt gewachsenen Zähne hatte er eine warmherzige Ausstrahlung, der sie sich nur schwer entziehen konnte. Sie fand, dass er gut aussah, und seltsamerweise fanden das auch ihre Freundinnen im Hotel, obwohl er auch ein paar Kilos zu viel hatte und über die einsfünfundsiebzig nicht hinauskam.

„Giuseppe ist irgendwie total knuffig und ein guter Typ", hatte Andrea einmal gesagt, die sich inzwischen redlich durch ihre Housekeeping-Zeit schlug. „Ich mag seinen Humor und seine freundliche Ausstrahlung, außerdem hat er Stil." Katarina hatte geschwiegen und sich ihren Teil gedacht; sie wollte auf keinen Fall zeigen, dass sie sich ein wenig für Giuseppe interessierte, wo der doch fest liiert war!

„Ich glaube, die sind gar nicht mehr zusammen", hatte eines Tages Astrid sinniert, als sie in der Kantine zusammensaßen. „Soweit ich weiß, hat Ishida einen Neuen, ist Sous-Chef im Interconti und Giuseppe ist raus. Aber er macht auf mich keinen besonders traurigen Eindruck."

Katarinas Herz machte bei dieser Nachricht einen Sprung. Sie fühlte, wie sich ihr Magen zusammenzog, und hatte auf einen Schlag keinen Hunger mehr.

„Im Moment drückt er sich viel bei Katarina in der Mini-Bar rum", petzte Anja. „Sie unterhalten sich ganz verschwörerisch in Italienisch, damit ich nichts verstehen kann."

Katarina fühlte die Röte in sich aufsteigen. „So'n Quatsch. Ich übe halt mit ihm mein Italienisch, damit es nicht einschläft."

„Ja klar", feixte Anja.

„Ich finde, er würde gut zu dir passen", meinte Andrea. „Er ist ein guter Typ und scheint dich zu mögen, Katarina. Und du bist sowieso solo. Also, was spräche dagegen?"

„Keine Ahnung. Ich lass das einfach mal auf mich zukommen."

Am selben Abend saßen Astrid, Katarina, Andrea und Anja in Giuseppes Golf und hörten italienische Lieder aus dem Rekorder des Autoradios. „Boah, Giuseppe, kannst du nicht mal was Vernünftiges auflegen", beschwerte sich Astrid.

„Aber das ist doch total gut. Ich liebe Zucchero und Lucio Dalla", widersprach Katarina.

„Hey, *ragazze*, ihr sitzt in meinem Auto und dann bestimme ich die Musik", schloss Giuseppe das Thema ab.

Katarina war schon einige Male in der Baghwan-Disco im Frankfurter Zentrum gewesen und es hatte ihr nie besonders gefallen. Die Leute waren zu schick und oberflächlich und die Musik immer gleich, außerdem hatte sie heute einen wirklich anstrengenden Tag gehabt und die Füße taten ihr weh. Giuseppe wich nicht von ihrer Seite und sie gab sich sichtlich Mühe, sich zu amüsieren. Aber nach circa zwei Stunden hatte sie die Lust an dem Laden und den Leuten verloren.

„Würde es dir was ausmachen, mich zum Auto zu bringen, damit ich nach Hause fahren kann?", fragte sie.

„Natürlich nicht. Ich hab's dir ja versprochen", entgegnete Giuseppe, sagte schnell den anderen Bescheid, dass er in kurzer Zeit wieder zurück sein würde und verabschiedete sich.

Katarina ging mit Giuseppe raus in die kalte Dunkelheit; es war inzwischen Herbst geworden und man brauchte einen Mantel. Giuseppe legte fürsorglich wärmend seinen Arm um sie.

„Keine Angst. Ich möchte nur nicht, dass du dich erkältest und ich meine beste Mini-Bar-Kraft verliere", sagte er, als er Katarinas verdutztes Gesicht sah.

Er brachte sie zum Auto, sie unterhielten sich über italienische Musik (Katarina kannte auch die italienische Discomusik von Giuseppe und fand sie sehr gut) und er verabschiedete sie mit einem Kuss auf beide Wangen. Katarina schwebte in ihrem Renault wie auf einer Wolke nach Hause.

Am nächsten Morgen bekam sie einen Anruf in der Minibar, es war Giuseppe. „Willst du nicht heute Abend mit mir essen gehen, nach der Arbeit?"

Katarinas Herz hüpfte. „ Ähm ja, warum eigentlich nicht? Wo wollen wir denn hingehen?"

„In ein supernettes italienisches Restaurant im Frankfurter Süden. Ich kenne den Chef dort gut und es ist so gar nicht Schickimicki wie hier im Zentrum. Ich denke, du stehst da nicht so drauf", schlug Giuseppe vor.

„Ja, du hast recht", antwortete Katarina erfreut.

„Ich komme dich heut Abend gegen 20 Uhr zuhause abholen, *va bene*?"

Katarina nickte in den Telefonhörer und konnte ihr Glück gar nicht fassen.

Am Abend holte Giuseppe sie aus der Nachbarstadt, in der sie lebte, ab. Er sah wie immer gut aus und hatte gute Musik im Auto, und Katarina spürte, wie sie dahinschmolz. Das Restaurant war klein und familiär und Giuseppe unterhielt sich in einem für Katarina kaum verständlichen süditalienischen Dialekt über die Frauen im Besonderen und Allgemeinen. Er bestellte Rotwein und sie aßen eine Pizza, die wunderbar schmeckte, aber bei Katarinas Aufgeregtheit kaum eine Wertschätzung erfuhr. Giuseppe erzählte von seiner Beziehung mit Ishida und dass sie ihn vor drei Monaten begonnen hatte zu betrügen mit diesem Schnösel aus dem Interconti und dass sie mit ihm sicherlich nicht auf lange Sicht glücklich würde, aber dass es ihm auch inzwischen egal sei.

„Ich bin da jetzt drüber weg und kann es im Nachhinein kaum verstehen, wie ich so lange Zeit mit so einem kaltschnäuzigen Luder verbringen konnte. Die anderen haben mich gewarnt, sie wollte nie Kontakt mit meiner Familie, fand meinen Vater vulgär und hat sich nie dazu herabgelassen, mich auf Familienfeiern zu begleiten", seufzte er.

Katarina versuchte die Fassung zu bewahren und antwortete kurz und sachlich auf die Schilderungen seiner vergangenen Beziehung. Sie kannte Ishida nicht sonderlich gut und war auch sicherlich ein bisschen voreingenommen, aber was sollte sie auch an so einem romantischen Ort mit dem Mann, in den sie sich gerade verliebt hatte, Anspruchsvolles sagen?

Giuseppe nahm einen Schluck Wein. „Ich sollte mal das Thema wechseln, wie gefällt es dir denn eigentlich inzwischen im Hotel? Du bist im zweiten Lehrjahr, nicht wahr?"

Katarina freute sich über seine zurückgewonnene

Aufmerksamkeit und berichtete über ihre Erlebnisse in den einzelnen Abteilungen des Hotels. Giuseppe kannte alle Abteilungsleiter und konnte zu jedem auch noch eine Anekdote hinzufügen, und so verging die Zeit wie im Fluge. Sie bestellten noch einen Espresso und einen Sambucca und Katarina spürte, dass sie ein wenig beschwipst war.

Er küsste sie bereits im Auto, ohne umständliche Floskeln oder Tricks – und er küsste gut! Katarina ließ sich einfach gehen, genoss seine Umarmung und die fordernden Hände, die sehr erfahren ihre Ziele suchten.

„Es fühlte sich so schön an, wie er mich berührte und wie er küsste", schwärmte sie später Petra und Ulla beim Frauenabend vor. „Ich habe mich einfach dahingleiten lassen und der Alkohol hat sein Übriges dazugetan."

„Du hast doch wohl nicht gleich mit ihm geschlafen?", wollte Petra wissen. „Du hast doch sonst immer deine Prinzipien gehabt, nicht beim ersten Date Sex zu haben!"

„Ja, ich weiß", gab Katarina zu. „Aber dieses Mal war die Situation so perfekt, dass ich mich einfach hab gehen lassen, schließlich bin ich jetzt zweiundzwanzig Jahre alt und darf das auch mal!"

Ulla und Petra nickten. „Aber klar. Das waren ja schließlich deine eigenen harten Vorgaben. Pass aber nur auf, dass er nicht die Lust an dir verliert, wenn er dich so schnell ins Bett gekriegt hat!"

Giuseppe war noch besser gelaunt als sonst, überschüttete Katarina mit Komplimenten und Geschenken, und sie schwebte im siebten Himmel. Sie trafen sich oft in Frankfurt, weil beide dort arbeiteten, und dann waren auch oft die gemeinsamen Freunde mit dabei. Die wenigen Abende, an denen Giuseppe nicht arbeiten musste, verbrachten sie in seiner kleinen Wohnung im Frankfurter Süden, besuchten seinen Vater oder hatten kurzen, heftigen Sex. Katarina wusste nicht, wie sich eine perfekte Beziehung anfühlte, weil sie bisher noch keine gehabt hatte, aber sie meinte sehr nah dran zu sein.

Giuseppe unterhielt sie mit viel italienischer Musik, gutem Essen und Geschenken. Welche Frau konnte solch einer Behandlung widerstehen? Katarina schwebte durch ihre Zeit in der Mini-Bar, und dann kam die Zeit im Restaurant, wo sie in der schicken schwarzen Serviererinnen-Uniform Kaffee und Tee zum Frühstück servierte. Alle im Hotel wussten inzwischen von ihrer Liaison mit dem Bankett-Oberkellner und es wurde über sie gesprochen.

„Ich dachte immer, du wärst eine von den gut erzogenen, arroganten Blondinen aus gutem Hause", erzählte ihr eines Tages die polnische Restauranthostess. „Aber der Giuseppe ist echt 'n netter Kerl, mit dem kannst du bestimmt viel Spaß haben!"

Aber sie bekam keinen Bonus auf der Arbeit wegen ihrer Beziehung mit dem beliebten Italiener. „Du brauchst nicht zu denken, Mädchen, dass du hier weniger arbeiten musst, nur weil du mit Giuseppe zusammen bist", stellte eines Tages die stellvertretende italienische Restaurantleiterin, Frau Fredi, klar. „Ich behandle hier alle Mädchen gleich."

Eines Tages brachte ihr Giuseppe wieder ein Geschenk mit. „*Caro*, du brauchst mir nicht immer etwas zu schenken, ich liebe dich auch so", sagte Katarina liebevoll. Sie packte das Geschenk aus und es enthielt ein teures Parfum und ein sehr schönes Bild von ihm, auf dem stand: *Ti amo, Giuseppe.* Katarina war sehr glücklich; sie war noch nie in ihrem Leben so intensiv und kompromisslos geliebt worden. „Ich liebe dich auch, mein Schatz", hauchte sie.

Sie genossen die eher spärliche gemeinsame Zeit, feierten viel mit ihren Freunden und Kollegen aus dem Hotel. Katarina vertiefte ihre Italienischkenntnisse weiterhin zweimal pro Woche an der VHS und war inzwischen die Beste ihres Kurses. Abends polierten sich die Hotel-Auszubildenden regelmäßig ihr spärliches Gehalt mit der Aushilfe bei Bankettveranstaltungen auf, danach gingen sie meistens noch feiern und oft blieben nur einige wenige Stunden Schlaf, bis der Wecker für Katarina zum Frühdienst im Restaurant schellte. Aber sie war ausgeglichen und gut gelaunt, Giuseppe hatte sie mit seiner positiven Grundeinstellung für sich eingenommen und sie überlegten bereits einen gemeinsamen Urlaub in seiner Heimat Apulien.

„Ich hab' momentan so ein gutes Gefühl mit Giuseppe. Er lässt mich immer genau wissen, dass ich die einzige Frau in seinem Leben bin", schwärmte Katarina beim nächsten Frauenabend. Sie saßen in einer Bar und schlürften Cocktails; außer Petra, für sie war Bier ein Lebenselixier.

„Tja, da bist du ja echt zu beneiden", seufzte Ulla mit traurigem Blick. „Ich bin bei meinem deutschen Exemplar gerade mal froh, wenn er bemerkt, dass ich da bin. Letztens hat er bei einem Treffen mit Arbeitskollegen meine Arbeit verleugnet, sprich: er hat gesagt, dass ich noch studiere und die Post nur nebenbei austrage. Ich hab's durch Zufall von einem gemeinsamen Bekannten erfahren."

„Und dass du regelmäßig rauchst, weiß er auch nicht, oder?", fragte Petra.

„Oh, ich bitte dich. Das wäre ein echter Trennungsgrund. Arne glaubt immer noch, dass ihr mich vollgequalmt habt, wenn ich nach Rauch rieche und er mich fragt, ob ich geraucht habe."

„Er glaubt einfach das, was er glauben möchte. Ist doch 'ne schöne, einfache Sache", grinste Britta.

„Oh Mann, mit dem Rauchen muss ich aber auch wirklich mal aufhören", seufzte Ulla, „irgendwann kommt Arne doch mal dahinter und dann ist echt Zappenduster ..."

„Bei Giuseppe habe ich den Eindruck, dass er mich vergöttert, wie ich bin, und das gibt mir 'ne Menge Selbstbewusstsein", sagte Katarina und schaute gedankenverloren in ihr Glas.

Manchmal fragte sie sich schon, ob die ganze Situation nur ein schöner Traum war, aus dem sie irgendwann erwachte. Aber nein, sie hatte es sich verdient und warum sollte ein so tolles Mädchen wie sie nicht auch mal Glück in der Liebe haben?!

„Ich fahre übrigens im Herbst zu Marco nach Mailand. Er hat mich in das Haus seiner Schwester eingeladen und freut sich schon sehr auf mich", berichtete Petra nach dem dritten Bier. „Ulla hätte auch mitkommen können ..."

„Ja klar, damit Arne dann gleich noch über unsere Episode auf dem Campingplatz im Urlaub am Lago Maggiore erfährt." Ulla schüttelte den Kopf. „Ich würde super gerne mitkommen, aber manche Sachen gehen eben nicht, wenn man einen festen Freund hat."

„Ich denke, Giuseppe würde das so auch nicht erlauben, obwohl er eigentlich überhaupt nicht eifersüchtig ist", mutmaßte Katarina.

Am nächsten Morgen schellte der Wecker bereits um halb fünf. Der Frühdienst im Restaurant war anstrengend.

„Das ist so gar nicht meine Zeit zum Aufstehen. Da schläft mein Biorhythmus noch", erwähnte Katarina eines Tages Andrea gegenüber.

„Hey, jetzt motz mal nicht", entgegnete diese. „Ich kann zwar ein wenig länger schlafen, dafür ist die Arbeit der blanke Horror. Aber jetzt hab ich nur noch eine Woche putzen vor mir und dann darf ich Hausdame spielen und die Arbeit der anderen bewerten, da hab ich richtig Lust drauf. In zwei Monaten ist dann für mich der Bereich Housekeeping beendet und ich darf endlich ins Restaurant, da freu ich mich schon drauf."

„Okay, mit dem Hintergrund kann ich es nachvollziehen." Katarina, setzte ihr charmantestes Lächeln auf und schleppte ihre Kannen mit Kaffee und Tee in Richtung Restaurant.

Die Tage und Wochen zogen ins Land und es lief weiterhin gut mit ihr und Giuseppe; einmal hatte sie ihn sogar schon ihrer Mutter vorgestellt, die inzwischen in zweiter Ehe mit einem Stahlarbeiter im Vorruhestand verheiratet war. Sie waren auf Kaffee und Kuchen eingeladen gewesen und Günther hatte wie immer geschwiegen, während ihre Mutter höfliche Konversation betrieb.

Katarina musste viel für die Berufsschule lernen, da sie es sich fest vorgenommen hatte, die Ausbildung zu verkürzen, was im Hotel nicht üblich war.

„Mit 'nem Zweier-Abi und dem Abschluss der Höheren Handelsschule sollte es ja wohl möglich sein, die Ausbildung wenigstens um ein halbes Jahr zu verkürzen", fachsimpelte sie mit Andrea.

„Grundsätzlich schon. Aber im letzten halben Jahr kann man uns doch so schön – gut eingearbeitet, wie wir sind – als billige Arbeitskräfte überall als Springer nutzen! Wenn du die Initiative startest, Kati, bin ich dabei", schlug Andrea vor.

„Ja klar. Aber im Moment muss ich erst einmal die Facharbeiten bestehen und Zeit für Giuseppe hab ich gerade auch kaum noch", sagte Katarina mit schlechtem Gewissen.

„Den hab ich schon seit fast einer Woche nicht mehr gesehen. Er läuft mir sonst beim Putzen immer mal wieder über den Weg und macht sich über meine Zimmermädchentracht lustig", erklärte Andrea.

„Stimmt. So lange hab ich ihn auch schon nicht mehr gesehen; wir haben gestern Abend noch telefoniert und er klang ein bisschen frustriert."

Katarina nahm sich fest vor, ihm am heutigen Abend überraschend in seinem Appartment einen Besuch abzustatten.

Sie hatte sich erkundigt, für diese Woche hatte er keinen Dienst mehr und da musste er eigentlich daheim sein. Als sie schön schick gemacht um zwanzig Uhr an seiner Wohnungstür klingelte, machte keiner auf.

„Giuseppe möchte nicht gestört werden; er fühlt sich nicht gut, hat Kopfschmerzen oder so", informierte sie Giuseppes Vater, der durch das Klingeln und Klopfen aus der Nachbarwohnung gestört worden war und nach Alkohol und Zigaretten stank. „Gehst du besser nach Hause und wartest, bis er sich meldet."

„Ja, schade." Katarina zog die Schultern ein und trottete enttäuscht davon; Giuseppes Komplimente fehlten ihr bereits nach ein paar Tagen. „Aber richten Sie ihm bitte aus, dass ich hier war. Ich bin doch seine Freundin und mache mir Sorgen!", versuchte sie ein bisschen Mitleid zu erzeugen. Aber der Mann war schon hinter der Tür verschwunden.

„Schon 'n bisschen seltsam", erzählte sie Ulla, mit der sie den nächsten Frauenabend allein verbrachte, da Petra gerade nach Mailand abgereist war. „Ich sollte doch als seine feste Freundin als Erste erfahren, wenn er Hilfe braucht und krank im Bett liegt."

„Ja, das wundert mich auch. Normalerweise sind doch Männer immer pflegebedürftig und wollen sich bei uns ausheulen, wenn es ihnen nicht so gut geht."

Katarina hörte auch in den nächsten Tagen nichts von Giuseppe; im Hotel hatte er Urlaub auf Überstunden genommen und man erwartete ihn frühestens in ein paar Tagen wieder zurück. Sie rief täglich ein- bis zweimal bei ihm an und hinterließ eine Nachricht auf dem Anrufbeantworter; aber es kam keine Reaktion. Sie konnte mit der Situation nichts anfangen und tröstete sich damit, dass er wohl einfach mal eine kleine Auszeit nehmen wollte.

Nach drei Tagen des täglichen Versuchens erreichte sie ihn endlich am Telefon.

„*Ciao Giuseppe, mio caro*, wo steckst du denn, ich mache mir Sorgen. Geht's dir nicht gut?", bombardierte sie ihn mit Fragen.

„Ich hatte Kopfschmerzen und es ging mir nicht so gut und ich musste über vieles nachdenken", sagte er in unheilschwangerem Ton.

„Wie meinst du das, worüber musstest du nachdenken?", fragte Katarina und das Herz blieb ihr beinah stehen.

„Über uns. Weißt du, ich bin mir nicht mehr sicher, ob ich dich wirklich liebe. Ich habe dich ganz gerne, sicherlich. Aber richtig lieben, ich glaube, so weit komme ich nicht mit dir."

Katarina fing an zu schluchzen. „Aber du hast mir doch gesagt, dass du mich liebst. Ich hab es sogar schriftlich. Und wann hattest du vor, es mir mitzuteilen, dass du mich nicht mehr liebst?"

„Weißt du was, ich fühl mich immer noch nicht gut. Ich leg jetzt auf und du versuchst mich bitte nicht mehr anzurufen, okay? Lass uns einfach mal etwas Gras über die Sache wachsen."

Katarina legte wortlos auf.

„Ich schätze, Giuseppe hat sich da mit dir in etwas verrannt, vielleicht um sich besser von Ishida lösen zu können ... ich weiß es nicht", versuchte Andrea, die sofort angefahren kam, eine Erklärung zu finden. Katarina war am Boden zerstört, und da Giuseppe nicht für ein klärendes Gespräch zur Verfügung stand, hatte sie zuerst zwei Stunden mit Andrea am Telefon verbracht. Dann hatte diese sich kurzerhand aufgemacht, um Katarina noch am selben Abend persönlich zu trösten. „Es war vielleicht doch noch zu früh mit euch und es ging alles zu schnell nach Ishida."

„Aber all die Geschenke, die Komplimente und schönen Karten, die er mir geschrieben hat. War das denn alles gelogen?", schluchzte Katarina mit verquollenen Augen.

„Das glaube ich nicht. Ich denke, dass er es in diesem Moment sicher ernst gemeint und sich auch in dich verliebt hat, aber irgendwann gemerkt hat, dass die Gefühle nicht von Dauer oder nicht tief genug sind."

„Nein, nein, nein. Ich kann das alles nicht begreifen. Irgendetwas muss ich falsch gemacht haben!"

Und obwohl Andrea den ganzen Abend versuchte, sie vom Gegenteil zu überzeugen, zermarterte sich Katarina die nächsten sieben Tage unablässig den Kopf darüber, was wohl ihr Fehler gewesen war, dass Giuseppe sich so schnell „entliebt" hatte. Es machte sie fertig, dass sie nicht mit ihm persönlich sprechen konnte, aber er war nicht zu einem Gespräch bereit. Sie weinte stundenlang und verspürte ein so trauriges und schmerzendes Gefühl in der Magengegend, dass sie kaum atmen, geschweige denn essen konnte. Sie nahm deutlich ab und ihre Mitschülerinnen an der Berufsschule fragten sich schon, ob sie an einer Essstörung litt.

In dieser Zeit der Verzweiflung war Andrea immer an Katarinas Seite. Sie erwies sich als wirkliche Freundin, rief mindestens einmal am Tag an und tröstete sie. Nur so konnte sie nach einer weiteren Woche wieder ein Treffen mit Giuseppe im Hotel überstehen, der gut gelaunt und unverbindlich einem persönlichen Gespräch aus dem Weg ging. Er richtete es immer so ein, dass er in Gesellschaft von Kollegen oder Gästen war, wenn sie sich trafen, und so kam es erst eine weitere Woche später zur Aussprache.

„Was hast du dir dabei gedacht, so mit mir zu spielen und mich anzulügen?", fragte Katarina bitter.

„Glaub mir bitte, *cara*. Ich hab nicht mit dir spielen wollen oder dich belügen oder was auch immer. Ich habe dich sehr gern, aber ich liebe dich nicht und mehr kann ich dir dazu leider nicht sagen. Ich muss jetzt auch zur Besprechung", und schon war er wieder weg und Katarina mit ihrem Aussprachebedürfnis alleine.

„Männer wollen oftmals nicht über ihre Gefühle reden", sagte Andrea tröstend. „Lass einfach etwas Zeit vergehen und dann kommst du schon alleine darüber hinweg. Konzentrier dich auf die Verkürzung deiner Ausbildung und auf die nächste Abteilung und die Zeit wird alle Wunden heilen."

Und Andreas weise Worte trafen zu: Katarina versuchte sich abzulenken, fing wieder an zu leben, sie ging mit ihren Freundinnen raus, ließ sich von Petras lustiger Schilderung ihres Mailand-Besuches zum Lachen bringen und wurde wieder nach und nach die Alte.

„Nie mehr wieder verliebe ich mich in einen Italiener", sagte sie eines Abends im Kreise ihrer Freundinnen. „Ich kann weiterhin Kultur und Land lieben, aber die italienischen Männer bringen mir wohl kein Glück."

Petra legte lachend den Arm um sie.

„Warum in die Ferne schweifen, wenn das Gute liegt so nah?", deklamierte sie zur Erheiterung der ganzen Frauenrunde. „Du könntest dich wirklich mal auf unsere deutschen Männer konzentrieren."

6. Christian oder Mark?
(Sternzeichen: folgt)

Katarina sah Giuseppe kaum noch, und wenn, dann merkte sie, wie sie sich verkrampfte und dieser tiefe Schmerz in ihrem Magen zurückkam und sie traurig machte. Also hielt sie sich von ihm fern; sie kam durch ihre Ausbildung wieder in die Buchhaltung, diesmal auf einen anderen Posten, und war froh, ihm nicht über den Weg zu laufen. Bald darauf fuhr er – wie sie von Astrid erfuhr, die immer noch den meisten Kontakt mit ihm pflegte – nach Italien zu seiner Familie und wurde erst in vier Wochen zurückerwartet. Das gab ihr etwas Zeit, um die nötige Distanz aufzubauen, die ihr noch immer ein wenig fehlte.

Die Vorsätze waren gut, aber an der Durchführung haperte es noch. Sie dachte viel in ihrer freien Zeit über ihn nach und war sich sicher, dass sie niemals mehr einen so perfekten Mann kennenlernen würde, und verbrachte so manche schlaflose Nacht, in der sie vor sich hin grübelte. Für ihre aktuelle Abteilung im Hotel musste sie erst um acht Uhr in Frankfurt erscheinen, daher nahm sie regelmäßig die öffentlichen Verkehrsmittel und ließ das Auto zu Hause stehen. Für die Busfahrkarte, die sie benutzte, musste sie die Hauptpost in Frankfurt besuchen, ein großes, altes Gebäude, deren Schaltermitarbeiter hinlänglich dafür bekannt waren, besonders unfreundlich zu sein.

Eines Tages stand sie an der Schlange hinter dem Schalter für Fahrkarten und Briefmarken und ihr Blick fiel auf den attraktiven, jungen Mann dahinter, der trotz seines mürrischen Gesichtsausdrucks sehr gut aussah. Seine tiefbraunen Augen schauten kaum auf, als sie um die monatliche Fahrkarte bat, dabei war Katarina doch durchaus ein Blickfang mit ihren langen blonden Haaren, der schlanken Figur und den schicken Büroklamotten, die sie trug. Sie versuchte, seinen Blick zu erhaschen, aber er schaute dienstbeflissen auf seinen Computer und händigte ihr die Marke aus. „Das macht 26,70 €, wenn's geht, passend", sagte er kurz angebunden.

Katarina kramte angestrengt in ihrem Portemonnaie. Eine lange Schlange von Menschen wartete hinter ihr. Katarina spürte die giftigen Blicke der Leute förmlich im Rücken und fingerte hektisch im Bargeldfach ihrer Börse herum. Sie wusste selbst nicht, wie es passierte, aber plötzlich ergoss sich ein klirrender Regen aus Münzen über den Schaltertresen und verteilte sich ringsumher auf dem Boden. Die Leute um sie herum halfen ihr, das Geld aufzusammeln, selbst ein älterer Herr im späten Rentenalter klaubte für sie die letzten Cents auf.

Schließlich legte Katarina, eine Entschuldigung murmelnd, das Geld passend hin.

„Alles klar", sagte der unfreundliche, attraktive Postbeamte und Katarina verließ das Schlachtfeld.

„Dieser Typ ist ja wohl nur arrogant. Wenn er das

nicht wäre, könnte er mich glatt interessieren", erzählte sie Ulla und Petra, die beide bei der Post als Briefträgerinnen arbeiteten. „Kennt ihr ihn zufällig?"

„Schalter drei, das kann eigentlich nur der Christian sein, was meinst du, Ulla?", überlegte Petra. Sie war inzwischen – nach ihrer verkorksten Reise nach Mailand zu ihrer Urlaubsbekanntschaft Marco – mit einem Postler liiert und kannte alle Beamten aus der Frankfurter Dienststelle.

„Ja, der sieht wirklich schnuckelig aus; so viele attraktive Kollegen gibt es sonst nicht bei uns", entgegnete Ulla. „Er ist der Sohn vom Personalrat und sicher nicht von ungefähr auf dem Posten. Aber arrogant kommt er mir eigentlich nicht vor. Ich hab ihn mal auf 'ner Weihnachtsfeier angesprochen und er war zwar nicht wirklich gesprächig, aber auch nicht unfreundlich. Vielleicht war er nur im Stress, als du da warst ..."

„Ist der nicht mit Susanne vom gehobenen Dienst zusammen, dieser vollbusigen Blondine?", fragte Petra.

„Ich denke schon. Hab die beiden öfter schon zusammen gesehen, aber sie ist auch gerne mal in anderen Etagen unterwegs, wenn du weißt, was ich meine ...", warf Petra ein.

„Tja, mit 'ner Vollbusigen kann ich nicht konkurrieren", lachte Katarina und schaute an ihrer schlanken Figur herunter.

„Also ich für meinen Teil finde den Christian total sympathisch. Er ist vielleicht nicht der Charmeur schlechthin, aber er hat einen echt klasse trockenen Humor und ist ein sehr guter Fußballspieler. Mein Ex-

Freund hat mit ihm zusammen bei Arminia in der Bezirksliga gespielt und es macht Christian im Nachhinein noch sympathischer, dass er nie etwas mit Thomas zu tun hatte. Ich glaube, die zwei mochten sich nicht wirklich. Thomas hat auch immer abfällig über ihn und sein Spiel gesprochen, dabei ist er ein hervorragender Libero!", ereiferte sich Petra. „Da wollen wir doch mal sehen, ob ich nicht Genaueres in Erfahrung bringen kann", tat sie geheimnisvoll.

„Keine Ahnung, wie er ist. Er sieht auf jeden Fall sehr gut aus, aber ich scheine ja wohl auf ihn keine besondere Wirkung zu haben", schmunzelte Katarina.

Petra fand später heraus, dass Christian tatsächlich noch mit Susanne zusammen war, und zwar schon seit gut einem Jahr.

Man vermutete zwar in informierten Postkreisen, dass die ganze Sache nicht mehr allzu lange halten würde, aber das war natürlich keine Information, die Katarina weiterhalf. Sie war immer noch traurig wegen Giuseppe, stürzte sich aber weiterhin in ihre Italienisch-Studien und bereitete sich auf ihre Abschlussprüfung vor. Im Falle einer besonders guten Note konnte man ein Stipendium für einen Studienaufenthalt in Perugia erhalten.

„Es wäre toll, wenn das klappen würde", erzählte sie eines Tages Andrea im Hotel. „Dann könnte ich auf Kosten des italienischen Staates vier Wochen lang in dieser wunderschönen Stadt studieren!"

„Ich bin bloß froh, wenn ich endlich meine Housekeeping-Zeit hier beendet habe, und fahre dann in den nächsten Sommerferien ganz relaxed mit meinen Eltern nach Mallorca!"

Katarina unternahm viel mit Andrea, die ihr während ihrer schweren Zeit der Trennung von Giuseppe eine gute Freundin gewesen war. Diese freundete sich allerdings auch mit Astrid an, was wiederum Anja nicht so sehr gefiel, weil sie doch Astrid zu ihrer speziellen Freundin auserkoren hatte. Astrid und Anja machten die gleiche Ausbildung zur Restaurantfachfrau, sprich: Kellnerin, während Andrea, Katarina und noch ein paar andere auch im kaufmännischen Bereich zu Hotelfachfrauen ausgebildet wurden. Astrid hatte gerade so ihr Abitur geschafft, Anja war mit mittlerer Reife in die Ausbildung eingestiegen, aber sie war zufrieden und wollte später gerne Stewardess werden, während Astrid nach Höherem strebte. Sie hielt sich gut mit den Abteilungsleitern der kaufmännischen Empfangsbereiche des Hotels, um noch einen Teil ihrer Ausbildung dort absolvieren zu können, was eigentlich in ihrem Lehrplan nicht vorgesehen war. Und sie verstand sich in letzter Zeit extrem gut mit Andrea; die zwei planten sogar, demnächst eine gemeinsame Woche auf Sylt im Wochenendhäuschen von Andreas Eltern zu verbringen. Giuseppe hatte die beiden auch gefragt, ob sie mit ihm eine Italientour machen wollten, aber sie hatten abgelehnt. Sicherlich nicht nur aus Rücksicht auf Katarina, es passte auch einfach nicht in ihre Planung. Katarina hatte es sehr weh getan zu hören, dass Giuseppe Astrid und Andrea mit auf „ihre" Reise nehmen wollte, aber sie musste sich einfach daran gewöhnen, dass sie nun nicht mehr zu Giuseppes Leben gehörte.

Die jungen Frauen dieses Ausbildungsjahres waren fast durch die Bank weg außergewöhnlich hübsch, daher gingen, wenn sie abends in Frankfurt und Umgebung die Diskotheken unsicher machten, auch immer einige Bankettkellner und Köche aus dem Hotel mit. Es war eine lustige Gruppe und ab und zu gesellte sich Katarina zu ihnen, wenn sie nichts anderes mit ihren Freundinnen vorhatte und mal Lust auf das Frankfurter Nachtleben verspürte. Auch Andrea war oft dabei und genoss die Aufmerksamkeit, die sie von den anderen erhielt. Sie hatte dunkle, lange Haare und blaue Augen und eine sehr hübsche, sportliche Figur. Sie fiel auf unter all den Blondinen und hatte zudem auch noch einen einnehmenden Humor.

Eines Abends im Winter hatte die Clique – bestehend aus Hotelleuten und Freunden von Astrid – eine Fahrt zum Spielkasino nach Fulda geplant.

„Mir ist das zu weit und heut Abend ist es mir auch zu kalt. Ich bleib lieber zu Hause auf meiner Couch", hatte Katarina für sich entschieden. Ein bisschen beneidet hatte sie die anderen schon, da sie noch nie im Spielkasino gewesen war, aber mit ihrem kleinen R5 ohne Winterreifen traute sie sich die Fahrt einfach nicht zu. Außerdem war ein Kälteeinbruch angesagt. So kuschelte sie sich auf die gemütliche ausziehbare Couch ihres Ein-Raum-Appartments, trank ein Glas Wein und schaute sich einen ihrer Lieblingsfilme an, „Highlander" mit Christopher Lambert, von dem sie nicht genug bekommen konnte. „Es ist mal wieder Zeit für einen vernünftigen Helden", sagte sie und schob die DVD ein.

Am nächsten Morgen musste sie wieder fit sein, da sie um acht Uhr am Kreditorenposten der Buchhaltungsabteilung erwartet wurde. Der Highlander enttäuschte sie auch dieses Mal nicht, er rettete die Welt und bekam die hübsche Rothaarige.

Am nächsten Morgen wurde sie von Hedda, einer Ostfriesin mit wilden blonden Locken und einer überdimensionalen Zahnspange, freundlich in der Buchhaltung begrüßt und eingewiesen.

Nach dem Mittagessen, sie wollte gerade den neuen Stapel der Eingangsrechnungen bearbeiten, erschien Anja in der Glastür der Buchhaltung. Sie hatte seltsam gerötete Augen und ging direkt auf Katarina zu.

Ohne Vorwarnung brach es mit einem Weinkrampf aus ihr heraus: „Sie sind alle tot. Ich fass es nicht. Andrea ist gefahren und bei plötzlichem Glatteis unter einen LKW geraten … Andrea war sofort tot, noch drei Freunde von Astrid und mir waren auch im Auto, sie sind alle später im Krankenhaus ihren Verletzungen erlegen. Oh Gott, warum? Warum gerade sie?!"

Katarina war unfähig, irgendetwas zu sagen oder zu tun. Sie stand wie in Trance auf, verließ den Raum und ging auf die Toilette. Dort atmete sie tief durch und ließ ihren Tränen freien Lauf. Der Schmerz, der sie durchzuckte, wollte auch nach einer halben Stunde nicht besser werden.

Anja war inzwischen gegangen, als Katarina an ihren Arbeitsplatz zurückkehrte. Hedda nahm sie wortlos in die Arme und sie konnte die Tränen abermals nicht zurückhalten. Der Abteilungsleiter schickte sie nach Hause, aber auch dort verfolgte sie die Frage auf Schritt und Tritt: Warum gerade dieser lebenslustige und wertvolle Mensch? Und was für ein unendlich tiefer Schmerz musste es für die Eltern sein, die Andrea in zwanzig Jahren zu so einem guten Menschen gemacht hatten? Sie hatten sie voller Liebe auf das Leben vorbereitet und mussten sie jetzt verlieren!

Katarina tauschte sich in den kommenden Tagen viel mit ihren Freundinnen aus und machte ihrer Trauer und ihrer Wut auf das Schicksal Luft. Sie merkte, wie der Schmerz allmählich zumindest so erträglich wurde, dass sie ihre Arbeit wieder aufnehmen konnte. Sie sprach im Hotel viel mit Anja. Astrid hatte sich für eine Woche beurlauben lassen. Sie hatte wie durch ein Wunder kurzfristig wegen einer Erkältung ihres Freundes absagen müssen.

„Astrid zermartert sich den Kopf, warum es nicht auch sie getroffen hat", sagte Anja traurig.

„Ich kann nicht zur Beerdigung gehen", sagte Katarina beklommen. „Ich kann ihren Eltern einfach nicht in die Augen sehen und irgendwas Tröstendes sagen, weil es nichts Tröstendes gibt."

Sie arbeitete besonders fleißig an dem Tag von Andreas Beerdigung und ließ sich von den anderen erzählen, dass es eine sehr schöne und ergreifende Feier gewesen war und die Eltern und ihr Bruder sehr gefasst waren.

„Kinder sollten nie vor ihren Eltern sterben; das finde ich das Allerschlimmste. Meine Eltern sind zwar geschieden und kümmern sich kaum um mich, aber selbst das würde ich ihnen niemals zumuten wollen." Und genau so, wie es auch nach dem Tod ihres heiß geliebten Opas gewesen war, behielt Katarina Andrea im Gedächtnis, wie sie gewesen war: wie sie gefeiert hatten, wie Andrea ihr bei ihrem Liebeskummer mit Giuseppe geholfen hatte ... Und so schloss sich Stück für Stück die große Lücke, die Andrea hinterlassen hatte.

Katarina fuhr jeden Morgen mit dem Bus zum Bahnhof und von da aus mit dem Zug nach Frankfurt in die Stadt zur Arbeit. Eines Morgens fiel ihr ein hochgewachsener, attraktiver Typ auf, der gut gekleidet war. Sie beobachtete ihn hinter ihrer Zeitung und fand, dass er bei intensiverem Hinschauen wunderschöne, tiefbraune Augen hatte.

„Da fährt jetzt immer morgens 'n super schnuckeliger Typ im Bus mit mir, der ist bestimmt einsneunzig und hat tolle braune Augen. Werde ihn vielleicht mal ansprechen, weiß nur noch nicht, wie!", erzählte Katarina beim nächsten Frauenabend den Mädels.

„Ja, und was ist mit unserem Christian von der Post? Ist der schon wieder ad acta gelegt? Ich habe gerade noch eine Art Treffen mit ihm ausgearbeitet. Am Dienstagabend spielen die Schalterbeamten gegen die Briefzusteller Fußball; da darf der Christian ja wohl auf keinen Fall fehlen. Wir könnten einfach ganz locker zusammen hingehen und vielleicht ergibt sich die Gelegenheit, ihn dort kennenzulernen", schlug Petra vor.

„Na klar, machen wir. Und mit dem Typen aus dem Bus muss ich ja erst einmal irgendwie in Kontakt kommen", antwortete Katarina.

Aber das ergab sich schneller als gedacht, denn er sprach Katarina nach einer Woche wegen eines Feuerzeuges an und sie kamen ins Gespräch. Er hieß Mark, machte eine Ausbildung zum Versicherungskaufmann in Frankfurt und seiner Mutter gehörte einer der besten Friseursalons in der Stadt. Er war im Gespräch sehr charmant und Katarina ertappte sich oft dabei, wie sie ihn mit seinen einsneunzig von unten herauf anhimmelte und sie dabei leider ihre Schlagfertigkeit verlor. Aber er war einfach eine Augenweide! Sie verbrachten einige gemeinsame Busfahrten, am Ziel mussten sie immer in unterschiedliche Bahnen umsteigen und Katarina fühlte sich danach immer stark beflügelt. Aber sie war auch inzwischen schlau genug, zu erahnen, dass Mark nicht nur auf sie diese Wirkung hatte ...

Einmal traf sie ihn abends in der Disco und er nahm kaum Notiz von ihr, war mit diversen Mädels da (wie sich hinterher herausstellte, seine Schwester und ihre Freundinnen), aber er kam ihr irgendwie eine Spur zu groß vor (und damit war nicht nur seine Körpergröße gemeint).

Am Dienstagnachmittag holte sie Petra von der Post ab und fuhr mit ihr zum Fußballplatz.

„Was mache ich hier eigentlich? Ich fahre einem Typen hinterher, der sich weder für mich interessiert, noch solo ist, noch irgendwelche Freundlichkeiten für mich übrig hat!"

„Jetzt lass uns erst einmal sehen, wie er Fußball spielt, und mit der Freundin, da bin ich mir gar nicht mehr so sicher. Man munkelt da so einiges bei der Post", versuchte Petra ihr Mut zu machen.

Leider waren aber Petras Informationen über das Fußballspiel etwas lückenhaft gewesen; es handelte sich nur um Briefträger, die gegeneinander spielten, und Christian war gar nicht auf dem Feld.

„Das ist echt schade. Hab ich mich wohl verhört, aber es gibt bestimmt noch ein weiteres Spiel mit den Schalterbeamten."

„Ist mir eigentlich ziemlich egal. Ich fand die ganze Aktion heute eh superpeinlich, aber es war doch trotzdem 'n netter Ausflug", entgegnete Katarina, die am Spielfeld Bekannte getroffen hatte.

„Bald ist eine Fete bei der Post. Der Andi feiert seinen dreißigsten Geburtstag im Postkeller und Christian hat versprochen, Bier zu zapfen. Das wär doch bestimmt eine gute Gelegenheit, ihn mal besser kennenzulernen", sagte Oliver, Petras Neuer, der als Postler natürlich auch schon eingeweiht war.

„Weiß eigentlich irgendjemand bei der Post nicht Bescheid, dass ich Christian eventuell nett finden könnte?", fragte Katarina genervt.

„Nein, nein. Nur ein kleiner Kreis. Sein bester Kumpel Andi und noch so drei bis fünf Leute", grinste Petra.

So zogen sie gut gelaunt von dannen und freuten sich auf ihre nächsten Aktionen.

Es war Januar und Katarina hatte die Abteilung im Hotel gewechselt; sie war immer noch im Büro-Bereich, unterstützte nun aber den Verkaufsleiter und die Dame für Public Relations. Die Arbeit lag ihr, schade war nur, dass man erst um neun Uhr anfing und sie daher keine Gelegenheit mehr hatte, mit dem attraktiven Mark Bus zu fahren. Aber da er nicht im Geringsten an ihr interessiert zu sein schien, versuchte sie nicht mehr an ihn zu denken.

Petra hatte Mark bei einem gemeinsamen Disco-Besuch kennengelernt. Sie waren sogar hinterher noch zu viert in die Wohnung von Marks Freund gefahren und hatten dort noch getrunken und geklönt.

„Der ist ja wirklich schnucki", schwärmte Petra danach. „Aber Vorsicht. Der macht mir den Eindruck, als wenn er nicht wirklich was Festes wollte."

„Ja, das glaube ich auch, obwohl ich inzwischen rausgefunden habe, dass keine von den Mädels, die immer mit ihm abhängen, seine Freundin ist. Größtenteils sind das Freundinnen seiner Schwester, sie himmeln ihn an, aber sie sind doch noch zu jung. Apropos, er ist auch zwei Jahre jünger als ich. Vielleicht ist das auch ein Grund, warum er sich mir gegenüber so unverbindlich verhält. Mit zwanzig möchte man wahrscheinlich keine ältere Frau", seufzte Katarina.

„Ach, du spinnst ja", entgegnete Petra.

Mark hatte danach noch ein- oder zweimal bei Katarina angerufen. Sie hatten sich auf einen Kaffee getroffen, aber weiterhin machte er keine Anstalten, ihr näher zu kommen.

Dann war erst einmal Sendepause und Katarina versuchte nicht zu viel an ihn zu denken.

Der Februar kam und mit ihm ausgedehnte Karnevalsfeiern. Katarina verbrachte den Altweiber-Donnerstag mit ihren Kollegen in Frankfurt und war am Freitag mit Petra bei einer Postfeier (wo sie natürlich insgeheim hoffte, Christian zu treffen).

„Ich glaub, der Christian ist nicht so'n Feierprinz", sagte sein Freund Andi. „Der macht sich hier an Karneval immer ziemlich rar. Er tanzt auch überhaupt nicht und an Karneval kommt man da halt mitunter nicht dran vorbei."

Katarina tanzte dafür auf jeder Party, die der Karneval zu bieten hatte, und tobte sich ordentlich aus. Am Samstagabend war sie auf einer privaten Party unter dem Motto „Rocky Horror Picture Show" eingeladen. Sie färbte sich die langen blonden Haare mit einem speziellen Haarspray rot, zog sich ein schwarzes Minikleid mit Netzstrümpfen und die Schürze eines Dienstmädchens an. Sie schminkte sich das Gesicht blass, legte knallroten Lippenstift auf und fühlte sich sexy und ungeheuer dekadent. Sie tanzten und sangen den ganzen Abend auf die Lieder des Musicals und die Herren waren sich nicht schade genug gewesen, fast ausnahmslos in Strapsen und Korsett à la „Frank N. Further" zu erscheinen. Und jeder Neuankömmling bekam natürlich ein großes Hallo und die ihm zustehende Aufmerksamkeit.

Katarina trank viel und feierte ausgelassen; sie

konnte im Haus übernachten und war natürlich mal wieder die Letzte, die um sechs Uhr morgens noch einen Trinkpartner für den obligatorischen „Absacker" suchte. Da sich niemand mehr fand, der noch wach oder in der Lage war, Alkohol zu trinken, prostete sie sich selbst zu und trank ihren letzten Amaretto alleine aus. Danach begann sie mit dem Aufräumen und ging – unbemerkt von den anderen Partygästen, die längst irgendwo schliefen oder zuhause waren – in ihr Gästezimmer und schlief ein.

Am nächsten Morgen (oder war es eher Mittag) fühlte sie sich leicht angeschlagen und flau im Magen. Sie frühstückte mit den Eltern des Freundes, der die Party organisiert hatte, und fuhr dann heim, wartete doch schon wieder die nächste Feier auf sie. Es war der sonntägliche Karnevalszug in der City, für den sie sich mit Petra und Ulla verabredet hatte. Schnell ein Aspirin oder zwei und schon ging es wieder besser. Sie verkleidete sich als Pirat, denn ihr Outfit vom Vortag war sicherlich nicht allzu wetterfest und kaum für die klirrende Kälte beim Karnevalszug geeignet. So konnte sie dick gefütterte Stiefel tragen und unter dem Piratenhemd noch einige Kleidungsstücke deponieren.

Sie traf sich mit Petra und Ulla in der Stadt. Petra war schon reichlich angetrunken und hatte einen fremden Typen im Schlepptau, der gerade so groß war wie sie (nämlich unter einssechzig) und ebenso betrunken. Der Zug war eher Nebensache und ging schnell vorbei.

„Wo hat Petra denn den jetzt wieder aufgegabelt?", fragte Ulla kritisch.

„Ich glaube, sie wollte zur Toilette, und da hat er sie angequatscht. Du weißt doch, wie das bei Petra ist. Die hat eine Wahnsinnsausstrahlung auf Männer und wird immer angesprochen. Oliver wollte aber auch gleich noch nachkommen; bis dahin sollte sie ihn wieder losgeworden sein. Willst du 'n Bier?", beendete Katarina die Debatte.

Die Diskussion mit Ulla war ihr zu anspruchsvoll und sie ging in Richtung des Bierstandes.

„Hat Petra dir eigentlich schon erzählt, dass wir rausgefunden haben, dass der Christian jetzt definitiv nicht mehr mit dieser Susanne zusammen ist?", fragte Ulla, als Katarina mit den Getränken zurückkehrte.

„Na, das ist ja mal eine richtig gute Nachricht!"

Und sie stürzten sich ins Karnevalsgetümmel. Katarina machte die Bekanntschaft eines recht anhänglichen Typen, der sich auch mit ihr für den nächsten Abend verabredete. Er sah nicht schlecht aus, hatte aber den Charme eines Staubsaugervertreters und war ihr viel zu großkotzig und arrogant. Sie trafen sich auch nach Karneval noch einige Male und gingen essen oder ins Kino. Er versuchte Katarina zu überreden, mit ihm zusammenzukommen, aber dafür war sie jetzt im Moment überhaupt nicht empfänglich, denn es wartete ja noch ein gutaussehender Postbeamter hinter dem Schalter auf sie!

Katarina sammelte sämtliche Briefmarkenbestellungen ihrer Bekannten und ging, sooft sie konnte, zu Christian an den Schalter. Sie machte sich hübsch und versuchte so charmant wie möglich ihre Fahrkarten-

oder Briefmarkenbestellung zu formulieren – aber er schien einfach nicht anzubeißen. Eines Tages fragte sie, um ihm irgendeine persönliche Reaktion oder Freundlichkeit zu entlocken: „Kann ich bereits jetzt schon die Fahrkarte für den nächsten Monat kaufen?" Er entgegnete in seinem üblichen unfreundlichen Ton: „Wenn du willst, kannst du hier die Monatsmarken für's ganze Jahr kaufen."

„So, jetzt reicht's mir, ich geb's auf", sagte Katarina abends, als sie sich mit Petra und Ulla zum Essen traf. „Ich gehe mindestens einmal die Woche gezielt zu seinem Schalter, um Dinge zu bestellen, die man auch an jedem anderen Schalter bekäme. Ich sehe gut aus, hab meine besten Sachen an und er nimmt einfach überhaupt keine Notiz von mir!"

„So stimmt das aber nicht", entgegnete Petra. „Andi, der am Schalter neben ihm arbeitet, meinte letztens, sie hätten über dich gesprochen und Christian hätte gemeint, du wärst aber 'ne Hübsche."

„Ach, das glaub ich nicht. Dann wäre er nicht immer so unmöglich zu mir!"

„Vielleicht ist er ja noch nicht über Susanne weg oder er hat einfach einen eher rauen Charme", mutmaßte Ulla.

„Is' mir egal, mir fällt jetzt echt nichts mehr ein und Fahrkarten brauch ich auch erst mal keine mehr."

„Ich hab 'ne Idee", kam es von Petra. „Ab und zu haben Christian und Andi zusammen mit mir Feierabend. Ich könnte also so tun, als ob du mich mit dem Auto abholst, und ihn fragen, ob wir ihn nicht mitnehmen sollen, weil er meistens mit dem Bus kommt. So würdet ihr euch wenigstens mal offiziell vorgestellt."

„Ach, ich weiß nicht, Petra. Aber gut, dann kann ich ihn wenigstens auch mal ohne diese dämliche Schalterwand sehen." Auf einen Versuch kam es an, fand Katarina.

In der folgenden Woche traf der günstige und seltene Fall ein, dass Christian bereits um fünfzehn Uhr Feierabend hatte (das hatte sein Freund Andi verschwörerisch Petra mitgeteilt) und Katarina an diesem Tag zur Berufsschule ging und auch pünktlich wieder in Frankfurt am Bahnhof sein konnte. Sie betrat gegen kurz nach drei Uhr nachmittags das Postamt und wurde fast von Petra über den Haufen gelaufen.

„Beeil dich. Der Christian ist schon weg, er will den Bus nehmen!"

Und tatsächlich stand er bereits an der gegenüberliegenden Bushaltestelle und der Bus näherte sich. Petra reagierte sofort. Sie nahm sich keine Zeit, auf die Ampel zu warten, spurtete los, Autos hupten und bremsten, aber sie erreichte Christian noch rechtzeitig, bevor er in den Bus steigen konnte. Katarina stand wie angewurzelt auf der anderen Straßenseite und beobachtete erstaunt das Geschehen. Petra winkte sie herbei und sagte: „Wir können den Christian doch nach Oberrad mitnehmen, oder? Wir fahren doch sowieso in die Richtung!"

Sie stellten sich kurz vor und Christian nahm auf dem Vordersitz Platz, den Petra ihm netterweise überlassen hatte, um das junge Glück nicht zu stören. Sie versuchte von hinten ein Gespräch in Gang zu bringen, aber Katarina fragte sich die ganze Zeit, ob er sie überhaupt wiedererkannte, und langsam wurde ihr das Ganze peinlich. Petra im Hinterraum des Autos gab alles, aber es wollte einfach keine entspannte Konversation aufkommen. Christian schien gelangweilt, oder müde, wie er sagte, und Katarina wurde immer verkrampfter. So setzten sie ihn ohne sichtlichen Erfolg vor seinem Elternhaus, einem klitzekleinen Häuschen an der Hauptstraße im Frankfurter Stadtteil Oberrad ab, und fuhren davon.

„Na, das war ja wohl mal eine echte Finte. Er gefällt mir zwar weiterhin gut, aber er kommt ja überhaupt nicht aus sich raus", nörgelte Katarina.

„Als Erfolg würd ich das heute auch nicht verbuchen, aber warte mal ab. Wenigstens kennt er nun schon einmal deinen Namen. Ich gebe euch noch eine Chance auf Andis Party nächste Woche; vielleicht trinkt der Christian ja dann auch mal was, wenn er schon zapft, und dann ist er hoffentlich auch etwas gesprächiger. Ich mag auf jeden Fall seinen trockenen Humor", entgegnete Petra. Und so warteten sie gespannt den nächsten Samstag ab.

Katarina hatte sich in die legere Jeans geworfen und eine geblümte, ein wenig durchsichtige Bluse angezogen. Als sie den „Postkeller", wie der Partyraum sich nannte, betrat, sah sie zunächst kein bekanntes Gesicht. Im Dunkeln erkannte sie jedoch bald Christian, der ihr den Rücken zuwandte, weil er ein Fass neu anstechen musste. Ob das hier eine gute Idee war, würde sich noch herausstellen. Aber da erblickte sie Petra und Ulla im Kreise ihrer Arbeitskollegen und begrüßte Andi und gratulierte ihm zum Geburtstag.

„Hast du den Christian schon gesehen?", fragte der gleich. „Ich werde ihn mal im Laufe des Abends beim Zapfen ablösen."

Katarina trank zwei Bier, um ihre Stimmung etwas zu verbessern, weil die Umgebung des dunklen Postkellers und die dazu passende Gruftimusik der 80er Jahre sie nicht wirklich amüsierte. Außerdem kannte sie Christians Postkollegen nicht gut und hatte mit ihnen kein ausdehnbares Gesprächsthema; Ulla und Petra waren beschäftigt.

Als es auf Mitternacht zuging und sie sah, dass Andi Anstalten machte, Christian beim Zapfen abzulösen, fasste sie sich ein Herz. Jetzt oder nie! Aber Christian schien sich mit Händen und Füßen dagegen zu wehren, abgelöst zu werden. Schließlich standen beide Männer hinter der Theke und Katarina wagte den Vorstoß.

„So, ein letztes Bierchen noch, bevor ich fahre. Hast du dich letztens vernünftig ausgeruht, als wir dich nach Hause gebracht haben? Du machtest so 'nen müden Eindruck."

„Ja, danke der Nachfrage. Ich hatte eine richtige Erkältung in den Knochen, aber nach ein paar Grog von meiner Mutter ging's mir wieder besser" – sprachs und verdünnisierte sich. Katarina stand verdutzt da.

„Der ist nur eben aufs Klo", erklärte Andi.

„Na danke. Da war das Gespräch mit mir wohl sehr verdauungsfördernd."

Katarina trank ihr Bier aus und verabschiedete sich mit der festen Überzeugung, es nie wieder bei Christian zu versuchen.

Als sie ein paar Wochen später Mark in der Disco traf, war dieser plötzlich sehr angetan und flirtete mit ihr. Und wenn es einer konnte, dann Mark! Katarina verstand nicht, was auf einmal mit ihm los war, aber sie genoss es, in Gesellschaft eines so gutaussehenden, charmanten Typen zu sein. Sie feierten den ganzen Abend gemeinsam und verabredeten sich für die nächste Woche zum Italiener (das hatte Mark vorher noch nie gemacht!). Gleichzeitig überbrachte Petra ihr die frohe Botschaft, dass Christian sich sehr positiv bei Andi über sie geäußert hatte, und Katarina fühlte die Flugzeuge im Bauch ihre Triebwerke anwerfen: Sollte sich dieser ungehobelte Typ doch für sie interessieren?! Alles in allem fand sie ihn liebenswerter und vor allem seriöser und verlässlicher als Mark, aber er hatte sie einfach zu oft abblitzen lassen, als dass sie noch an ein Happy End glaubte.

„Christian hat am Freitag Geburtstag", sagte Petra. „Warum rufst du ihn nicht einfach an und gratulierst ihm?"

„Aber das kann ich doch nicht machen. Das wäre doch voll aufdringlich!" Katarina hatte Angst vor einer weiteren frustrierenden Abfuhr, andererseits war sie vom Sternzeichen Widder und so ein Widder freute sich über jede neue Herausforderung und lief auch gerne mehrmals hintereinander gegen dieselbe Wand.

„Na gut. Ich werde ihn mal versuchen, von der Arbeit aus zu erreichen, aber wenn er nicht da ist, sehe ich es als Zeichen und vergesse die ganze Sache."

Und so stand sie mit klopfendem Herzen in der Telefonzelle des Hotels in einer Pause ihrer Bankett-Tätigkeit.

„Ingrid Lichl", hörte sie eine warme, mütterliche Stimme sagen.

„Ja, ähm, Katarina Wacker hier. Ist der Christian zu sprechen?"

„Im Moment leider nicht. Ich bin seine Mutter. Er ist mit seinem Vater kurz einkaufen und in einer Stunde wieder zuhause. Kennen wir uns denn?"

„Äh, nein. Ich bin nur eine Bekannte und rufe von der Arbeit aus an, weil ich ihm kurz zum Geburtstag gratulieren wollte. Aber in einer Stunde bin ich schon wieder beschäftigt und dann wohl auch erst gegen dreiundzwanzig Uhr wieder zuhause. Schade, dann klappt es wohl heute nicht."

„Ach was", Christians Mutter ließ nicht locker. „Sie können ihn gerne noch spät anrufen. Er freut sich bestimmt und ist auch auf jeden Fall um die Uhrzeit noch wach."

Katarina schluckte. „Na gut. Wenn Sie meinen. Vielen Dank für die Auskunft." Benommen wünschte sie noch einen schönen Abend. Jetzt musste sie wohl noch heute Abend von zuhause aus anrufen und wenn sie noch so müde war; da hatte sie sich ja was eingebrockt!

Die Zeit im Bankett-Service verging wie im Fluge und um halb elf saß sie mit einem Glas Sekt auf der

Couch und betrachtete das Telefon. *Komm, Katarina, jetzt gib dir einen Ruck und hol dir die letzte, endgültige und absolut entscheidende Schlappe ab!*

Und sie wählte seine Nummer. Diesmal war sein Vater dran, der etwas konsterniert klang. „Sie rufen spät an, junge Frau. Ich muss erst einmal schauen, ob mein Sohn nicht schon schläft."

Wie peinlich war das denn?

Aber schon war Christian völlig wach und ungewohnt freundlich und aufgeweckt am Telefon: „Hey, das finde ich aber nett, dass du mir zum Geburtstag gratulieren willst. Meine Mutter hat es mir schon erzählt; sie war natürlich superneugierig. Ich bin Einzelkind, weißt du, und meine Mutter möchte immer genau über mein Leben auf dem Laufenden sein."

„Ich fand sie sehr nett am Telefon. Ja, und dir wünsche ich dann auf jeden Fall alles Liebe und erdenklich Gute zum Geburtstag. Ähäm, wie alt bist du denn eigentlich geworden?", säuselte Katarina, ermutigt durch seine plötzliche Freundlichkeit und das Glas Sekt. Tatsächlich war Christian drei Jahre älter als Katarina, was sie als optimalen Altersunterschied empfand, spielte Landesliga-Fußball und arbeitete seit einigen Jahren bei der Post. Außerdem liebte er Musik und Fernsehen und ging gern ins Kino. All das erfuhr Katarina in diesem Telefonat, welches drei Stunden dauerte. Sie hatte inzwischen beinah eine ganze Flasche Sekt geschafft und fühlte sich so beflügelt von der plötzlichen Harmonie zwischen ihr und Christian, dass sie die ganze Nacht nicht schlief.

Wie auf Wolken ging sie am nächsten Morgen zur Arbeit und erzählte am Abend alles brühwarm Petra, mit der sie sich traf.

„Ich hab dir doch gesagt, dass er ein total Netter ist, nur eben 'n bisschen verschlossen. Er braucht seine Zeit und ist nicht so ein ›everybody's darling‹ wie Mark."

„Ach, apropos Mark. Wir sind morgen Abend zum Essen verabredet und er war seltsam vertraulich in letzter Zeit. Ich lasse das einfach mal auf mich zukommen. Wahrscheinlich sagt er wieder kurzfristig ab und ich muss mich nicht ärgern."

Aber Mark stand gestriegelt und gespornt am nächsten Abend vor ihrer Tür, um sie abzuholen. Die Gespräche waren locker und fließend wie immer und es schien ihr, als wenn Mark versuchte, sie mit viel Rotwein zu enthemmen. Sie lud ihn dann auch nach vier Glas Rotwein und einem Sambucca ohne Hintergedanken zu sich auf einen Kaffee in die Wohnung ein. Dabei hatte sie allerdings völlig vergessen, dass sie ihr Futon-Klappbett morgens im Wohnzimmer, welches ihr auch als Schlafzimmer diente, in der Schlaffunktion belassen hatte. Mark störte das überhaupt nicht. Er ließ sich gleich ins Bett fallen und Katarina war zu betrunken, um Einspruch zu erheben.

Sie ging in die Küche und kochte Kaffee. Als sie mit den Kaffeetassen ins Wohnzimmer zurückkam, lag Mark mit nichts weiter als einem blauen String bekleidet auf dem Bett. Katarina prustete los und konnte sich kaum wieder fangen. Sie stellte die Kaffeetassen beiseite und betrachtete dieses ausgewachsene Stück Mann in ihrem Bett. Ein ungewohnter Anblick! Er war natürlich solariumgebräunt und attraktiv, allerdings – wie ihr auffiel – ein wenig unsportlich, aber sie legte sich zu ihm und er küsste sie und versuchte sie zu entkleiden. Aber irgendetwas in ihr sträubte sich gegen Marks Zärtlichkeiten.

„Sei mir nicht böse, aber es gibt da im Moment jemand anderen in meinem Leben und es wäre weder ihm noch dir gegenüber besonders fair, wenn ich jetzt mit dir schlafen würde."

„Also, mir würde das nichts ausmachen. Na ja, Schwamm drüber. Hab ich die Investition mit dem Italiener wohl umsonst gemacht. Bringst du mich wenigstens nach Hause? Ich kann nicht mehr fahren und bin davon ausgegangen, dass ich die Nacht hier verbringe."

Katarina rang um Fassung. Was für ein Zuckermäulchen hatte sie sich denn da in ihr Bett geholt?

„Ja dann mach doch die Investition so richtig hoch und sinnlos und bestell dir auch noch ein Taxi", sagte sie, weil sie ganz sicher nicht mehr fahren konnte, und rief die Taxizentrale an.

„Ich versteh mich im Moment irgendwie gar nicht. Da hab ich dieses Schnuckelchen von Mann in meinem Bett liegen ..." Sie musste schon wieder losprusten, als sie Petra am Tag danach alles haarklein am Telefon berichtete. „Aber der blaue Stringtanga war schon 'ne Spur zu viel für meine Verhältnisse und du weißt, wie ich seit der Zeit mit Paolo amerikanische Boxershorts bei Männern liebe. Und ich hatte so viel Alkohol getrunken. Aber irgendetwas hat mir an der Situation nicht gefallen (außer dem Stringtanga).“

„Wahrscheinlich einfach die Tatsache, dass du ihn nicht liebst und dich in Christian verknallt hast“, sagte Petra vorsichtig. „Wie seid ihr jetzt eigentlich verblieben?“

„Ich habe ihn am Donnerstag zum Abendessen bei mir eingeladen. Bin sehr gespannt, ob unsere Chemie weiterhin so gut stimmt oder ob er wieder schnell die Flucht ergreift!“

„Ach, so'n Quatsch. Ich denke, das Eis bei euch ist jetzt endlich gebrochen und alles andere ist nur noch eine Frage der Zeit. Was gibt's denn Leckeres?“

„Eigentlich weiß ich es noch gar nicht, aber ich denke, ich werde einen Salat als Vorspeise, danach einen Auflauf und zum Schluss noch eine Weinschaumcreme machen.“

„Und dann ist ihm entweder höllisch schlecht und er muss kotzen oder er ist dir für immer ergeben.“

„Na, das werden wir ja dann sehen ...“ Katarina schaute sehnsuchtsvoll.

Und schließlich kam der Donnerstagabend und sie hatte alles vorbereitet: Der Tisch war hübsch gedeckt, es gab Feldsalat mit Knoblauchgarnelen (die fertigen vom Tiefkühldienst natürlich), danach einen Lachsauflauf (mit Gewürzmischung) und die Weinschaumcreme aus dem Becher in Glasschalen gefüllt. *Hoffentlich fragt er nicht nach Rezepten*, dachte Katarina und sah sich schon mühevoll irgendwelche ausgedachten Zutatenlisten durchgehen. Aber wie sollte sie sich wohl besser als Frau fürs Leben darstellen? Sie kleidete sich bequem, aber sexy mit einer Jeans und einer leicht durchsichtigen Bluse.

Zum Aperitif gab es Champagner (den hatte sie aus dem Hotellager stibitzt). Christian, der eigentlich gar keinen Alkohol trank, nahm sich ein Herz und nippte brav am Champagnerglas. Ihre Wohnung gefiel ihm (zumal sie dieses Mal auch nicht vergessen hatte, das Futonbett als Sitzcouch zu gestalten). Sie aßen gemütlich bei Kerzenschein in Katarinas klitzekleiner Küche und plauderten, und sie hatte ein weiteres Mal nicht den Eindruck, dass es langweilig oder stockend wurde. Christian schmeckte es und er lobte sie. Nach der Weinschaumcreme gab es noch einen Kaffee, den er dankend annahm (das Essen lag ihm wohl schwer im Magen, aber er wollte sich offensichtlich keine Blöße geben). Dann gingen sie ins Wohnzimmer und setzten sich auf ihr Futonsofa und plauderten gemütlich weiter. Scheinbar unabsichtlich berührte Katarina seinen Arm oder auch sein Bein und merkte, dass er nicht zurückwich. Sie schaute so gerne in seine braunen, nahezu schwarzen Augen und er roch so gut!

Er hatte eine so ruhige und ausgeglichene Art, die sie einerseits als angenehm und andererseits auch irgendwie als Anregung empfand. Es wurde spät, aber Christian machte keine Anstalten zu gehen oder die Situation zu ändern. Im Gegenteil, die zufälligen Berührungen nahmen zu und schließlich küssten sie sich und hielten sich in den Armen. Mehr passierte nicht. Christian empfand es anscheinend als ganz natürlich, nach einer heißen einstündigen Knutscherei nach Hause zu gehen, und sie verabredeten sich für den nächsten Tag.

„Es ist schon sehr spät und wir müssen beide morgen wieder früh raus. Ich freu mich aber schon sehr auf morgen, oder besser heute", sagte er und gab ihr noch einen Abschiedskuss.

Katarina wäre geplatzt, wenn sie jetzt nicht noch mit jemandem hätte sprechen können.

„Es war alles total perfekt", erzählte sie der schlaftrunkenen Petra am Telefon. „Oh Gott, ich bin so glücklich wie noch nie in meinem Leben!"

7. Christian
(Sternzeichen: Zwilling)

„Der Zwilling ist gerade für schwierige Damen ein guter Partner, weil er anpassungsfähig, unkompliziert und treu ist. Aber er kann auch durch seine Disziplinlosigkeit ein unberechenbares und unehrliches Ziel verfolgen." (Astrologie für Männer)

Am nächsten Tag wachte Katarina beschwingt auf und fühlte sich wie im siebten Himmel. Sie hatte frei und genoss zunächst ein gutes Frühstück auf ihrem kleinen Balkon. Jetzt im Sommer konnte sie wunderbar draußen sitzen und ihren Gedanken nachhängen. Wie schön war es, wieder verliebt zu sein!

Christian holte sie heute gegen vier Uhr ab und da musste natürlich alles perfekt sein. Vor sich hin summend beseitigte sie die Spuren des gestrigen Abends, sammelte das schmutzige Geschirr ein und steckte es in die kleine Spülmaschine, wischte die Küchenzeile blitzblank und zog sich dann ihren hübschesten Badeanzug an, denn sie wollten im nahegelegenen Baggersee schwimmen gehen.

Christian kam pünktlich wie erwartet und zeigte ihr sein Auto. „Noch kannst du zurück", schmunzelte er und deutete auf seinen uralten grünen VW Scirocco. „Es gibt Leute, die bei mir nicht einsteigen, weil sie meinen, die Kiste fährt keine drei Meter mehr. Stimmt aber gar nicht. Er ist zwar schon fünfzehn Jahre alt, aber er lässt mich nie im Stich." Schwungvoll öffnete er ihr die Tür zum Beifahrersitz.

„Ach, ich finde es einfach schön, dass du mich abholst, da ist mir das Auto völlig schnuppe", sagte Katarina diplomatisch. Er küsste sie und fuhr los. Das Auto war gewöhnungsbedürftig, aber es fuhr. Und so kamen die beiden nach zwanzig Minuten am Baggersee an und suchten sich einen Platz aus; glücklicherweise war wochentags nicht viel los, sodass sie sich relativ ungestört auf ihre Handtücher legen konnten.

Katarina entblätterte ihren schwarz-pinken, auf Figur geschnittenen Badeanzug ... und Christian seinen mittelblauen Tanga. Katarina staunte nicht schlecht, als er mit ihr in Richtung Wasser ging. Sie fand wohl nichts geschmackloser als Tanga-Badehosen für Männer, doch bei diesem Mann sah sie gut aus! Er hatte einen sehr hübschen Fußballpo und so gab es eigentlich nichts zu verhüllen, aber trotzdem – Tanga ging irgendwie gar nicht.

Sie schwammen ein gutes Stück nebeneinander im See, dann fragte Katarina vorsichtig: „Sag mal, hast du auch andere Badehosen?"

„Ja sicher. Warum fragst du?"

„Sei mir nicht böse, aber ich mag diese Tangas für Männer einfach nicht. Ich will nicht sagen, dass er dir nicht steht, ganz im Gegenteil, aber ich fände es toll, wenn du nächstes Mal ... ähm ... etwas mehr Stoff dabeihättest."

„Mir ist das eigentlich egal. Ich fand sie zum Sonnen immer nur praktisch, aber wenn dir das Teil nicht gefällt, kein Problem."

Zum Thema Kleidung gab es immer mal wieder Unstimmigkeiten, weil Christian sich für Katarinas Geschmack einfach zu sportlich anzog, aber sie konnten sich meistens auf einen Kompromiss einigen. Nur Sakkos mochte Christian einfach nicht. Auch wenn Katarina es liebte, wenn Christians eher schmale Schultern durch Schulterpolster aufgepeppt wurden, gab er nicht nach.

Nach rund drei Wochen gemeinsamer Zeit fuhr Katarina nach Italien, schweren Herzens, wie sie sich ehrlich eingestehen musste. Sie hatte ein Stipendium durch einen hervorragenden Abschluss der VHS gewonnen und durfte nun vier Wochen in Perugia, im Herzen Italiens, studieren. Sie fuhr mit dem eigenen Auto und war froh, als sie den nur türkisch sprechenden Beifahrer von der Mitfahrzentrale endlich in Heidelberg losgeworden war.

„Der hat doch tatsächlich noch versucht, beim Autofahren mit mir zu flirten, obwohl er kaum ein Wort Deutsch verstand!", erzählte Katarina am ersten Tag der Reise einer Freundin ihrer Mutter aus Tirol, bei der sie zwischenübernachtete. „Das war das letzte Mal, dass ich einen Mitfahrer mitgenommen habe." Und sie hoffte, dass sie fortan auch nicht mehr allein in Urlaub fahren musste.

In Perugia war alles neu und spannend. Es dauerte

eine Weile, bis sie die richtigen Kurse gefunden hatte, und die Wohnung, die sie vermittelt bekam, hatte nur ein winziges Badezimmer für sie und ihre Mitbewohnerin. Sie lernte nette Leute, vor allem Kunststudenten, kennen, die ihr das Bewusstsein für Kunst und Kunstgeschichte auf langen Ausflügen in die mittelalterlichen Nachbarstädte und das Hinterland von Perugia öffneten. Sie versuchte, möglichst ein- bis zweimal pro Woche in einer Telefonzelle Christian zu erreichen. Er gab sich auch immer Mühe, zuhause zu sein, wenn sie ihren Anruf angekündigt hatte, und es ergab sich auch keine Gelegenheit mehr, sich in einen gutgekleideten, charmanten Italiener zu verlieben. Tatsächlich lernte sie kaum Italiener kennen. An der Uni waren im August Semesterferien und nur Touristen saßen in den Hörsälen; außerdem war sie dauernd mit ihren neuen deutschen Kunststudent-Freunden zusammen und das gefiel ihr genauso gut. Außerdem schien sie gewachsen an ihren Erfahrungen mit den italienischen Männern und war bis über beide Ohren in Christian verliebt.

Nach gut drei Wochen hatte sie das Geld ihres Stipendiums ausgegeben, stieg in ihren kleinen roten Renault und fuhr wieder heim.

Christian hatte in der Zwischenzeit ihre Wohnung gehütet und die Blumen gegossen. Außerdem hatte er auch noch einen wunderschönen Willkommenskorb für Katarina vorbereitet.

„Das hat bisher noch nie jemand für mich getan", sagte sie gerührt und küsste Christian zärtlich.

„Na ja, eigentlich hab ich ja eher damit gerechnet,

dass du mit mir Schluss machst, wenn du nach vier Wochen Italien wieder in die Heimat zurückkehrst. Wenn man so lange im Urlaub ist, können sich schon viele Gelegenheiten ergeben, die einem den Kopf verdrehen."

„Aber jetzt bin ich wieder hier und wir sind immer noch zusammen", lächelte Katarina. „Und daran wird sich auch so bald nichts ändern!"

Und das tat es auch nicht. Sie verlebten einen entspannten und verliebten Restsommer. Christian half Katarina beim Umzug in eine größere Wohnung, weil ihr wegen Eigenbedarf gekündigt worden war. Er wohnte weiterhin bei seinen Eltern in dem kleinen Häuschen in der Vorstadt und sie verbrachten eigentlich so gut wie ihre gesamte Freizeit in Katarinas Wohnung.

Eines Abends, als sie gemütlich auf der Couch saßen und fernsahen, erzählte Christian: „Ich hab da momentan so'n bisschen Stress auf der Arbeit. Es gibt eine interne Untersuchung bei der Post gegen mich. Angeblich soll ich Geld an der Kasse unterschlagen haben, aber das ist mal wieder so 'ne typische Kampagne gegen den Sohn des Personalrats. Wird wohl bald wieder eingestellt."

Katarina machte sich Sorgen, konnte sich aber auf gar keinen Fall Christian als Dieb vorstellen und pflichtete ihm bei.

„Ja, diese Beamten. Wahrscheinlich haben die grad nichts zu tun und dann haben sie natürlich schnell jemand auf dem Kieker, der durch Beziehungen reingekommen ist; das sind doch oft nur persönliche Rachefeldzüge."

„Es wird sich wohl im Sande verlaufen.“

Und so war es auch.

Christian und Katarina verbrachten eine wunderschöne Zeit zusammen; sie lernten gemeinsam Skifahren in Österreich, machten den Tauchschein auf Malta und flogen drei Wochen in die Dominikanische Republik. Seltsam mutete nur an, dass immer im Urlaub Geld fehlte. Katarina hatte ihr Reisegeld meistens in Form von Barschecks und Bargeld dabei und leider waren immer genau sie die Pechvögel, die von einem Zimmermädchen oder der Putzfrau bestohlen wurden. Es waren keine hohen Beträge, aber es fehlte immer wieder eine Summe aus der Reisekasse.

In der schwülen, sorglosen Atmosphäre der Dominikanischen Republik ließ sie sich mitreißen von der lasziven Stimmung der unaufhörlich erklingenden Merengue-Musik. Christian, der Tanzen hasste, ließ sie seltsamerweise oft abends alleine noch in die Merengue-Disco gehen, wo sie oft und gerne mit dem großgewachsenen und gutaussehenden Unterhaltungschef tanzte. Er war schwarz wie die Nacht und roch gut und irgendwie fremd. All das zog sie an und faszinierte sie und eines Abends passierte es, dass sie sich küssten. Er wollte mehr, aber sie stieß ihn weg – und hörte auf, abends in die Merengue-Disco zu gehen.

Kurze Zeit nach der Rückkehr aus dem Urlaub in der Dominikanischen Republik kam Christian eines Abends geknickt nach Hause. Er setzte sich auf die Couch und starrte regungslos vor sich hin.

„Was ist denn los mit dir? Hat Bayern verloren? Du

schaust so traurig", fragte Katarina, nichts Böses ahnend.

„Sie haben mich vom Dienst suspendiert, weil ich Geld am Schalter veruntreut haben soll. Es läuft ein Ermittlungsverfahren gegen mich."

„Was ist denn da los bei der Post?", fragte Katarina Petra am selben Abend beim Frauentreffen.

„Also, genau weiß ich es nicht", antwortete Petra, „aber es wird da bereits seit längerer Zeit geredet, weil der Christian wohl des Öfteren in Spielhallen oder am Spielautomaten gesehen worden ist. Und wenn die Revision ihn erst mal im Auge hat, hat es normalerweise auch Hand und Fuß."

„Aber das kann doch nicht sein", verteidigte Katarina ihren Christian. „Ihr kennt doch den Christian, der würde doch so etwas nicht tun. Und spielen tut er garantiert nicht, das hätte mir doch in den fünf Jahren, in denen wir nun zusammen sind, längst auffallen müssen! Nein, das ist bestimmt nur Neid und eine Rufmord-Kampagne gegen ihn und seinen Vater, den Personalrat, wie er es vermutet."

„Glaub, was du willst", entgegnete Petra, „aber Oliver hat den Christian schon öfter in der Spielhalle gesehen."

Es kam, wie es kommen musste: Christian blieb vom Dienst am Schalter suspendiert und man ließ ihm die Gelegenheit, von sich aus zu kündigen. Dies jedoch nur unter der Bedingung, dass sein Vater vorzeitig aus dem Dienst bei der Post ausschied. Er war das Bauernopfer. Niemand in Christians Familie sprach über die Vorkommnisse; seine Mutter betonte immer nur, dass ihr

Mann in seinem Leben genug gearbeitet hätte und sie sich auf den gemeinsamen Vorruhestand freute.

Auch bei Christian und Katarina waren die Post und mögliche Vorwürfe des krankhaften Spielens kein Thema mehr. Sie half ihm bei den Bewerbungen und schon bald hatte er eine Stelle bei einem Paketdienst gefunden, wo er nicht so viel verdiente, die ihm aber Spaß machte und ihm Verantwortung übertrug.

Katarina hatte inzwischen eine gut dotierte Stelle in einem Hotel am Empfang gefunden und man entschloss sich, gemeinsam in eine Drei-Zimmer-Wohnung zu ziehen. Christians Mutter musste man versprechen, dass sie noch seine Fußballwäsche waschen durfte (eine Zusage, die Katarina zugegebenermaßen leichtfiel). Auch ein gemeinsamer Urlaub zum „Sonnenskilauf" im Stubaital in Tirol wurde für Ende März avisiert.

Sie wohnten in einer kleinen Pension in Tirol und eines Morgens war Christian schon früh wach. Er weckte Katarina mit einer Rose in der Hand, ging auf die Knie und fragte sie: „Willst du meine Frau werden?"

Katarina war gerührt, auch wenn sie bereits seit geraumer Zeit auf seinen Antrag gewartet hatte. Immerhin waren sie bereits seit einigen Jahren ein Paar und beinah all ihre Bekannten und Freunde inzwischen verheiratet. „Aber natürlich will ich das", antwortete sie mit fester Stimme.

Nach dem Urlaub gingen die Hochzeitsvorbereitungen los: Die Verlobung fand im Garten von Christians Eltern statt, die Karten wurden gedruckt, das Aufgebot bestellt, die Kirche und der Raum zum Feiern reserviert und natürlich das Kleid ausgesucht. Als Hochzeitsreise hatten Katarina und Christian eine „Blaue Reise" auf einem Segelboot durch die türkische Ägäis mit anschließendem einwöchigen Aufenthalt im Vier-Sterne-Hotel in der Türkei gebucht. Aber es kam doch alles anders.

Eines Tages, während sie in der Mittagspause ihre Kontoauszüge abholte, entdeckte sie Entnahmen von ihrem Konto von zusammengerechnet zweitausend Euro. Die meisten Abhebungen kamen von einem Schalter um die Ecke ihrer Wohnung. Nein, das konnte nicht sein! Das waren genau die Zeiten, wenn sie samstagmorgens joggen war und Christian die Brötchen holte. Er kannte als Einziger das Passwort und konnte problemlos die Karte aus der Handtasche nehmen.

Katarina sprach mit Petra, die ihr noch einmal die Vorkommnisse bei der Post erklärte und nicht überrascht zu sein schien. „Geh am besten sofort nach Hause und überprüfe deine anderen Konten; vielleicht fehlt ja woanders auch noch etwas!"

Katarina meldete sich bei der Arbeit ab und entdeckte zuhause, dass auch auf dem Sparbuch gute dreitausend Euro fehlten. Sie rief sofort Christians Mutter an, die am Telefon gleich in Tränen ausbrach.

„Oh nein, das darf doch nicht wahr sein! Und wir haben gedacht, dass es nun endlich ein Ende hat und er mit dir von der Spielsucht weggekommen ist."

Katarina legte auf; sie konnte es einfach nicht fassen, dass man ihr diese wichtige „Eigenschaft" ihres Fast-Ehemannes verschwiegen hatte!

Christian kam gar nicht nach Hause, seine Mutter hatte ihn schon auf der Arbeit erreicht.

„Ich möchte mit ihm darüber reden, wir müssen doch eine Lösung finden, wir lieben uns doch!", schluchzte Katarina in den Telefonhörer ihrer Beinah-Schwiegermutter.

„Er hat auch auf der Arbeit wieder Geld veruntreut; wir haben schon mit seinem Chef vereinbart, dass er keine Anzeige erstattet, wenn wir das Geld zurückzahlen. Wir werden auch für euch eine Lösung finden", antwortete Christians Mutter kalt.

Am selben Abend kam sie mit Christian, der regungslos geradeaus starrte und sehr wortkarg war, zu Besuch in die ehemals gemeinsame Wohnung.

„Warum hast du das gemacht? Bist du dir überhaupt deiner Spielsucht bewusst?" Katarina forderte Antworten, schließlich ging es um ihre gemeinsame Zukunft. Er sagte nichts, nur seine Mutter redete mit tränenerfüllter Stimme: „Ihr müsst die Hochzeit absagen, du wirst sonst deines Lebens nicht mehr froh, weil dann seine Schulden auch deine Schulden sind. Ich weiß nicht, ob er jemals mit dem Spielen aufhören kann. Christian hat einige eurer Möbel bezahlt; damit müsste dein finanzieller Verlust abgegolten sein. Wir kommen morgen früh vorbei und holen seine anderen Sachen ab."

„Warum muss Liebeskummer eigentlich immer so weh tun?", fragte Katarina Petra schluchzend einige Zeit später am Telefon. „Ich kann nicht richtig atmen und selbst bei irgendwelchen blöden Tätigkeiten wie Einkaufen im Supermarkt muss ich an ihn denken und er fehlt mir so!"

Die Zeit zog ins Land und Katarina konzentrierte sich voll auf ihren Job. Zwar musste sie oft noch am Telefon schlucken, weil sie das Gefühl der Trauer plötzlich auch bei einem Telefonat mit einem Gast überfiel, aber sie war abgelenkt und das Abendstudium tat dabei noch ein Weiteres.

Sie hatte vor einem Jahr ein BWL-Studium begonnen und dort sehr nette Kommilitonen als Mitstreiter kennengelernt. Einmal veranstalteten sie sogar für Katarina eine „Entlobungsparty", bei der sie sich hoffnungslos betranken und das Buch „Heiraten ist unmoralisch" als Geschenk mitbrachten.

Das Aufgebot und die Kirche waren schnell und kostenfrei abbestellt, nur die Hochzeitsreise in die Türkei war nicht mehr zu stornieren, und so schlug ihr Herr Fidan aus dem türkischen Reisebüro in Frankfurt vor, doch einfach die Reise umzubuchen. Heraus kamen dabei für Katarina zwei Wochen Urlaub im Drei-Sterne-Club in Bodrum, einer schönen Hafenstadt an der Türkischen Ägäisküste. Hier hoffte sie endlich den letzten Rest ihres „Nicht-Ehe-Frustes" loswerden zu können.

8. Erhan (Sternzeichen: unwichtig) oder Geht der Trend tatsächlich zum jüngeren Mann?

Christian brachte Katarina noch zum Flughafen. Sie hatten sich – außer über seine Spielsucht – ausgesprochen und sich darauf geeinigt, wenigstens Freunde zu bleiben. Christian wohnte wieder bei seinen Eltern, die es unnötig fanden, ihn zur Therapie gegen die Spielsucht zu schicken. Damit war für Katarina die Möglichkeit einer Versöhnung von vorneherein ausgeschlossen. Sie war zwar weiterhin gerne mit ihm zusammen, wusste aber, dass ein Zusammenleben unter diesen Voraussetzungen nicht mehr funktionieren würde. Dafür musste sie auch zu schwer für ihr Geld arbeiten und brauchte Sicherheiten im Leben.

Der Flieger gehörte einer türkischen Fluggesellschaft mit schlechtem Ruf und man ließ die Passagiere erwartungsgemäß eine Stunde im Flugzeug ohne Klimaanlage bei dreißig Grad auf den Abflug warten. Während des Fluges gab es aber immerhin ein gutes türkisches Essen und Katarina entspannte sich zunehmend. „Es ist zwar etwas völlig anderes als meine Hochzeitsreise", hatte sie nach der Umbuchung zu Ulla und Petra gesagt, „aber wenn ich während meines Urlaubs zu Hause bleibe, werde ich hier noch wahnsinnig mit all diesen Erinnerungen in der Wohnung und der enttäuschten Hoffnung. Ich brauche einfach mal 'n bisschen Tapetenwechsel und die Sonne und das Meer werden mir gut tun. Außerdem muss ich die Reise sowieso bezahlen, also warum soll ich dann nicht auch wegfahren?"

Am Flughafen in Izmir überblickte sie enttäuscht die Reisegesellschaft, während sie in der Schlange für die Zollabfertigung stand: Ältere Pärchen oder Familien mit kleinen Kindern. Nicht die erhoffte Reisebegleitung, keine Singles, sondern nur Menschen, die sie permanent daran erinnerten, was sie vor Kurzem erst verloren hatte. Aber Katarina wusste, dass sie Gesellschaft brauchte, dass sie sich ablenken musste von ihrem Kummer der verpassten Zukunftschancen, und so setzte sie sich mutig in einer Fahrpause des Reisebusses an einen Tisch mit einem älteren Pärchen und einer Familie mit kleinem Kind. Das circa fünfjährige Mädchen fand gleich Gefallen an Katarina und so kam man auch mit den Eltern ins Gespräch; sie waren sympathisch, kamen wie Katarina aus dem Frankfurter Umland und man hatte den gleichen Humor. Sie fuhren zum selben Hotel und wie sich später herausstellte, wohnte sie Tür an Tür mit dem älteren Ehepaar, welches auch an der Unterhaltung teilgenommen hatte.

Sie begleiteten Katarina zum Essen und setzten sich zusammen mit Tina und Klein Mareike an den Tisch. Sie fühlte sich wohl in der Gesellschaft dieser gut gelaunten und lustigen Menschen. Das Ehepaar ging öfter abends weg und ließ sich gern von ihr begleiten und so vergingen die ersten Tage wie im Fluge. Was ein wenig nervte, waren die Annäherungsversuche des durchweg männlichen Hotelpersonals: bereits beim Einchecken versuchte der Empfangschef mit ihr ein Date auszumachen! Dann folgten der Zimmerboy, der Surflehrer und jeder der Kellner, die mal ihr Glück versuchten. Die anderen fanden es lustig, aber Katarina erinnerte der Urlaub mitunter an einen Spießrutenlauf.

Als sie einmal mit ihrer üblichen Gesellschaft beim Abendessen auf der Terrasse saß, sah sie eine Blondine mit dem türkischen Reiseleiter am Tisch sitzen.

„Das muss die deutsche Freundin unseres Reiseleiters sein", sagte Edwin, Katarinas Nachbar. „Der hat's nur deshalb noch nicht bei dir versucht, weil seine Freundin aus Deutschland zu Besuch ist."

Grölendes Gelächter, Katarina fand das gar nicht witzig.

Am nächsten Tag lag sie am Pool und sonnte sich, als sie einer der deutschen Animateure ansprach. „Mir ist aufgefallen, dass du die einzige Alleinreisende hier im Hotel bist und da hab ich mir gedacht, ich stell dir mal dein Pendant vor. Das ist Marion aus Osnabrück und hier haben wir Katarina aus Frankfurt."

„Aber ich dachte, du bist die Freundin des Reiseleiters", stammelte Katarina.

„Iwo, der hat mich nur gerettet, als mein Gepäck nicht am Flughafen war, aber jetzt erwartet er dafür gewisse Gegenleistungen. Und ich kannte halt niemanden hier, deshalb bin ich gestern Abend mit ihm essen gegangen. Er hat mir auch gesagt, dass keine anderen

Alleinreisenden hier im Hotel sind, sondern nur Paare und Familien."

„Pah, dabei hab ich ihn schon das Gleiche gefragt, dieser Sack, mit der gleichen Antwort", erzürnte sich Katarina.

„So ein Sauhund", pflichtete ihr Marion bei, „aber jetzt haben wir uns ja glücklicherweise gefunden und können auch abends 'n bisschen die Gegend unsicher machen, das hab ich mich nämlich allein nicht getraut."

Und so erkundeten sie gemeinsam das Nachtleben von Bodrum, gingen in die Open-Air-Diskothek und lernten dabei viele nette Leute kennen.

Gemeinsam mit Katarinas ursprünglicher Gesellschaft nahmen sie die Mahlzeiten ein, sodass nie jemand allein am Tisch sitzen musste, und erlebten Bootsausflüge und Fahrten in die Umgebung.

Marion und Katarina waren komplett auf einer Wellenlänge, hatten denselben Humor (manchmal war Marions noch etwas derber) und entdeckten noch eine Gemeinsamkeit: Beide hatten kurz vor dem Urlaub eine langjährige Beziehung beendet. So erwarteten sie beide von diesem Urlaub die Ablenkung, die sie sich jetzt gegenseitig garantierten. Gemeinsam konnten sie in jede Bar der Welt (und auch Bodrums) gehen, ohne dass sie obszön angesprochen oder belästigt wurden. Allein als Frau wäre das nicht möglich gewesen.

Ihnen gehörte Bodrums Nachtleben!

Als es einmal wieder etwas zu spät geworden war und man sich ein Taxi anstatt eines Einheimischen-Minibusses leisten musste, sprachen sie zwei junge

Türken an.

„Wollen wir uns ein Taxi teilen, wenn ihr auch aus Bodrum rauswollt?", fragten sie und wirkten dabei tatsächlich vollkommen seriös.

Marion und Katarina schauten sich an und sagten: „Okay. Aber wenn ihr Türken seid, könnt ihr bestimmt noch einen besseren Preis heraushandeln."

Die beiden Männer versuchten es auf Türkisch, aber so wie es schien, wollten die Taxifahrer sie nicht wirklich verstehen. Also übernahm Marion die Initiative und handelte einen vernünftigen Preis auf Englisch aus.

„Ich bin Erhan", stellte sich der Kleinere und äußerst Hübsche von beiden vor. „Und ich bin Jemal", sagte der Größere von beiden, der etwas tollpatschig wirkte.

Am Hotel angekommen verabredeten sie sich für den nächsten Abend wieder in Bodrum am Hafen und verbrachten fortan eine Menge Zeit miteinander. Einmal mieteten die Jungs ein Auto und entführten sie nach Marmaris, einer besonders schönen Hafenstadt. Nur die Fahrt war ein absoluter Horror, weil der Wagen offen war und der Fahrtwind und die Fahrweise der Einheimischen die vier beinah umbrachte.

Katarina wickelte sich ein Tuch um den Kopf, da ansonsten ihre langen blonden Haare komplett zerzaust worden wären. Marion hielt tapfer durch.

„Ich glaub, ich finde den Erhan total süß", gab Katarina am Ende des Tages verschmitzt zu. „Aber ich habe ein schlechtes Gewissen, so kurz nach dem Ende meiner Beziehung schon wieder was Neues anzufangen."

„Aber das ist doch totaler Quatsch! Wir waren nicht schuld am Ende unserer Beziehungen. Warum sollen wir uns jetzt ein Leben lang schlecht fühlen, wenn wir mal wieder einen neuen Mann ausprobieren wollen?"

Am selben Abend noch veranstalteten sie in Marions Zimmer ein Wett-Trinken (Marion gewann) und Katarina und Erhan lagen sich in den Armen, während Jemal und Marion die letzten Raki-Rückstände vertilgten. Katarinas Augen leuchteten am nächsten Morgen.

„Wow, er kann so gut küssen, da bin ich wirklich gespannt auf Weiteres ..."

„Das freut mich total für dich. Und wir haben es auch echt verdient, mal wieder richtig Spaß im Leben zu haben. Leider ist Jemal so gar nicht mein Typ, aber wir haben uns trotzdem gut amüsiert letzte Nacht."

Weitere Details ließ sie unkommentiert.

Der Urlaub ging mit einer bombastischen Flur-Party im Hotel zu Ende und Erhan und Katarina wollten gleich bei ihrer Ankunft telefonieren und sich treffen. Erhan wohnte nicht allzu weit weg in Fulda und Katarina lud ihn gleich in ihre Wohnung ein, weil er noch bei seinen Eltern wohnte. „Sag mal, wie alt bist du eigentlich? Darüber haben wir bisher noch gar nicht gesprochen." Ihr war klar, dass er jünger als sie sein musste, aber da er gut aussah und sich durchaus kleiden und verkaufen konnte, hatte sie keine Idee, inwieweit er von ihren aktuellen siebenundzwanzig Jahren abwich.

„Ich wohne noch bei meinen Eltern, weil ich noch in der Ausbildung bin und nicht viel Geld verdiene. Ich bin zwanzig."

Katharina war schockiert. Konnte es möglich sein, dass sie sich in einen sieben Jahre jüngeren Mann verliebt hatte? Als er ihre Wohnung betrat, wirkte er auch viel jünger und schüchterner als im Urlaub. Vielleicht war er einfach beeindruckt von einer komplett eingerichteten Wohnung, die Katarina als Pfand für seine Schulden von Christian behalten hatte.

Er hatte köstliche türkische Vorspeisen mitgebracht, sie tranken Wein und er küsste sie zärtlich. Und sie vergaß sein Alter und gab sich seinen Liebkosungen hin. Er war so zärtlich und ausdauernd, wie sie es noch nie zuvor bei einem Mann erlebt hatte. Sie liebten sich so häufig und intensiv, dass sie irgendwann im Morgengrauen Einhalt gebieten musste, um noch ein Quäntchen Schlaf zu bekommen. „Das habe ich noch nie erlebt. Christian konnte immer nur einmal und dann war es meistens die gemeine Missionarsstellung. Aber er war ja mein erster ›richtiger‹ Mann und andere Vergleiche hatte ich bisher kaum", erzählte Katarina etwas atemlos und noch immer leicht breitbeinig beim Frauenabend.

„Tja, vielleicht hast du wirklich bisher zu wenig sexuelle Erfahrung genossen", vermutete Petra. „Die Mohammedaner werden beschnitten, daher können sie noch häufiger als unsere deutschen Männer. Also genieße es!"

Und Katarina genoss es. In jeder freien Minute lag sie mit Erhan im Bett. Gespräche mit ihm verliefen meistens eher im Nirgendwo, da er zu den meisten Dingen, die sie beschäftigten, nicht viel zu sagen hatte (oder es sich nicht traute), und die Dinge, die ihn begeisterten, empfand Katarina als nichtig.

So probierten sie sämtliche sexuellen Spielarten aus, bis Erhan sie eines Tages zu sich nach Hause einlud.

Sie machte sich also mit ihrem roten Renault auf den Weg nach Fulda. Erhan empfing sie freundlich und stellte sie seinen Eltern und seiner Schwester vor. Die hatten aber nicht viel Interesse an ihr und so verzogen sie sich in sein Zimmer und knutschten dort ein bisschen rum. Katarina allerdings war wenig entspannt. „Ich komme mir so vor wie früher, als ich noch bei meinen Eltern gewohnt hab und mit einem Jungen zärtlich wurde. Da kam dann meistens meine Mutter unter irgendeinem Vorwand reingeplatzt. Willst du denn nicht auch mal 'ne eigene Wohnung?"

„Meine Eltern sind da schon etwas diskreter, aber ich will doch für den neuen Scirocco sparen. Und da brauche ich jeden Cent, weißt du?" Und Katarina wusste, dass sie hier sicherlich nicht den Vater ihrer zukünftigen Kinder vor sich hatte. Mit der Zeit verlor sie die Geduld mit ihm und wollte endlich wieder „Erwachsenengespräche" führen. Glücklicherweise gab es noch den Job und die Inhalte ihres Studiums und die netten Abende mit den intellektuell gleichgesinnten Kollegen.

Eines Abends, nachdem sie miteinander geschlafen hatten, sprach sie offen mit Erhan.

„Ich denke, unser Altersunterschied macht sich zunehmend bemerkbar und ich glaube, wir passen nicht wirklich zusammen. Es war sehr schön mit dir und ich war auch in dich verliebt, aber wir sind einfach zu unterschiedlich."

„Da könntest du recht haben", erwiderte Erhan schnippisch. „Meine Eltern würden sowieso niemals eine katholische Schwiegertochter akzeptieren."

9. Pierre
(Sternzeichen: Skorpion)

„Vorsicht ist geboten beim Skorpion-Mann: seine
Leidenschaft kennt keine Grenzen, genauso wenig aber
seine rücksichtslose Eifersucht ..."
(Astrologie für Männer)

Katarina konzentrierte sich auf ihre Arbeit und ihr Studium, welches immer mehr ihrer Freizeit beanspruchte. Auf neun bis zehn Stunden im Büro folgten zwei bis drei Stunden Vorlesungen und danach noch Hausaufgaben oder Klausurvorbereitungen. Ihre Kommilitonen nahmen bei Lernen und Feiern viel Platz in ihrer Freizeitgestaltung ein. Aber es war ein schönes und intensives Leben und Katarina als Widderfrau gefiel es so.

Ein Kommilitone war ihr in letzter Zeit besonders ans Herz gewachsen: Neben Christoph, der schon lange mit Tina liiert war, und der ihr die Geheimnisse des Bürgerlichen Rechts und der Betriebswisssenschaft nahebrachte, hegte sie große Sympathien für Pierre. Er war ein lustiger Kerl, hatte immer einen Witz oder einen dummen Spruch parat und sah dabei noch unverschämt gut aus. Er trug zwar eine Brille und hatte einen leichten Silberblick, aber das machte ihn mit seiner kräftigen Statur und seinen dunklen Haaren und

Augen nur interessanter. Als sie mal wieder bis quasi zum Delirium gefeiert und getanzt hatten (Pierre tanzte super gern und gut) nahm sich Katarina vor, ihn mal etwas genauer unter die Lupe zu nehmen. Sie versuchte sich mit ihm alleine zu verabreden. Das war aber in der Gruppe, in der man sich dauernd mit den anderen Studenten befand, kaum unbemerkt möglich.

Eines Tages erzählte Pierre etwas von einem Buch, das er unbedingt haben müsse, und sie bot ihm an, ihm ihres zu leihen. Als Gegengeschäft müsse er ihr eine CD brennen und diese bei ihr zu Hause abliefern. Ein Wunder, dass die Kommilitonen diesen Deal nicht mitbekamen! Und so landete Pierre auf Katarinas Couch und sie fand zunächst einmal heraus, dass er sich vor einigen Monaten von seiner Freundin getrennt hatte. Sie waren sehr lange zusammen gewesen, allerdings war wohl alles in letzter Zeit stark abgekühlt, da sie nur noch eine Wochenendbeziehung hatten.

Obwohl Katarina durchaus Interesse hatte, blieb Pierre ihr lange Zeit ein Rätsel und schien auch nicht wirklich an ihr interessiert zu sein (einmal sagte er sogar, er müsse bügeln, als sie sich verabreden wollten).

Doch nach einiger Zeit und einigen durchgefeierten Nächten mit den anderen Studenten hatten sie sich zum Kino verabredet. Es war ein Science-Fiction-Film mit Will Smith, „Independence Day", und sie saßen in der ersten Reihe, was für Katarina aufgrund ihrer Weitsichtigkeit etwas anstrengend war. Sie kuschelte sich an Pierre, aber dieser schien sich fast nur auf den Film zu konzentrieren. Der Abend verging und sie lud Pierre noch auf einen Kaffee in ihre Wohnung ein. *Wenn jetzt nichts passiert, lass ich es. Dann ist er einfach nicht interessiert*, dachte sie nach der dritten Tasse Kaffee. Folglich kündigte er auch seinen Aufbruch an und ging zur Tür. Sie folgte ihm höflich und als sie ihm die Tür öffnen wollte, nahm er sie ohne Vorwarnung in den Arm und küsste sie.

Die darauffolgenden Monate waren geprägt von Leidenschaft, Leidenschaft und nochmals Leidenschaft. Katarina fühlte sich so begehrt, dass sie wie auf Wolken wandelte. Pierres Eltern und Geschwister waren sehr nett und an Weihnachten, das bald darauf anstand, feierten sie mit seiner Familie und auch ein wenig allein. Alles schien perfekt zu sein. Er war der geborene Liebhaber (fast schon etwas zu unersättlich) und konnte drei bis fünfmal hintereinander mit ihr schlafen. Sie taten es an allen Orten: an sämtlichen, wirklich sämtlichen Orten in der Wohnung, im Auto, im Aufzug, im Schwimmbad und, und, und ... Sie fühlte sich unsagbar weiblich und genoss die gemeinsamen Mahlzeiten und die gemeinsame Freizeit mit ihm und das gemeinsame Shoppen. Ja, dieser Mann ließ sich komplett auf sie ein und konnte tatsächlich shoppen! Leider brauchte er auch doppelt so lange wie sie im Bad, aber daran konnte man sich gewöhnen.

Karneval feierten sie bei Martina, einer Kommilitonin. Sie feierte im Party-Keller und alle waren trotz der Kälte gut gelaunt und originell verkleidet. Christoph war der Lacher des Abends; er hatte sich in Tinas Tütü gezwängt und ging als Ballerina mit weißer Nylonstrumpfhose und passendem Kopfschmuck. Pierre und Katarina gingen als Vampir-Paar, sie mit rot gefärbten Haaren und blass geschminkt, er ganz in Schwarz mit Cape und Vampirgebiss.

„Sind wir nicht ein schönes Paar?", fragte Katarina.

„Ja, ich hab dich zum Fressen gern, grrrr!" Pierre zog sie die Treppe hinauf in Martinas Wohnung.

„Hey, wo willst du denn hin?", fragte Katarina leicht beschwipst. Hoffentlich nicht aufs Gästeklo, das war tierisch klein und unbequem.

Aber Pierres Fantasie in Sachen Sex kannte wie üblich keine Grenzen und so landeten sie in der Speisekammer, einem kleinen Raum mit Tür in der Küche. Er nahm sie von hinten und sie versuchte ihr Stöhnen zu verbergen, als sie ein Geräusch hörte. Durch den Türspalt konnte sie gerade noch die Umrisse von Martinas jüngerer Schwester erkennen, die wohl auf der Suche nach einem Nachschub an Sekt war. Dieser befand sich – in der Speisekammer!

Aber Regina hatte wohl erkannt, um welches Treiben es sich an diesem Ort handelte, und verließ wortlos die Küche. Pierre brachte sein Werk noch zu Ende, Katarina konnte es nicht mehr wirklich genießen und so gingen beide nach einer Weile wieder herunter in den Keller, wo sie mit bedeutsamen Blicken gestraft wurden.

„Super. Jetzt weiß hier jeder, dass wir es in der Speisekammer getrieben haben", zischte Katarina Pierre zu. Dem machte es aber wenig aus.

Später offenbarte Martina, dass ihre Schwester sehr

diskret gewesen war und nur ihr die Geschichte erzählt hatte. Gott sei Dank!

Nach circa drei Monaten Zusammenseins mit Pierre wurde Katarina die Wohnung wegen Eigenbedarfs gekündigt und sie durchsuchte die Zeitung nach Wohnungsanzeigen.

„Warum ziehen wir eigentlich nicht zusammen?", fragte Pierre unvermittelt beim gemeinsamen Frühstück.

„Ähm, meinst du nicht, dass wir uns nach dreieinhalb Monaten vielleicht noch nicht genug kennen?", antwortete Katarina mit einer Gegenfrage.

„Also ich liebe dich und ich finde, wir harmonieren gut. Es passt einfach. Und auch ich möchte gern aus meiner Bude raus. Lass uns doch gemeinsam in Frankfurt etwas suchen."

Gesagt, getan. Katarina wusste genau, dass Pierre es ehrlich meinte, und sie vertraute ihm. Schließlich fanden sie eine Erdgeschosswohnung mit Terrasse und Fußbodenheizung in einem Zwei-Familien-Haus. Zusammen konnten sie sich die Miete problemlos leisten und Katarina kündigte ihre Wohnung. Pierre wohnte noch zur Miete im Haus der Eltern seiner Ex-Freundin.

Eines Abends sagte er zu ihr: „Also wenn wir zusammenleben wollen, musst du dir aber das Rauchen abgewöhnen." Katharina durchfuhr es wie ein Dolch.

„Du hast mich immer rauchend erlebt und wir haben uns auch so kennengelernt. Warum erwartest du das jetzt von mir?"

„Ich kann einfach keinen Qualm in der Wohnung und in den Klamotten vertragen; erst recht nicht bei meiner Freundin."

„Aber ich hab doch auch in deiner Wohnung immer geraucht und du hast nicht ein einziges Mal etwas dagegen gesagt!", protestierte Katarina.

„Also für mich ist das ein echtes Tabu-Thema. Entweder du hörst auf zu rauchen oder wir können nicht zusammen ziehen. Basta. Ich kann meine Kündigung im Haus meiner Ex-Freundin noch jederzeit rückgängig machen."

Katarina dachte an den bereits vorhandenen Nachmieter für ihre Wohnung und gewöhnte sich schweren Herzens das Rauchen ab.

Der Umzug verlief relativ problemlos. Möbel waren schnell gefunden, viel investieren konnte und wollte man nicht. Im Kreise der Kommilitonen diskutierte man einen gemeinsamen Skiurlaub, da nur noch zwei Semester bis zum Studienabschluss blieben. Katarina war begeistert von der Idee, mit dieser netten und lustigen Clique eine Woche gemeinsam zu verbringen. Sie fuhr einigermaßen gut Ski, da sie mit Christian einige Skiurlaube absolviert hatte.

Pierre war skeptisch. „Erst einmal kann ich gar nicht Ski fahren, ist mir bisher auch noch nicht in den Sinn gekommen und ich brauche unbedingt die neue Lederjacke von Napapijri und für meine Fortis-Uhr muss ich auch noch sparen."

Pierre war Angestellter im öffentlichen Dienst. Der

Job war sicher, aber nicht sehr ertragreich, vor allem da er immer eine Menge Ausgaben durch sein regelmäßiges Shopping hatte. Er wollte gerne durch das Studium in der Controlling-Abteilung der Stadt aufsteigen, aber da gab es noch diese blöde Frauenquote ...

„Ein gemeinsamer Skiurlaub wäre bestimmt super, vor allem mit den Kommilitonen zusammen. Und Christoph und Tina können auch noch nicht Ski laufen und müssen einen Anfängerkurs buchen", entgegnete Katarina und ließ sich ihre Vorfreude nicht nehmen.

Nach ein, zwei Besprechungen zum Thema Skiurlaub war eine Gruppenreise nach Saas Fee in der Schweiz gebucht. Tina und Christoph bestellten gleich einen Ski-Anfängerkurs mit. Pierre war das Skifahren nicht cool genug; er wollte lieber Snowboarden lernen und kleidete sich im Laufe der kommenden Monate komplett modisch dafür ein. Wie viel Geld das kostete, sich nur für den „blöden Skiurlaub" richtig auszurüsten, musste sich Katarina regelmäßig anhören. „Du könntest dir die Skiklamotten auch zunächst leihen", schlug Katarina vor, die bereits im Besitz einer kompletten Skiausrüstung war. „Vielleicht macht dir das Snowboarden gar keinen Spaß und dann hast du alle Sachen gekauft und brauchst sie nicht mehr!"

Die Zeit bis zum Skiurlaub verging wie im Fluge. Es gab eine Menge Klausuren und Arbeit. Pierre arbeitete weniger, da er keine Überstunden machen musste, und war meist schon in der Wohnung, wenn Katarina abends aus Frankfurt zurückkam. Er schaute dann die Simsons und las in seiner GQ oder Mens' Health, die für ihn seine Bibel darstellten.

Es kam Weihnachten und die übliche Familien-Zusammenrottung.

„Erst meine Familie, dann deine Familie. Machen wir es wie immer", schlug Katarina vor und kochte, obwohl das wirklich nicht ihre Stärke war, für Pierre, seine Eltern, seine Großeltern und den Bruder mit Frau und Kind ein Drei-Gänge-Menü. Pierres Neffe wurde immer nach kurzer Zeit quengelig, der Bruder nahm die Großeltern mit dem Auto mit und dann blieben wie so oft noch Pierres Eltern übrig, die sehr gesellig und sympathisch waren.

„Ja, der kleine Nico ist schon ein bisschen anstrengend", sagte Pierres Mutter. „Da Elena aber auch schon wieder ganztags arbeitet, muss er komplett in die Betreuung und das ist wohl nicht gut für ein so kleines Kind."

„Ach, ich glaube nicht, dass es ihm schadet. Er ist halt genauso unruhig und zappelig wie seine italienische Mutter", entgegnete Pierres Vater, der die Dinge immer gerne positiv sah und Kompromisse suchte.

„Wie sieht's eigentlich bei dir aus, Katarina? Schon irgendwelche Ambitionen zum Thema Kinderkriegen? Du bist jetzt auch fast dreißig, oder?", fragte Pierres Mutter in den Raum hinein.

„Also, grundsätzlich hätte ich gerne Kinder oder wenigstens eins. Ich finde es irgendwie wichtig, dass etwas von einem selbst übrig bleibt. Und ich denke, ich könnte einem Kind eine Menge beibringen. Bei der Arbeit wäre das auch gar kein Problem. Da kann ich jederzeit anfangs am Wochenende als Info-Dame arbeiten."

„Und wer soll dann in der Zeit aufs Kind aufpassen?", provozierte Pierre, der sichtlich ernst geworden war.

„Na ja, du natürlich. Du hast ja am Wochenende frei", sagte Katharina verständnislos.

„Den Gedanken schlag dir mal aus dem Kopf. Ich erwarte von meiner Lebensabschnittsgefährtin (so nannte er Katarina gern, um sie zu ärgern), dass sie mir ihre volle Aufmerksamkeit schenkt, und das auch am Wochenende. Ich würde dich nie mit einem Kind teilen wollen!" Katarina war geschockt.

„Ich gebe ihm einfach noch etwas Zeit. Mit dem Alter wird er schon noch den Wunsch nach einem Kind bekommen", sagte sie später zu Pierres Mutter, die sich für das Aufbringen dieses heiklen Themas entschuldigen wollte. Pierres Mutter schwieg bedeutungsvoll.

Pierre und Katarina genossen die gemeinsame Zeit meist mit viel Sex; er brauchte es und sie hatte Spaß daran. Sie gingen gern ins Kino oder auch zum Italiener und ab und zu kochte Katarina sogar für beide. Das waren oft sehr romantische Momente. Manchmal konnte er aber auch völlig unausstehlich und unnahbar sein, vor allem wenn er mitbekam, dass sie ihren Freundinnen von ihm erzählte.

„Wir reden halt beim Frauenabend über unsere Männer. Aber ich kann doch gar nichts Schlechtes berichten", flachste Katarina.

„Ich möchte nicht, dass du überhaupt irgendetwas von mir berichtest. Das geht deine Freundinnen nichts an und ist einzig und allein unsere Sache", sagte Pierre streng.

Anfangs ging sie noch sorglos mit dem um, was sie ihm erzählte, aber nach einer gewissen Zeit hatte sie seine und damit auch ihre Schwachpunkte herausgefunden. Er brachte es fertig, tagelang nicht mehr mit ihr zu reden und sie völlig zu ignorieren. Das war die Höchststrafe für Katarina, die mitunter gar nicht wusste, was sie wieder mal verbrochen hatte.

Sie hatte sich das Rauchen verbieten lassen, aber den Frauenabend besuchte sie regelmäßig, weil sie auch etwas Abstand brauchte zu Pierre, der sie mit Haut und Haaren vereinnahmte. Er war morgens und abends da, ging mit ihr shoppen und ließ sie auch in der Disco keine Minute aus den Augen. Als sie eine Einladung zum zehnjährigen Abiturtreffen erhielt, riet er ihr, nicht hinzugehen. Offensichtlich war er aber nur eifersüchtig, weil er befürchtete, sie könne irgendwelche ehemaligen Bewunderer wiedertreffen und sich unsterblich verlieben.

„Ich weiß wirklich nicht, was er gegen das Abitreffen hat. Ich war mit keinem meiner Mitschüler jemals liiert", erzählte sie Petra am nächsten Morgen am Telefon.

„Tja, was nicht ist, kann ja noch werden", lachte die Freundin.

Katarina war bereits kurz nach Mitternacht von dem Treffen zurück (sie musste es Pierre vorher versprechen) und sie hatte sich kaum amüsiert, weil sie immer auf die Uhr geschaut hatte. Pierre war trotzdem misstrauisch und kontrollierte fortan fleißig die Telefonrechnung und fragte Katarina nach unbekannten Nummern aus.

„Was man alles mitmacht, wenn man in einen Kerl verliebt ist", seufzte sie und Petra konnte sie gut verstehen, denn sie war inzwischen mit Klaus, einem selbstverliebten Choleriker, verheiratet, der selbst über hundert Kilo wog und ihr regelmäßig ein schlechtes Gewissen wegen ihres Gewichtes machte, dass bei einsdreiundsechzig lediglich achtundfünfzig schlanke Kilos betrug.

Nach der überstandenen „Abitreffen-Krise" stand dann der Skiurlaub ins Haus. Pierre schien sich mit dem Rest der Kommilitonen nun endlich auch ein bisschen zu freuen. Vor allem auch, weil er endlich seine coolen Snowboard-Klamotten tragen wollte. Die Busfahrt verlief feucht-fröhlich, und im verschneiten Saas Fee angekommen wurde ihre Gruppe von zehn Leuten auf fünf Zimmer verteilt. Pierre und Katarina erhielten ein enges, mit Holz verkleidetes Zimmer mit einem kleinen Bett und Schrank im Haupthaus. Die anderen wohnten in einer modernen Dependance mit eigener Küche, mussten aber zu den Mahlzeiten ins Haupthaus laufen. Am ersten Abend wurde die Küche der Dependance mit viel Sekt und Bier eingeweiht und am nächsten Morgen versammelten sich alle zum Frühstück und zur Verteilung der Kurse im Haupthaus.

Christoph und Tina wurden dem Ganztages-Anfängerkurs zugeteilt, Pierre dem Snowboardkurs, der nur zwei Stunden pro Tag dauerte. Die anderen fuhren in unterschiedlichen Schwierigkeitsgraden mit Skiguide. Pierre stapfte mit seinem Snowboard und seinem Kurspartner von dannen und machte ein unglückliches Gesicht.

„Tja, jetzt macht Pierre keine dummen Sprüche mehr, jetzt kommt's drauf an. Sein Kurspartner hat gestern schon ordentlich geübt, das hat Pierre wohl nicht nötig. Er hätte auch mit uns fahren können, da hätte er sicherlich mehr Spaß bekommen", meinte Christoph. „Aber normales Skifahren ist doch viel zu uncool für unseren Pierre", warf Martina ein.

Die Kommilitonen hatten einen schönen, sonnigen Skitag und trafen sich abends im Haupthaus beim Käsefondue.

„Ich glaube, das mit dem Snowboarden ist wohl nicht so meins", berichtete Pierre, als alle anderen ihre Begeisterung über den Skitag kundgetan hatten. „Morgen früh probier ich es noch einmal und dann werde ich halt die Zeit anders verbringen."

„Das wäre aber total schade. Üb doch noch mal nachmittags mit deinem Kurspartner und vielleicht klappt es dann besser", schlug Katarina vor. Solche „Maßregelungen" wollte Pierre nicht hören und schwieg daraufhin den ganzen Abend.

Katarina ließ sich ihre Begeisterung fürs Skifahren nicht nehmen.

„Ich bin gespannt, wie's heute bei Pierre so läuft", sagte sie zu Martina, die mit ihr gemeinsam tagsüber Ski fuhr.

„Ich drück mal die Daumen. Ich mag den Pierre super gern, er ist wirklich ein lustiger Kerl. Aber bei manchen Sachen hat er echt 'n Pinn im Kopf!"

Nachmittags trafen sie Pierre in normaler Jacke und Jeans. Er ging spazieren, was er sehr gern tat, und sagte: „Für mich ist Feierabend mit Skifahren. Der Kurs läuft eh nur für drei Tage und ich höre dann morgen auf."

Katarina fand es vor allem schade für ihre zukünftige gemeinsame Urlaubsgestaltung, da Pierre sie niemals alleine in den Skiurlaub fahren lassen würde.

Am letzten Abend gab es noch ein gemütliches Beisammensein mit der gesamten Reisegruppe und die „Skitaufe" der Neuankömmlinge. Pierre war den ganzen Abend schlecht gelaunt; er sowie Tina und Christoph sollten als Skianfänger „getauft" werden. Man musste einige etwas eklige Dinge tun und zur Krönung der Taufe Schnaps aus dem Ski trinken. Pierre machte kaum etwas mit, nur bei der Taufe mit Schnaps, und auch später haute er richtig rein und war binnen weniger Minuten sturzbetrunken. Katarina brachte ihn ins Bett und er machte ihr Vorhaltungen, dass sie an allem schuld sei, da *sie* ja diesen blöden Skiurlaub gebucht hätte. Dann musste er aufs Klo und kotzte die ganze Nacht. „Das war dann wohl das Kapitel Skiurlaub", sagte Katarina leise vor sich hin und schlief traurig ein.

Im Mai und Juni standen die Prüfungen an und alle Kommilitonen standen mächtig unter Strom. Mit viel oder wenig Pfuschen und Lernen kamen alle durch und erzielten ganz passable Noten. Katarina hatte besser als

Pierre abgeschnitten, sie war aber auch dauerhaft besser in den Klausuren gewesen. Sie freute sich über einen Anruf der Eltern und Großeltern von Pierre, während ihre eigene Familie keine Notiz von der großartigen Tat eines bestandenen Abend-Studiums nahm.

„Ich mag deine Familie echt gern. Dass sie so um mich besorgt sind, find ich toll. Leider sieht es bei mir völlig anders aus." Seit der Scheidung ihrer Eltern gab es nur noch sporadischen Kontakt, jeder lebte sein eigenes Leben mit einem neuen Partner oder Kindern und eigener Familie. Katarina hatte sich im Laufe der Jahre daran gewöhnt, dass sie irgendwie allein auf der Welt war, aber in solchen Momenten war es einfach zu offensichtlich, wie wenig ihre Familie noch eine richtige Familie war.

Ein halbes Jahr später trafen sich die Ex-Kommilitonen auf der Hochzeit eines Freundes und tauschten ihre Lebenspläne aus. Christoph und Tina hatten ihre Eigentumswohnung verkauft und ein Grundstück erworben, auf dem sie ein Haus bauen wollten, Martina suchte nach einer Eigentumswohnung, das Hochzeitspaar hatte gerade eine Wohnung gekauft und alle anderen waren auch auf der Suche nach Wohnungseigentum, da die Zinsen außergewöhnlich niedrig waren.

„Warum kaufen wir uns eigentlich keine Eigentumswohnung? Ich hab was gespart, wir verdienen beide und zahlen unserem Vermieter jeden Monat eine saftige Miete", fragte Katarina Pierre nach der Party.

„Du kannst dir gerne ein Eigentum anschaffen, ich komme auch gern mit und zahle an dich Miete, aber ich kaufe nicht mit dir zusammen. Ich hab nämlich überhaupt nichts gespart und könnte nichts einbringen", entgegnete Pierre und Katarina war ein wenig geschockt.

„Dann ist all dein Geld für Klamotten und Uhren draufgegangen", sagte sie traurig vor sich hin.

„Genau. Und ich hab's gerne dafür ausgegeben", beendete Pierre das Gespräch.

Katarina ließ sich von verschiedenen Banken beraten und bekam die Freigabe für ein Darlehn. Die passende Wohnung (dreiundsiebzig Quadratmeter Maisonette in einem schönen Vorort von Frankfurt) war schnell gefunden.

„Also, was Günstigeres findest du nicht mehr in dieser guten Wohngegend", fachsimpelte Pierre und Katarina hatte mit einem Schlag Schulden von gut einhunderttausend Euro.

Der Umzug ging ohne Katarina vonstatten, die an diesem Wochenende arbeiten musste. Pierre hatte sich einen Freund und seinen Bruder organisiert und so schafften sie die wenigen Möbelstücke problemlos in die Wohnung. Katarina hatte sämtliche Zimmer allein gestrichen, Pierre beschränkte sich mehr auf die „feinmotorischen" Sachen wie das Anbringen von Fußleisten oder von Scharnieren an Schranktüren. Danach ließen seine Begeisterung und sein Engagement für die Wohnung, zu der er ihr geraten hatte, täglich mehr nach. Und Katarinas Begeisterung für Pierre in gleichem Maße. Sie kam heim und musste für ihren Job, wo sie nach dem Studium befördert worden war, viele Überstunden machen und er lag – wie schon die letzten drei Jahre – nach Feierabend auf der Couch und schaute die Simsons oder blätterte in seinen Männermagazinen.

Langsam hatte sie genug.

„Wann bringst du denn die Lampe an, damit ich endlich mal morgens meine Zeitung ohne Taschenlampe lesen kann?", fragte sie betont höflich.

„Wenn ich mal Lust dazu habe, aber das kann auch noch 'n paar Wochen dauern", entgegnete er provokativ.

„Dass ich mir hier morgens die Augen verderbe, interessiert dich gar nicht, oder? Ich hab überhaupt den Eindruck, dass dich an uns und der Wohnung nicht mehr viel interessiert. Mir fehlen auch die gemeinsamen Perspektiven. Ich bin jetzt einunddreißig und eigentlich möchte ich so die nächsten zwanzig Jahre nicht weiterleben. Wie stellst du dir das hier überhaupt weiter vor?", wurde sie grundsätzlich.

„Weißt du was, ich möchte genau so weiterleben und meine Simsons gucken und mir nicht mehr dein Gemeckere anhören", entgegnete er.

„Na, dann ist es wohl besser, wenn du das demnächst allein tust", entschied Katarina.

Pierre hatte schnell eine neue Wohnung ganz in ihrer Nähe gefunden. Kurzfristig zog er noch einmal wieder bei ihr ein, sie brauchten mehrere Anläufe, um sich zu trennen. Die sexuelle Anziehungskraft war einfach zu groß und beide hingen doch sehr an der Beziehung. Aber als Pierre auch nach einem Monat keine weite-

ren Anstalten machte, sich in der Wohnung zu engagieren, entbrannte ein kurzer Streit und er bezog die
ursprünglich schon vorab gemietete Wohnung in ihrer
Nähe. Nur kurze Zeit später nahm er sich eine Arbeitskollegin, deren Verlobung gerade gelöst worden war,
zur Freundin. Mit Katarina wollte er, auch wegen des
gemeinsamen Freundeskreises, ein freundschaftliches
Verhältnis pflegen. Dieses wurde aber zu sehr auf die
Probe gestellt, als er sie nach einem gemeinsamen Essen beim Italiener in seine Wohnung einlud und sie
nicht voneinander lassen konnten.

Katarina verließ einige Stunden später seine Wohnung mit dem seltsamen Gefühl, einen Mann und einen Freund verloren zu haben.

10. Robert (Sternzeichen: Steinbock) oder Sind Feuerwehrmänner wirklich sexy?

„Der Steinbock-Mann ist ein guter Charakter;
er ist besonnen, treu, vernünftig und fleißig.
Manchmal ist er auch sehr ängstlich."
(Astrologie für Männer)

Nach der letzten gemeinsamen Nacht mit Pierre fühlte sich Katarina seltsam befreit, nachdem sie die Trauer abgelegt hatte. Als Erstes kaufte sie eine Schachtel Zigaretten und steckte sich genussvoll eine an. Bald darauf rief Martina, ihre ehemalige Kommilitonin, an.

„Na, wie geht's dir? Ich möchte dich ein bisschen ablenken. Hast du nicht Lust, mit mir heut Abend 'n Bierchen im Pub zu trinken?"

Also zogen sie über die Dörfer; kaum eine Diskothek oder Party, die die beiden nicht besuchten. Sie waren ein super Gespann. Martina war lustig und unbeschwert und liebte es, die Erste auf der Tanzfläche zu sein. Sie war klein und ein wenig pummelig, wirkte aber sehr gut auf Männer, weil sie keine Angst vor ihr hatten. Katarina mit ihrer eher kühlen Ausstrahlung kam meistens später dazu, wenn Martina auf der Tanzfläche Männer angetanzt hatte, und sie erlebten gemeinsam viele schöne Abende.

„Was hältst du denn davon, noch mal gemeinsam in Skiurlaub zu fahren?", fragte Martina eines Abends in der Kneipe.

„Viel! Aber dass wir in der alten Konstellation noch mal zusammenkommen, glaube ich eher nicht."

Einige der ehemaligen Kommilitonen waren bereits Eltern oder bauten Häuser und arbeiteten an ihren Karrieren oder hatten sich getrennt wie Pierre und Katarina. Pierres Freundin hatte ihm den Umgang mit den Ex-Kommilitonen (aus gutem Grund insbesondere mit einer) verboten, daher war er bei keinem der Treffen mehr dabei. Christoph und Tina waren aber schon noch interessiert und so buchten die vier eine Pauschalreise mit Flug nach Mayrhofen in Tirol.

Sie trafen sich regelmäßig zu den Mahlzeiten des schicken Vier-Sterne-Hotels, ansonsten hatten sie unterschiedliche Skikurse und Katarina erlebte zum ersten Mal in ihrem Leben den Après-Ski, wie er in einigen Gegenden Österreichs üblich und bekannt ist. Nach dem Skikurs mit Martina (in dem sie den Skilehrer mächtig ärgerten, weil sie nicht aufpassten und Witze machten) gingen sie in immer die gleiche Après-Ski-Bar und danach entweder ins Hotel zum Essen (wenn das noch möglich war) oder – wenn der Alkohol zu reichlich geflossen war – direkt auf ihr Zimmer.

Christoph und Tina hatten einen separaten Skikurs und eine andere Nachmittagsgestaltung. Bald entdeckten Martina und Katarina die „Schlüsselalm", eine Diskothek am Ortsende, wo man noch gut und gerne bis drei Uhr feiern konnte. Am zweiten Abend in der Schlüsselalm lernte Martina eine Gruppe von jungen Männern kennen, die die beiden Damen sofort auf einen Drink einluden. Sie waren alle Feuerwehrleute aus Koblenz, sprachen einen recht lustigen Dialekt und amüsierten sich gut mit Tanzen und Trinken. Als der Abend zu Ende ging, verabredete man sich zum Skifahren am nächsten Tag.

„Den Robert find ich richtig nett. Der hat echt was drauf", sagte Martina wenig später, als sie wieder auf ihrem Zimmer waren.

„Ja, ja. Sind ja eigentlich alle ganz lustig", gähnte Katarina. „Christoph und Tina wissen gar nicht, was sie verpassen, wenn sie immer so früh ins Bett gehen und anstatt zum Après-Ski auf'n Kakao ins Café gehen."

Am nächsten Morgen schellte der Wecker bereits früh um acht Uhr und Katarina drehte sich noch einmal um, während Martina ihre Morgentoilette zelebrierte. Katarina war wie immer schnell fertig und traf Christoph und Tina beim Frühstück. Christoph las die Financial Times, während Tina ihm ihre wichtigsten Sorgen mitteilte (ihr Pony saß heut einfach nicht und sie hatte keinen Traubenzucker mehr), und sagte in regelmäßigen Abständen „ja", um seine Anteilnahme an ihren Informationen zu übermitteln.

„Boah, die sind ja echt schon wie ein altes Ehepaar. Hoffentlich passiert mir so etwas nie", flachste Martina nach dem gemeinsamen Frühstück.

„Stimmt, richtig viel Spaß haben die nicht mehr miteinander. Aber sie sind halt aufeinander eingespielt und unglücklich wirken sie auch nicht", entgegnete Katarina.

Nach einem lustigen Vormittag im Skikurs hatten die beiden Mädels den Nachmittag frei und trafen bereits mittags auf der Hütte auf die vier Feuerwehrleute, die bereits alle vor einem großen Bier saßen. Nur Feuerwehrmann Stefan trank Wasser; er fühlte sich nicht wohl, weil er wohl am Abend zuvor etwas zu tief ins Glas geschaut hatte. Sie gaben den Mädels auch ein Bier aus und fuhren später noch gemeinsam ein paarmal die Pisten runter. Danach waren sie müde und gingen ins Bett; man verabredete sich zur Schlüsselalm am nächsten Abend.

„Mensch, aber ganz schön schwach für Feuerwehrleute. Ich dachte immer, die vertragen so viel", stellte Martina fest.

„Ja, und besonders sexy finde ich sie auch nicht. Man sagt doch immer, dass Frauen deren Beschützerinstinkt so interessant finden. Für mich sind sie eher lustig wegen ihres Akzentes. Allerdings bei Robert hast du recht, er sieht wirklich gut aus."

Er hatte blaue Augen, braune Haare und einen dunklen Teint und konnte verschmitzt lachen, war circa einsachtzig groß und Katharina gefiel vor allem sein leichter Schmollmund, der förmlich zum Küssen einlud. Sie machte sich aber keine großen Gedanken, da Robert ja offensichtlich Martina gefiel. Von daher wollte sie natürlich der Freundin den Vortritt lassen.

Leider stellte sich im Laufe der gemeinsamen Zeit mit den Feuerwehrleuten heraus, dass Robert kein sonderliches Interesse an Martina hatte. Er hatte wohl auch daheim in Kaiserslautern eine Freundin und wollte nicht fremdgehen; das sagte er zumindest bei einem Annäherungsversuch von Martina.

Bald schon kam der letzte Abend und Katarina spürte immer mehr, wie sie sich hingezogen fühlte zu Robert, der ihr auch recht offensichtlich schöne Augen machte. Man ging in die Schlüsselalm und hatte sich danach gegen Mitternacht noch mit Christoph und Tina auf einen letzten Umtrunk verabredet. Die beiden gingen am letzten Abend in Mayrhofen ins Kino (kein Kommentar).

In der Diskothek hatten Martina und Katarina schon einige Wodka-Lemon getrunken und auch die Begleitung war wahrlich nicht mehr nüchtern. So stolperte man ins Hotel und traf sich bei Christoph und Tina, die schon fast ins Bett gegangen wären, und trank gemütlich ein Schnäpschen und noch eins und noch eins ...

Irgendwann war die Gesellschaft so betrunken (Stefan war schon vorher gegangen, er hatte sich wohl eine ordentliche Erkältung oder sogar Grippe zugezogen und konnte nicht mehr mithalten), dass man zum Aufbruch blies. Martina ging mit Peter vor, einem etwas kleineren blonden Feuerwehrmann. Da zog Robert Katarina plötzlich und ohne Vorwarnung in eine Mulde des Flurs und küsste sie. Das tat er so gut und gefühlvoll, dass sie sich dem Kuss hingab, und sie landeten in ihrem Zimmer, das ein zusätzliches Sofa hatte. Martina verabschiedete sich rücksichtsvoll mit den Worten: „Peter und ich machen jetzt mal eben einen Spaziergang", und so konnte sich Katarina Robert komplett hingeben. Er war ein wunderbar einfühlsamer Liebhaber und sie schlief später in seinen Armen ein.

Als Katarina am nächsten Morgen erwachte, bekam sie zunächst einen Hustenanfall und fühlte sich fürchterlich. Waren das nur die Nachwirkungen der durchzechten Nacht oder hatte sie tatsächlich hohes Fieber? Sie konnte kaum laufen und merkte, dass sie bei jeder Bewegung Schüttelfrost bekam. Robert wurde wach und nahm sie in den Arm.

„Wow, wahrscheinlich hast du dich bei Stefan angesteckt. Du bist ganz heiß und brauchst Medikamente, wenn du heut mittag nach Hause fliegen willst."

„Gott sei Dank fahren wir nicht noch zehn Stunden mit dem Auto", entgegnete Katarina, die sich wirklich kaum auf den Beinen halten konnte.

„Apropos, du musst jetzt auch los. Die anderen warten schon im Auto und wollen fahren", sagte Martina, die gerade ins Zimmer gekommen war. Sie hatte eine angenehme Nacht mit Peter verbracht und bei ihm auf der Couch geschlafen (streng katholisch, betonte sie).

„Mensch, du bist vielleicht eine gute Freundin", wisperte Katarina, die kaum sprechen konnte. „Hast uns hier die ganze Nacht allein gelassen. Und es war eine wunderbare Nacht!"

Robert und Katarina tauschten Telefonnummern aus und jeder trat getrennt die Heimreise an. Katarina musste noch mit den anderen den Tag verbringen, bevor der Flieger gegen fünfzehn Uhr Innsbruck verließ. In dieser Zeit schaffte sie es, die gesamte Reisegesellschaft anzustecken. Martina hatte ihre Tasche gepackt und das Gepäck zum Flughafen geschafft, da Katarina mit fast vierzig Grad Fieber kaum mehr ihre Umwelt wahrnahm. Sie war heilfroh, als sie am Flughafen in Frankfurt von ihrer Schwester abgeholt wurde, die das Gepäck und die kranke Katarina in ihrer Wohnung ablieferte.

Gleich am nächsten Morgen meldete sie sich krank und ging zum Arzt, der sie erst einmal wegen schwerer Bronchitis mit Verdacht auf Lungenentzündung für eine Woche krankschrieb. Martina musste einige Tage aussetzen und auch Tina war insgesamt zwei Wochen krank, nur Christoph ließ sich, von einer kleinen Erkältung abgesehen, nichts anmerken.

Während ihrer Krankheit telefonierte Katarina regelmäßig mit Robert, der oft in der Feuerwehrwache Bereitschaft hatte.

„Wir Feuerwehrleute müssen natürlich fit sein und trainieren hier auf der Wache in einem eigenen Fitness-Studio. Aber ansonsten ist hier sehr viel Langeweile angesagt", erzählte er in einem ihrer zahlreichen Telefonate.

Katarina war froh über etwas Zuspruch während ihrer Krankheit; Martina meldete sich einmal am Tag, aber so ein Tag auf der Couch konnte ganz schön lang werden bei dem faden Fernsehprogramm. Sie merkte auch, wie sie sich an die langen Telefonate mit Robert gewöhnte. Er war ein sensibler Zuhörer, doch ließ er hier und da auch sein Privatleben durchblicken, was Katarina etwas traurig stimmte. So erzählte er mit viel Zärtlichkeit von der kleinen Tochter seiner Freundin, mit der er zusammenlebte. Katarina hatte es gewusst, aber es gab ihr doch immer wieder einen Stich, wenn sie merkte, wie allein sie in ihrer Eigentumswohnung war.

Nach überstandener Krankheit wurde sie wieder durch die Arbeit abgelenkt. Sie war nun in Eigenverantwortung für einen Bereich des Hotels zuständig und viel unterwegs, um sich Informationen bei anderen Hotelanbietern zu verschaffen. Robert rief sie regelmäßig abends zuhause an, wenn er auf der Wache war, und die Erzählungen über seinen Feuerwehralltag und die Zärtlichkeit in seiner Stimme versüßten ihr die vielen langen Winterabende.

Nach einem Besuch beim Zahnarzt kam kurze Zeit später die schmerzliche Diagnose: Ihre Weisheitszähne waren extrem gewachsen und hatten bereits starke Wurzeln im Kiefer geschlagen, sodass das Entfernen von mindestens drei Weisheitszähnen unverzüglich vonnöten war. Der Kieferchirurg stellte sie vor die Wahl: „Wir können das hier bei mir in der Praxis ambulant machen. Dann muss aber jemand die ganze Nacht und den darauffolgenden Tag bei Ihnen sein, wenn Komplikationen auftreten. Das könnte eine komplizierte Operation werden und man weiß nie, ob es noch spätere Blutungen gibt. Wenn Sie niemand betreuen kann, überweise ich Sie zu meinem Kollegen ins

Krankenhaus."

Katarina hatte leider niemanden, der sie betreuen konnte (all ihre Freunde waren berufstätig), also entschied sie sich für die Krankenhaus-Variante.

Schon bald saß sie im hinten zuschnürbaren weißen Nachthemd im Bett ihres Einzelzimmers und telefonierte mit Robert. Sie war nervös und traurig, dass sie in dieser besonderen Situation allein und ihre Familie mal wieder unerreichbar und nicht interessiert war. Sie wartete nüchtern fast den ganzen Tag und wurde dann sanft in ihre Vollnarkose versetzt.

Als Katarina aufwachte, waren Ulla und Petra bei ihr und hatten eine süße Diddelmaus mitgebracht. Katarina war noch völlig benommen von der Narkose und schloss gleich wieder die Augen.

Als sie ein paar Stunden später wieder aufwachte, saß ihre Schwester an ihrem Bett und fragte: „Wie geht's dir? Der Arzt hat gesagt, du wärst seine schwerste OP an diesem Tag gewesen. Mama lässt sich entschuldigen. Sie wär mitgekommen, aber sie hat wohl erfahren, dass die Cafeteria hier nicht so toll sein soll … Papa ist erst gar nicht auf die Idee gekommen, dich zu besuchen."

„Schön, dass wenigstens du hier bist", entgegnete Katarina noch etwas hölzern, da sich ihr Mund anfühlte, als hätte sie einen Ballon verschluckt.

Am nächsten Tag durfte sie das Krankenhaus nach dem Mittagessen wieder verlassen. Sie fühlte sich gut, hatte keine Schmerzen und hatte den Arzt nach der OP nicht mehr gesehen. Daher saugte sie wieder Staub, machte den Haushalt und rauchte die ein oder andere Zigarette.

Es kam, wie es kommen musste. Als sie abends mit Ulla im Kino saß, konnte sie vor Schmerzen kaum noch dem Film folgen. Die Nacht darauf war schrecklich, da sie irgendwann keine Schmerzmittel mehr hatte, und sie weinte über die furchtbaren Wund- und Kopf- schmerzen und darüber, dass niemand da war, um sie zu trösten.

Am nächsten Morgen fuhr sie gleich um sieben Uhr zum Arzt und war seine erste Patientin.

„Wenn Sie eine solch schwere Operation hinter sich haben, müssen Sie sich schonen wie nach einem Bein- bruch", belehrte er sie. „Die Wunden haben sich völlig entzündet. Ich spritze Ihnen nun Cortison in die Wun- den und danach versuchen Sie sich bitte auszuruhen. Wenig sprechen und viel liegen und wir sehen uns in ein paar Tagen wieder."

Das musste man Katarina nicht zweimal sagen; das Cortison wirkte eine gewisse Zeit, aber dann fingen die Schmerzen wieder an. Es war völlig unmöglich für sie, etwas anderes als lauwarmes Wasser zu sich zu neh- men. Schon ein kleiner Temperaturunterschied ließ sie aufschreien. In kürzester Zeit verlor sie sechs Kilo und war extrem schwach.

Einmal kam ihre Schwester vorbei und kochte ihr eine frische Blumenkohlsuppe, die sie wieder ein bis- schen auf die Beine brachte. Nach mehr als zwei Wo- chen konnte sie langsam wieder ins Fitness-Studio gehen und wurde dort wegen ihrer Gewichtsabnahme bewundert.

„Ich würde lieber langsamer und weniger extrem die Kilos verlieren“, sagte Katarina nur in schmerzvoller Erinnerung.

Robert und Martina hatten sich – im Gegensatz zu ihren Eltern – regelmäßig bei ihr gemeldet. Robert kam sie sogar noch einmal besuchen. Sie hatten eine wunderbare, kurze Zeit und Katarina beendete die Liaison eine Woche später, obwohl sie Robert wirklich lieb gewonnen hatte.

11. Peter, der „Nörgel-Pitt" (Sternzeichen: Jungfrau)

„Bei einem typischen Jungfrau-Mann ist die Wohnung immer aufgeräumt und seine Sachen sind gefaltet. Auf manche Frauen wirkt er pedantisch und kritisch; aber er ist einfach nur immer in Sorge und setzt sich mit seiner Umwelt sehr kritisch auseinander."
(Astrologie für Männer)

Der Frühling nahte und damit kehrten auch Katarinas gute Laune und ihr Optimismus zurück. Sie war noch einmal mit einer Bekannten als zusätzliches Abschiednehmen von Robert ein Wochenende nach Mayrhofen gereist. Unter dem Vorwand, ihre neuen Carving-Ski einfahren zu müssen, hatte sie Nicole aus dem Fitness-Studio überredet, mit ihr von Donnerstag bis Montag im April dort noch einmal etwas Zeit zu verbringen. Die Erinnerungen kamen zurück und machten Katarina ein wenig melancholisch, aber sie wischte sie einfach weg und sah schon allein an dem kleinen Örtchen Mayrhofen, welches im Winter übervoll und lebendig gewesen war und sich nun in den Sommerschlaf legte, dass alles vergänglich war und seine Zeit hatte. Sie genoss das Skifahren mit ihren neuen Ski und die erste Frühlingssonne auf den schönen Hütten Tirols.

Bei ihrer Rückkehr berichtete Katarina Martina über die Vorzüge des Carvings und die Freundin hatte gleich eine Idee für den Freitagabend: „Heute Abend macht in Frankfurt-City ein neuer Laden auf, der sich ›Freeland‹ nennt. Ist eine Diskothek, ganz mit Holz verkleidet und so'n bisschen wie'n Après-Ski-Schuppen gestaltet. Man kann dort auch leckere Burger essen. Sollen wir nicht zusammen hingehn?"

„Yeah! Ich hätte mal echt wieder Lust auf'n bisschen Abzappeln. Hoffentlich machen die gute Musik."

Und sie *machten* gute Musik!

Der Laden war ein Geheimtipp und gut angezogene Leute aus der Umgebung ließen sich von skeptischen Türstehern beäugen. Martina hatte natürlich für diesen Abend Freikarten besorgt und sie kamen problemlos rein. Die Diskothek war gemütlich, aber nicht zu rustikal; man fühlte sich gleich wohl. Martina und Katarina genossen den Abend auf der Tanzfläche und als Katarina Durst bekam, ging sie zur Bar. Mit ihrem leicht gebräunten Teint, den strahlend blauen Augen und den langen blonden Haaren wurde sie dort auch gleich angesprochen und bekam sogar ihr Bier ausgegeben. Sie bewegte sich durch die Menschenmenge und erspähte plötzlich ein Gesicht, das ihr bekannt vorkam.

„Ich habe da grad 'nen Typen gesehen, den ich von früher kenne. Leider weiß ich nicht mehr genau, woher. Ich glaub, den sprech ich gleich mal an."

Katarina brauchte noch ungefähr fünf getanzte Lieder auf der Tanzfläche und zwei Bier, bevor sie sich traute, den gutaussehenden Fremden anzusprechen.

„Ich kenn dich von irgendwoher", sagte sie mit einem charmanten Lächeln. „Hilf mir mal, kann es sein, dass du früher im Old Daddy warst?"

Als er sie verdutzt anguckte, lachte sie noch mehr: „Oh Mann, das klingt jetzt echt nach einer schlechten Anmache. Hatte nicht gedacht, dass mir das auch mal passiert!"

„Also, ich find das gar nicht so schlimm und freue mich, auch mal von einer Frau angesprochen zu werden."

Peter hatte schöne dunkle Locken, braune, fast schwarze Augen und ein nettes Lächeln, ansonsten war er eher hellhäutig, aber schon insgesamt Katarinas Typ. Sie unterhielten sich, bis Martina gehen wollte, und tauschten Telefonnummern aus. Er hatte den ganzen Abend gesessen und als er aufstand, um sie zu verabschieden, bemerkte sie erst, dass er ungefähr zwei Meter groß war und sich komplett zu ihr hinunterbeugen musste.

„Oh je, jetzt weiß ich erst mal, wie man sich als Mann fühlt, wenn man eine Frau anspricht", sagte Katarina, die einen leichten Schwips hatte, im Auto.

„Tja, das ist nicht immer so leicht", grinste Martina, die heute fahren musste. „Aber ich verstehe gar nicht, was du an dem findest. Der ist viel zu groß für dich. Das gibt doch nur Probleme beim Küssen."

Aber Katarina wollte ihn unbedingt wiedersehen.

Sie trafen sich ein paar Tage später zum Essen in einem Lokal mit Biergarten. Es war ein schöner Sommerabend und im Biergarten draußen gab es nur noch wenige freie Tische. Katarina ging ungezwungen auf den nächstmöglichen Tisch zu und setzte sich – nichts Böses ahnend. Peter war nicht begeistert: „Da ist eine Hecke in der Nähe und bestimmt kommt da gleich ganz viel Ungeziefer raus, wenn es kühler wird. Lass uns lieber einen Tisch mehr in der Mitte nehmen!"

Katarina erhob sich und steuerte einen Tisch in der Mitte des Biergartens an.

„Ich sitze normalerweise immer mehr außen im Lokal. Ist wahrscheinlich eine Manie von mir, dass ich die Leute gerne im Auge behalten und der Rücken frei ist."

Peter setzte sich zwar, wirkte allerdings immer noch nicht hundertprozentig zufrieden. „Hier zieht es so. Das gefällt mir nicht."

Katarina holte tief Luft. „Wir können auch reingehen, wenn du möchtest." Sie hatte Hunger und wollte dieses Tisch-Wechsel-Spiel nun gerne beenden.

„Nein, da ist es mir zu warm", nörgelte Peter weiter. Doch schließlich ergab er sich in sein Schicksal, setzte sich und sie konnten endlich bestellen.

Während des Essens nörgelte Peter noch über den Durchzug und über die Qualität des Essens; ansonsten berichtete er Katarina, dass er bei der Agentur für Arbeit im Bereich Zeitarbeit tätig war und qualifizierte Teilzeitkräfte an Unternehmen vermittelte. Er stellte sogar auf speziellen Ausstellungen aus und sein Job klang interessant. Sie erzählte ebenfalls von ihrer Arbeit und er war ein interessierter Zuhörer. Der Abend ging mit etwas Zugluft und einem viel zu weit entfernten WC zu

Ende und Katarina stieg nach einer „Bussi,Bussi"-Verabschiedung in ihr Auto und versuchte, den Abend zu verarbeiten. Peter war schon ein komplizierter Typ, das war nicht von der Hand zu weisen, aber alles in allem war er intelligent und aufmerksam und gutaussehend.

„Also, geben wir ihm noch eine Chance!", sagte sie zu sich selbst und fuhr nach Hause.

Für den kommenden Sonntag waren sie zum Treffen in seiner Wohnung im Frankfurter Norden und zum Spazierengehen verabredet. Katarina hasste nichts so sehr wie Spazierengehen: sie liebte es, sich schnell zu bewegen, und joggte viel lieber. Aber was tat man nicht alles für die vermeintliche Chance auf den Mann seines Lebens?

So schmiss sie sich in eins von ihren Sommerkleidchen, zog die bequemen Ballerinas an und fuhr zu seiner Wohnung. Er wohnte in einer ruhigen Straße, was ihm sehr wichtig war, wie er gleich als Erstes beteuerte (Katarina wohnte direkt an einer Hauptstraße): „Die Wohnung hat zwar nur zwei Zimmer und keinen Balkon, aber dafür habe ich draußen ein Stück Garten, in den ich mich mit einem Liegestuhl setzen oder grillen kann. Das mache ich gerne im Sommer."

Endlich eine Gemeinsamkeit, dachte Katarina im Stillen.

„Was machst du denn eigentlich sonst noch gerne außer Kuchen essen und spazieren gehen?", fragte sie mit einem süffisanten Lächeln.

„Früher habe ich gern Badminton gespielt und spiele aktuell im Verein Volleyball. Außerdem lese ich gerne und höre Hörbücher, vor allem über Philosophie."

Katarina schluckte bei der Präsentation seiner Hobbys – wenig Gemeinsamkeiten. Trotz allem genoss sie den Nachmittag mit Kaffee und Kuchen und das Gespräch mit ihm.

Sie fuhren mit seinem Auto an einen See in der Nähe und machten dann doch einen Spaziergang. Katarina musste wegen Peters Größe den Kopf in den Nacken legen, um ihm ins Gesicht zu sehen, aber seine Erzählungen waren interessant, zwischendurch zwar etwas anstrengend, da er sich immer wieder über Dinge beschwerte, aber sie genoss den Spaziergang trotzdem und wunderte sich nachher fast darüber.

„Peter ist der intellektuellste Mann, den ich je kennengelernt habe", erzählte sie Petra später am Telefon. „Er ist längst nicht so sexy wie mein Feuerwehrmann, aber es ist mal eine ganz andere Erfahrung. Bin sehr gespannt, wie der Sex mit ihm so sein wird ..."

„Hoffentlich nörgelt er nicht auch noch beim Sex", gluckste Petra ins Telefon. Katarina lachte mit, war aber jetzt doch leicht verunsichert.

Das nächste Date sollte zum Abendessen sein; Peter kochte ein hervorragendes Rinderfilet mit Steinpilzen, Bratkartoffeln und Gemüse bei sich daheim und hatte den Tisch romantisch zum Candlelight-Dinner gedeckt. Katarina genoss das Essen und den Rotwein. Nach dem Essen machten es sich die beiden auf Peters Couch gemütlich und er küsste sie zum ersten Mal.

Es war nicht wirklich der beste Kuss ihres Lebens,

aber sie war bereit, für diese neue Erfahrung auch Zugeständnisse zu machen, und der Rotwein tat sein Übriges. Der Sex war kurz und unspektakulär und Katarina schlief gemütlich neben ihm ein. Es war Freitagabend und sie musste am nächsten Tag nicht arbeiten, daher konnte sie problemlos bei Peter übernachten.

Am nächsten Morgen kuschelten sie noch miteinander. Katarinas Männer waren bisher fast ausnahmslos kräftig und sportlich, Peter war eher knochig und sehr schlank. Sie mochte seine behaarte Brust und fand es angenehm, wie er mit seinem langen Arm beinah ihren ganzen Körper umfassen konnte. Irgendwann wurde es ihm unbequem und er fing wieder an zu nörgeln: „Du bist aber ganz schön warm. Ich muss mal duschen und hab Hunger. Möchtest du zum Frühstück bleiben? Dann geh ich noch schnell ein paar Brötchen holen."

Katarina genoss den ungewohnten Service, nickte und kuschelte sich noch in die gemütliche, warme Bettwäsche.

Als Peter das Haus verlassen hatte, stöberte sie durch seine Wohnung. Sie öffnete Schubladen und schaute in Ordner, auf der Suche nach etwas Persönlichem, und entdeckte seine Gehaltsabrechnung, die sie wenig begeisterte. Ein Großverdiener war er also nicht. Andere interessante Sachen fand sie nicht, zog sich schließlich an und frühstückte mit Peter, der nicht anders war als vor ihrem nächtlichen Beischlaf. Er ließ sich keine Spur von vermehrter Vertrautheit oder Zärtlichkeit anmerken und das fand Katarina seltsam. Sie verabschiedeten sich mit einem Kuss auf den Mund und telefonierten am gleichen Abend.

Katarina hatte sich inzwischen Hörbücher besorgt.
Eins war „Sophies Welt", wo es um die Philosophen der
Antike und der Neuzeit ging, und sie langweilte sich
beim Hören des Buches so sehr, dass sie sich mit Bügeln
ablenkte (und Katarina hasste Bügeln).

„Eigentlich würde Peter viel besser zu Carola passen",
erzählte Katarina beim Frauenabend ihren Mädels. „Er
ist immer so vernünftig und denkt fünfmal über alles
nach, bevor er es tut. Ich bin da viel spontaner und lei-
denschaftlicher."

Katarina kannte Carola noch von ihrer Anfangszeit
im Hotel und sie hatten schon einige Zeit und Urlaube
miteinander verbracht. Carola war genauso wie Peter;
sehr intellektuell und sensibel und sie dachte sehr viel
über den Sinn des Lebens nach und interessierte sich
für feingeistige Dinge wie Kunst und Kultur. Sie war
groß und sehr schlank und hätte auch optisch wunderbar zu Peter gepasst. Doch als sie ihr von Peter erzählte,
reagierte Carola, die zur Zeit solo war, genervt: „Der Typ
ist ja bestimmt ganz attraktiv und wahrscheinlich eher
was für mich als für dich, aber Gefühle spielen doch
auch eine Rolle und er hat sich halt in dich verliebt."

„Okay, okay. Ich wollte dich auch nicht verkuppeln."

Katarina langweilte sich mit Peter noch einige Wochen. Sie passten einfach zu schlecht zusammen. Sie
hatte keinen Spaß an Gesprächen über Philosophie
und konnte sich auch nicht mit Volleyball, stunden-
langem Spazierengehen oder Hörbüchern anfreunden
und Peter wollte nicht mit ihr joggen oder Ski fahren.

Irgendwann kamen beide gemeinsam zu dem Schluss, dass man sich nicht länger gegenseitig vom optimalen Partner fürs Leben abhalten sollte, und sie trennten sich.

12. Thomas
(Sternzeichen: Krebs)
oder Besser nicht mit dem
Arbeitskollegen

*„Harte Schale, weicher Kern: der Krebs-Mann besitzt
ein einfühlsames, gefühlvolles Wesen und ist eigentlich
ein optimaler Gesprächs- und Lebenspartner. Unter
seiner harten Schale ist er aber auch sehr
empfindlich und wenig mutig."*
(Astrologie für Männer)

Katarina verbrachte den Rest des Sommers mit
Arbeit, Party und Freunden. Die Zeit und die
Ablenkung heilt bekanntermaßen alle Wunden.
Gegen die Einsamkeit in ihrer Wohnung hatte sie sich
für eine Katze entschieden.

„Frauen mit Katzen sind immer irgendwie ein bisschen seltsam und machen Männern Angst", meinte
Petra dazu. Aber Katarina war nicht von der Idee ab-
zubringen und so klapperte sie die Tierheime ab, fand
aber nicht auf Anhieb eine perfekte Katze. Ihre Wohnung lag im dritten Stock und sie war wenig zuhause,
daher musste es eine reine Wohungskatze sein. Das
dritte Zimmer in der Wohnung hatte Katarina schon
mit Kratzbaum und Katzenklo eingerichtet; eine Gä-

stecouch lud sowieso zum gemütlichen Ausruhen für ihre neue Katze ein.

„Ich bekomme mehr und mehr den Eindruck, dass es mit einem Mann, nun, da alle um die dreißig und liiert sind und Kinder haben, nicht mehr so einfach werden wird. Dann werde ich mich halt in der Zwischenzeit mit einem Haustier trösten. Vielleicht ist das nicht so kompliziert."

Und mit dieser Aussage sollte sie Recht behalten.

Aber auch ein geeignetes Tier war schwer zu finden (genauso wie ein Mann), aber Katarina ließ sich nicht entmutigen.

Eines Tages rief Petra sie unter Tränen an: „Klaus hat herausgefunden, dass ich mich mit seinem Freund treffe, und mir gesagt, dass er mich nicht mehr liebt und sich trennen will."

„Wir haben immer gesagt, dass Klaus nicht der richtige Mann für dich ist, aber du wolltest ja nicht auf uns hören. Ist doch kein Wunder, wenn man sich noch im letzten Robinson-Urlaub vor der Hochzeit in einen anderen verknallt", entgegnete Katarina später, als sie Petra in deren Wohnung besuchte.

„Aber ich habe Klaus doch immer geliebt, auch wenn ich mal den ein oder anderen Seitensprung brauchte. Und jetzt ist es so, dass Klaus sich in eine Arbeitskollegin verliebt hat und gleich unser ganzes Leben in Frage stellt. Das kann ich einfach nicht fassen!" Petra war völlig aufgelöst. „Ich denke, ich muss hier mal 'ne Zeit raus. Vielleicht kommt Klaus noch zur Besinnung. Kann ich bei dir für eine Weile übernachten?"

„Aber sicher. Ich habe zwar mein Gästezimmer inzwischen zum Katzenzimmer umfunktioniert, aber da kannst du auf jeden Fall übernachten."

Petra schlief trotzdem bei Katarina im Bett, weil sie Nähe und Trost brauchte. *Wenn* sie schlief ... Meistens geisterte sie nachts auf der Suche nach einer Lösung durch die Wohnung und war dabei so kopflos, dass sie einmal versehentlich den Kronleuchter im Bad herunterholte und ein anderes Mal gegen die Glastür im Wohnzimmer rannte und sich den Kopf stieß. Petra tat Katarina fürchterlich leid, aber sie konnte ihr – abgesehen vom Asyl, das sie ihr bot – kaum helfen. Sie ließ kaum jemanden an sich heran und da sie sich in ihrer eigenen Welt befand und kaum zuhörte, wenn Katarina mit ihr sprach, konnte Katarina wenig tun. Sie versuchte Petra aufzumuntern, aber das gelang immer nur kurzzeitig.

Eines Tages hatte Katarina mal wieder eine Annonce wegen einer Katze gefunden und sie fuhr mit Petra in eine Kleingartenanlage zu einer Dame, die sich dort ausschließlich ihren rund dreißig Katzen widmete.

„Ich habe hier eine sehr verschüchterte Perserkatze für Sie", sagte die Dame, die nicht viel Zeit für ihre eigene Pflege und die ihrer Umgebung zu haben schien. „Sie war noch eine Woche bei ihrer toten Besitzerin, bevor diese gefunden wurde, und hat wohl auch die ganze Zeit bei ihr gelegen." Man roch und sah es, dass dieses bemitleidenswerte Tier einiges mitgemacht hatte. Die Perserkatze war völlig abgemagert und haarte unentwegt auf Katarinas Arm, die auch noch einen schwarzen Pulli trug. Petra sagte nichts und schaute nur traurig drein, ihre Augen waren seit Tagen gerötet und verquollen vom wenigen Schlaf und den nächtlichen Weinattacken.

„Okay. Ich überlege es mir noch mal, da ich eigentlich keine Perserkatze haben wollte", Katarina versuchte, das dürre, haarende und zitternde Etwas wieder von ihrem Pullover zu entfernen. Sie verließen diesen seltsamen Ort und Katarina hatte inzwischen schon fast die Hoffnung aufgegeben.

Petra erholte sich von Tag zu Tag ein wenig mehr. Sie hatte ein paar klärende Gespräche mit Klaus, der es wohl nicht geschafft hatte, die auserwählte Arbeitskollegin von seiner Liebe zu überzeugen. Aber er war sich durch diese Episode darüber klargeworden, dass er Petra jetzt nach gut zehn Ehejahren nicht mehr liebte und dass er nicht mehr mit ihr leben wollte. Er bot ihr an, zunächst in ein möbliertes Zimmer zu ziehen, sodass sie in der gemeinsamen Wohnung wohnen konnte, bis sie eine andere Lösung gefunden hatten. Petra willigte ein, immer mit der Hoffnung, dass sie Klaus noch einmal zurückgewinnen könnte. Daher stieg auch ihre Laune und ihre alles überlagernde Traurigkeit nahm ab.

Eines Tages unterhielten sich die beiden Freundinnen und Petra sagte: „Klaus hat es ja wohl nicht geschafft, bei seiner angebeteten Arbeitskollegin an Land zu kommen. Sie hat wahrscheinlich nur mit ihm gespielt und fand es ganz nett, umgarnt zu werden. Schade, dass sie dabei unsere Ehe kaputt gemacht hat."

„Aber eure Ehe war doch schon längst kaputt. Petra,

bitte versuche, das doch einfach mal zu akzeptieren."

„Ja, ja. Ich versuche es ja, aber ich hänge halt noch sehr an ihm. Apropos Partner, wie sieht es denn bei der Wahl des aktuellen Vaters deiner zukünftigen Kinder aus? Habe lang nichts mehr von dir zu diesem Thema gehört."

„Tja, da gibt's auch nicht wirklich viel zu berichten. In letzter Zeit flirte ich ein wenig mit meinem Arbeitskollegen Thomas. Aber ich glaube, er ist natürlich auch liiert."

Thomas war Ende dreißig, ein eher kerniger, natürlicher Typ mit grauem, dichtem Haar und von kräftiger Statur. Er war sehr charmant und hatte einen guten Humor, was Katarina bei Männern sehr schätzte. Bei ihrer Firma arbeitete er als Supervisor in der Technik und so sah man sich eher selten, da es wenig gemeinsame Sitzungen gab. Aber Thomas nutzte jede Gelegenheit, um Katarina an ihrem Arbeitsplatz zu besuchen oder mit ihr ein Gespräch im Vorbeigehen anzufangen.

„Ich habe schon den Eindruck, dass er an mir interessiert ist, aber wie gesagt, ich denke, er ist fest gebunden. Aber jetzt mal was ganz Anderes. Ich habe die Adresse von einem Katzenhilfe-Verein bekommen. Die haben noch eine Katze bei einer Familie in Pflege, die ein neues Zuhause sucht. Hast du Lust mitzukommen und sie mit mir anzuschauen?"

Petra, die gerade dabei war, ihre Sachen für den Auszug bei Katarina zu packen, antwortete mürrisch: „Na, dann wollen wir mal ehrlich hoffen, dass es nicht wieder so ein trauriges Geschöpf wie das letzte ist. Dagegen bin ich ja eine Quelle der Lebensfreude!"

Und sie fuhren nach Bad Godesberg, wo der Verein seinen Sitz hatte. Dort wohnte auch die Pflegefamilie von „Kalle", einem weiß-grauen Kater, den man völlig verschüchtert und verlottert auf einer Autobahnraststätte gefunden hatte. Kalle war zunächst unsichtbar, weil er sich unter der Couch versteckte.

„Er hasst Fremde und Kinder und braucht viel Ruhe", sagte Kalles Pflegemutter.

„Das ist kein Problem. Da ich berufstätig bin und keine Kinder habe, hat er bei mir den ganzen Tag Ruhe. Möchte er denn nicht raus in die Natur? Das geht bei mir nämlich nicht."

„Bisher hat er noch keine Anstalten gemacht, auch nur in die Nähe der Tür zu kommen, wenn diese mal aufsteht. Ich denke, er ist einfach nur froh, wenn man ihn zufrieden lässt. Wenn wir abends auf der Couch liegen, kommt er meistens von selbst auf den Schoß und lässt sich streicheln."

Sie holten Kalle mit Gewalt unter der Couch hervor und er war trotz seiner riesigen, angstvoll aufgerissenen Augen und den angelegten Ohren ein sehr hübscher Kerl.

„Sieht 'n bisschen so aus wie aus der Whiskas-Werbung", sagte Petra. „Ziemlich gepflegt obendrein. Ich denke, du solltest es mal mit ihm versuchen."

Katarina war auch angetan und so setzten sie den protestierenden Kater in einen Katzenkorb, wo er auf der Stelle verstummte. Erst später im Auto miaute er wieder vor Angst und urinierte so stark in den Korb, dass es durch sämtliche darunterliegenden Handtücher lief. Noch Tage später musste Katarina ihren Renault Twingo mit offenem Dach mitten im Februar fahren, weil der beißende Uringeruch nicht aus dem Auto entwich.

Zuhause angekommen verließ Kalle sofort sein Körbchen und erkundete die Wohnung. Er schien sich gleich wohl zu fühlen, fraß hungrig und gewöhnte sich schnell ein. Leider gebrauchte er zum Schärfen der Krallen nicht den Kratzbaum in seinem Zimmer, sondern die gesamte Wohnung samt Tapeten und Couch.

Aber Katarina war es egal; sie freute sich sehr über die neue Gesellschaft.

„Endlich ist jemand zuhause, der auf mich wartet, wenn ich abends von der Arbeit komme", sagte sie zu Petra.

„Na, dann ist ja für mich der Zeitpunkt gekommen, wo ich wieder in meine alte Wohnung ziehen und dich allein lassen kann", fühlte sich Petra in ihrer Entscheidung bestätigt, nach zwei Wochen bei Katarina auszuziehen. Klaus hatte schnell ein möbliertes Zimmer in der Nähe seiner Arbeit gefunden und Petra hoffte, auch wenn sie sich fürchterlich allein in der großen Wohnung fühlte, dass Klaus wieder zur Vernunft kommen würde und das Komplettpaket „altes Leben: Petra und Wohnung" neu schätzen lernte.

Dies traf leider nicht ein.

Katarina war ausgeglichen wie schon lange nicht mehr. Endlich freute sie sich wieder auf ihr Zuhause, und auch wenn Kalle ein wenig ihre Wohnung zerstörte und überall seine weißen Katzenhaare verteilte, so gab er ihr doch etwas Wärme und Geborgenheit in ihrer Wohnung.

Im Sommer veranstaltete die Hotelgruppe, für die Katarina arbeitete, ein großes Betriebsfest und sie ging mit ihrer Freundin und Kollegin Miriam hin. Miriam, die ursprünglich aus dem Sauerland kam und mit Katarina in einem Büro saß, hatte bereits Thomas' Vorliebe für ihre Kollegin entdeckt.

„Kommt Thomas auch heut Abend?", fragte sie mit unschuldsvollem Blick.

„Woher soll ich das wissen? Aber es wäre schon schön, mal mit ihm abzufeiern, oder?", entgegnete Katarina.

Und so begann der Abend mit einer Lifeband, es wurde gut gegessen und getrunken und ab zweiundzwanzig Uhr spielte ein DJ. Katarina tanzte viel und gern und amüsierte sich mit den anderen Kollegen; Thomas war auf der Tanzfläche immer in ihrer Nähe, beschäftigte sich allerdings auch mit vielen anderen Leuten. Der Abend war beinah zu Ende und der DJ begann langsame Musik aufzulegen, als Thomas Katarina endlich zum Tanzen aufforderte. Sie hatten öfter mal auf der Tanzfläche nebeneinander getanzt, aber nie hatte er sie berührt. Aber das war nun bei dem Blues, auf den sie tanzten, unumgänglich. Katarina fühlte sich wohl in Thomas' Armen und genoss das warme Prickeln in ihrem Bauch. Er fasste sie immer enger. Schließlich waren nur noch zwei Pärchen auf der Tanzfläche, die eben erwähnten und Miriam, die tapfer durchhielt, um Katarina nicht allein zu lassen, und sicher auch aus Neugierde.

Schließlich wurde die Musik aus- und das Licht angemacht und der DJ schloss die Veranstaltung. Thomas und Katarina waren sauer, weil dieser Abend noch nicht zu Ende gehen sollte, aber sie wurden gnadenlos hinausgekehrt. Wenige Zeit später standen noch zehn Kollegen am Taxistand und warteten auf eine Mitfahrgelegenheit. Thomas stand eng neben Katarina und hielt ihre Hand. Er zog sie ein wenig zurück, raus aus dem Blickfeld der Kollegen. Miriam war gerade ins Taxi gesprungen und hatte Katarina mit einem bedeutungsvollen Blick verabschiedet.

Thomas küsste Katarina zärtlich und umarmte sie.

„Wir haben beide viel getrunken und sind müde. Gern würde ich noch mehr Zeit heut Abend mit dir verbringen, aber ich befürchte, wir nehmen separate Taxis", sagte er vernünftig. Katarina nickte nur, trunken vor Glück, und hing während der gesamten Taxifahrt ihren Gedanken nach.

Miriam und Katarina hatten am nächsten Morgen früh Dienst. Katarina war als Erste im Büro und empfing Thomas, der sowieso immer früh auf der Arbeit war, gleich freundlich und küsste ihn. Sie umarmten sich zärtlich und unterhielten sich dann ein wenig, bevor Miriam den Raum betrat und ihr fettes Grinsen einfach nicht unterdrücken konnte.

„Na, hast du dich verliebt?", fragte sie Katarina, als

Thomas gegen acht Uhr zurück auf seinen Arbeitsplatz musste. „Ich finde ihn echt sehr nett. Er ist zwar kein Schönling, aber er hat irgendwie was", sagte Miriam.

„Oh ja, finde ich auch", schwärmte Katarina. „Ich lasse das jetzt mal auf mich zukommen und sehe, was draus wird. Er ist seit zehn Jahren verheiratet, hört man."

Also trafen sie sich die nächsten Wochen immer morgens im Büro. Es bürgerte sich ein, dass Katarina bevorzugt Thomas in seinen Arbeitsräumen besuchen kam, da hier um die frühe Uhrzeit weniger Kollegen unterwegs waren. Sie küssten sich zärtlich und unterhielten sich. In Frankfurt konnten sie nicht zusammen weggehen. Thomas hatte große Angst, dass er gemeinsame Freunde seiner Frau treffen könnte, und wollte nicht lügen müssen. Also kam er ab und an in Katarinas Wohnung vorbei, aber sie schliefen nicht ein einziges Mal miteinander.

„Wahrscheinlich ist er blockiert, weil er doch ein schlechtes Gewissen wegen seiner Frau hat", mutmaßte Petra abends beim wöchentlichen Frauenabend. „Er scheint ein lieber Kerl zu sein, wahrscheinlich zu lieb, um seine Frau und sein Nest zu verlassen, im Gegensatz zu meinem Mann." Petra wartete immer noch in der leeren Wohnung auf „ihren" Klaus, der inzwischen ernsthaft von Scheidung sprach.

„Ja, aber so komme ich doch nicht weiter. Ich mag ihn wirklich gerne, aber ich möchte gerne mal einen Schritt mehr von ihm. Kinder möchte er auch keine, obwohl er so ein kinderlieber Mensch ist, der super mit ihnen zurechtkommt." Katarina war sich durchaus darüber klar, dass sie hier an einem Wendepunkt stand, wo eine Entscheidung ihrerseits bevorstand. Sie wollte einfach mehr als die allmorgendliche heimliche Knutscherei im Büro und ein bis zwei Nachmittage pro Woche bei sich zuhause.

Weihnachten brachte dann ungewollt die Entscheidung. Er war bei seiner Familie und sie bei ihrer und sie hatte einfach Sehnsucht nach ihm und rief ihn an. Eigentlich wollte er sie noch an Heiligabend nachmittags besucht haben, aber es war wohl etwas dazwischengekommen. Er war ungehalten und kurz ab am Telefon.

„Ich vermisse dich hier und es ist Weihnachten. Hast du eigentlich überhaupt mal an mich gedacht?", schrie sie wütend in ihr Handy.

„Doch, hab ich schon, aber ich kann jetzt wirklich nicht", flüsterte Thomas. „Meine ganze Familie ist hier und wie gehen gleich noch zur Christmette."

„Na, dann wünsch ich dir noch eine ganz schöne Messe und pass auf, dass kein Blitz neben dir armem Sünder einschlägt!"

Thomas rief nie mehr wieder an und im Büro sprach man nur noch das Nötigste miteinander. Zwei Jahre später verließ er seine Frau und zog bei einer anderen Arbeitskollegin ein. Sie hatte zwei Katzen und wollte keine Kinder.

13. Frank (Sternzeichen: Fisch), der Seelenverwandte

„Als sehr hilfsbereiter, sensibler Mensch kann man mit einem Fische-Mann Seelenverwandtschaft empfinden. Aber Vorsicht: manchmal ist er auch einfach nur ein sensibler Träumer." (Astrologie für Männer)

Die Weihnachtsfeiertage waren schnell vergangen. Katarina dachte oft an Thomas und die entgangene Gelegenheit, aber sie war sich auch bewusst, dass aus der Geschichte nichts Festes hätte werden können.

„Er ist ein typischer Krebs, genau wie ich", stellte Petra fest. „Man muss ihn schon aus seinem Nest hinausstupsen, bevor er freiwillig geht."

Petra war inzwischen mit Klaus in Scheidungsverhandlungen. Sie wohnte in einer schönen Mietwohnung in ihrer Heimatstadt und er war wieder in die alte, große Wohnung eingezogen. Für die Möbel, die er behielt, bekam sie einen Kleinwagen, und so hatte man sich fair geeinigt und wartete jetzt auf den Scheidungstermin. Sie besuchte Klaus noch immer und keiner wusste so genau, was sich in der Wohnung abspielte, ob die beiden sich nur unterhielten oder ob auch mehr passierte …

Katarina ging zwischenzeitlich viel mit Martina feiern. Meist besuchten sie die Ü30-Parties der Umgebung, da beide inzwischen auch Anfang dreißig waren.

Eines Abends waren sie mit einigen Kollegen von Martina, die in einem stark männerdominierten Baustoffhandel arbeitete, erst essen und dann auf solch einer Party. Einer ihrer Arbeitskollegen namens Frank, der Einzige, der einigermaßen passabel aussah und auch ganz gut gekleidet war, sprach sie trotz der lauten Musik an: „Ich habe von Martina gehört, dass du auch so ein Italien-Fan bist wie ich, stimmt das?"

„Da hat sie recht", antwortete Katarina.

Und schon hatte sie den Startknopf gedrückt für einen Rede- und Begeisterungsschwall, der auf sie niederging. Frank erzählte von seinen Reisen zum Gardasee und seinen Aufenthalten in Pisa und Florenz und wie sehr er die Lebensart der Italiener schätzte. Außerdem war er ein riesiger Formel-Eins- und Ferrari-Fan. Katarina konnte zu vielen Dingen noch ihre eigenen Erfahrungen beisteuern und erzählte von ihren Reisen in die Toskana und nach Umbrien, über ihr Stipendium in Perugia und die Tätigkeit im Hotel, wo es während der Schuhmesse viele italienische Gäste zu betreuen gab. Frank hing an ihren Lippen. Sie vergaßen im Gespräch komplett die anderen um sich herum, lachten und prosteten sich zu.

Als Martina sie später nach Hause fuhr, plauderte diese fleißig aus dem Nähkästchen: „Frank ist schon ein echter Schnucki. Aber er hat eine Frau und zwei kleine Kinder, an denen er sehr hängt.“

„Tja, dann wird er sich wohl auch nicht mehr melden, obwohl er unbedingt meine Telefonnummer haben wollte. Habe ich ihm aber nicht gegeben, weil ich erst mal mit dir sprechen wollte. Finde ihn echt super sympathisch und wir haben wirklich viel gemeinsam. Es passiert selten, dass man gleich am ersten Abend mit einem Mann so viel zu reden hat. Schade, dass die netten, guten Männer alle schon vergeben sind!“

Und mit einem tiefen Seufzer und der Gewissheit, dass dieser Abend zwar schön, aber kaum zu wiederholen war, schlief Katarina an diesem Abend ein.

Als sie am folgenden Montag in ihr Büro kam, fand sie schon eine Mail von Martina in ihrem Postfach vor: *Ruf bitte sofort an.*

Bei Martina im Baustoffgroßhandel begann der Tag bereits um sieben Uhr und so konnte Katarina, die immer erst gegen acht das Büro betrat, sofort ihre Nummer wählen.

„Was gibt es denn so Dringendes?“, fragte sie ahnungslos.

„Ich habe hier seit sieben Uhr einen liebestollen Kollegen an meiner Seite, der unbedingt deine Telefonnummer haben will. Darf ich sie ihm geben? Wenn nicht, wirft er sich wahrscheinlich vor seinen stehenden Fiat Uno.“

„Na gut. Gib ihm doch einfach die Büronummer. Bin heut eh allein im Büro“, erwiderte Katarina trocken, obwohl sie innerlich einen Freudensprung machte. Logik und Vernunft wurden gerade abgeschaltet!

Frank rief auch eine Stunde später an und die beiden flirteten heftig am Telefon. Er sagte, er könne sie einfach nicht vergessen und müsse sie wiedersehen. Katarina genoss die Komplimente ihres überaus redegewandten Gesprächspartners. Außerdem war es einfach auch mal wieder Zeit für ein paar Flugzeuge im Bauch!

Sie verabredeten sich locker für den nächsten Abend. Frank erzählte Katarina sofort von seinen Kindern und erklärte, dass er nicht so einfach ohne einen vernünftigen Grund rausgehen könne. Er wolle sich aber in jedem Fall eine Lösung dieses „Problems" überlegen.

Als Katarina am nächsten Morgen das Büro betrat, leuchteten ihre Augen.

„Was ist denn mit dir passiert?", schmunzelte Miriam, die gerade aus dem Urlaub zurück war. „Du strahlst ja wie tausend Volt. Wohl einen netten Mann kennengelernt, hm?"

„Aber hallo. Ich weiß wirklich noch nicht, was daraus wird. Er ist ein Kollege von Martina, den ich am Wochenende kennengelernt hab. Wir haben gestern Abend noch über eine Stunde telefoniert, als er mit dem Hund raus war, und ich glaub, ich bin grad dabei, mich in Frank zu verlieben."

In Kurzfassung erzählte Katarina ihrer Kollegin die Vorkommnisse der letzten Tage und Miriam grinste.

„Und wo und wie wollt ihr euch denn überhaupt treffen, wenn er so ein treusorgender Familienvater ist? Das wird schwierig. Aber in jedem Falle freu ich mich, dass wieder ein Mann in deinem Leben aufgetaucht ist, der dich glücklich macht."

„Tja, schaun mer mal. Er hat gesagt, er schickt mir heut im Laufe des Tages ein Fax."

Und tatsächlich kam ein Fax mit ein paar netten Worten, die seine Vorfreude auf ihr Treffen ausdrückten und einer noch netteren und liebevollen Zeichnung mit Wegbeschreibung, wo man sich am selben Abend treffen könne. Er wollte gern mit ihr und dem Familienhund Lucky, einem Golden Retriever, abends durch die Felder seines Ortes laufen und lud sie ein, ihn zu begleiten. Katarina las das Fax jetzt zum mindestens fünfzigsten Mal und Miriam grinste immer noch.

„Na, der gibt sich ja richtig Mühe. Die Zeichnung ist ja total putzig!"

„Ja, echt süß, ne? Allerdings darf ich nicht vergessen, dass er verheiratet ist."

Martina fand die ganze Sache erfreulich.

„Der Frank ist 'n ganz netter Arbeitskollege. Der hüpft hier rum wie ein liebestolles Rumpelstilzchen und würde am liebsten den ganzen Tag mit mir über dich reden. Ich freu mich total für euch."

„Lass uns erst einmal den heutigen Abend abwarten und dann schauen wir weiter", sagte Katarina und ertappte sich dabei, wie sie sich diebisch auf den Spaziergang mit Frank und seinem Golden Retriever freute.

Es wurde dunkel, der Herbst näherte sich mit großen Schritten. Katarina gab sich Mühe, möglichst hübsch, aber nicht zu unpraktisch gekleidet zu sein.

Der Weg zum Treffpunkt war schnell gefunden und

er wartete bereits in einem praktischen, aber schönen Übergangsmantel mit Lucky. *Was für ein perfektes Bild: gutaussehender Mann mit passendem Hund*, dachte Katarina, als sie auf ihn zulief. Sie begrüßten sich mit Wangenküsschen und plauderten auf dem Weg durch die Felder über Gott und die Welt.

Nur einmal drehte Frank sich kurz weg, als ein Auto vorbeikam. „Scheiße, das war mein Schwager. Hoffentlich hat er uns nicht gesehen." Danach widmete er seine Aufmerksamkeit wieder Katarina. Nach einer halben (viel zu kurzen) Stunde war die Runde fertig und es ging ans Abschiednehmen. Sie schauten sich in die Augen und es knisterte merklich.

„Ich muss dich jetzt küssen. Ich kann nicht anders", sagte er leise und erntete keinen Widerstand. Und sie küssten sich und vergaßen die Welt um sich herum.

„Er kann super küssen", berichtete Katarina später noch ihrer Freundin Martina, weil sie sonst vor lauter überschäumender Gefühle wohl geplatzt wäre.

„Keine Details. Immerhin ist er mein Arbeitskollege", kicherte Martina. „Freu mich aber weiterhin für euch. Ich habe bei Frank auch schon lang den Eindruck, dass er in seiner Beziehung nicht mehr glücklich ist. Er steht ziemlich unter der Fuchtel seiner Frau und der Schwiegereltern. Die finanzieren wohl auch zum größten Teil den Neubau seines Hauses in Frankfurt-Sindlingen, den Frank sich immer so gewünscht hat. Dafür muss er aber immer schön die Füße still halten. Vielleicht hilfst du ihm aus der Misere raus?"

„Wow, da möchte ich jetzt noch gar nicht drüber

nachdenken. Erst einmal bin ich grad auf Wolke sieben." Sie trank noch einen Wein und rauchte eine Zigarette und schwebte dann engelsgleich in ihr Bett in der
zweiten Etage ihrer Maisonettewohnung.

Am nächsten Morgen telefonierte Katarina mit Martina vom Büro aus.

„Also, der Frank ist ja so was von gut gelaunt. Das ist
ja kaum mehr zu ertragen!", beschwerte sich Martina
lachend. „Er winkt auch schon ganz wild. Ich muss ihn
dir gleich mal geben."

Später telefonierten Katarina und Frank ausgiebig
und Miriam hatte wieder ihr begeistertes Dauergrin-
sen aufgesetzt. Sie verabredeten sich für den späten
Nachmittag. Frank wollte nach der Arbeit bei ihr vorbeischauen, bevor er nach Hause fuhr.

Katarinas Wohnung lag praktischerweise fast auf
dem Weg. Er betrat die Wohnung und Katarina war hingerissen. Sein Äußeres gefiel ihr weiterhin. Die dichten
dunklen Haare, die er etwas länger, aber gepflegt trug,
passten gut zu den blauen Augen und dem Drei-Tage-
Bart mit dem dunklen Teint. Er war nicht zu groß (circa einsfünfundsiebzig), aber mit Katharinas einsfünf-
undsechzig passte das perfekt zum Küssen, fand sie. Er
war gut gebaut und seinen kleinen Bauchansatz fand
sie sogar ganz sexy, vor allem weil er alles in sportliche,
klassische Klamotten hüllte. Er kleidete sich gut, fand
Katarina, alles gefiel ihr auf Anhieb an diesem Mann.
Er hatte Prosecco mitgebracht. Sie küssten sich lange
und tranken und unterhielten sich, bis Frank wieder

gehen musste.

„Ich mach heut Überstunden, habe ich meiner Frau erzählt", sagte er. „Das schluckt sie ab und an. Aber zu spät darf ich doch nicht nach Hause kommen. Ich habe aber im November und Dezember einige Außentermine bei unseren Lieferanten. Da habe ich dann mehrere Stunden Zeit übrig für dich und von der Weihnachtsfeier kann ich mich bestimmt auch früher abseilen."

Das war natürlich nicht das, was Katarina hören wollte. Sie hatte sich Hals über Kopf in Frank verliebt und wollte ihn am liebsten vierundzwanzig Stunden am Tag sehen! „Aber eins verspreche ich dir: Wir können uns – und wenn auch nur für ein paar Minuten – jeden Tag sehen. Das ist doch schon mal was. Das haben noch nicht mal manche Ehefrauen!", zwinkerte er.

Katarina genügte momentan jeder Hoffnungsschimmer und sie war einfach zu glücklich, um sich die Laune verderben zu lassen. So trafen sie sich in den nächsten Wochen entweder abends zum Hundausführen in Sindlingen oder Frank kam noch kurz nach der Arbeit bei ihr vorbei. Katarina merkte, wie ihr die Abschiede immer schwerer fielen, wollte aber Frank in seiner Euphorie nicht stören.

„Wenn wir mal richtig zusammen sind", sagte er eines Tages. „Dann fahren wir mit meinen Kindern und unseren eigenen Kindern mit meinem Renault Megane richtig schön nach Pisa in den Urlaub. Für diese Vorstellung lebe ich." Er strahlte verträumt und glücklich.

„Wow, das klingt gut", sagte Katarina, aber so richtig vorstellen konnte sie sich die Situation nicht, da sie noch nicht einmal seine Kinder kannte.

„Das abendliche Treffen in Sindlingen lassen wir in nächster Zeit besser bleiben", erklärte er ihr kurze Zeit später. „Mein Schwager hat uns tatsächlich gesehen. Ich konnte ihm erklären, dass wir uns zufällig getroffen haben und du nur eine Bekannte bist, die auch ihren Hund ausführt. Aber noch einmal glaubt er mir das nicht."

„Es wird mir sowieso in Richtung Winter zu mühselig, immer deine Runde mitzumachen", entgegnete Katarina. Sie bemerkte bereits gewisse Abnutzungserscheinungen und war enttäuscht, wollte es aber nicht zugeben. „Dann sollten wir aber als Ersatz für die abendlichen Treffen noch das ein oder andere bei mir unter der Woche einschieben", schlug sie vor. Seit Wochen wartete sie nämlich auf eine Gelegenheit, ihn in ihr Schlafzimmer zu entführen. Aber die Kürze seines Zeitfensters reichte lediglich für kurze Gespräche und Zärtlichkeiten und sie wollte das erste Mal mit ihm auch nicht auf die Schnelle zwischen Tür und Angel gestalten. Es war auch nicht so, als wenn er so sehr darauf gedrungen hätte ...

Aber anstatt mehr Zeit mit ihm zu bekommen, reduzierte er seine Anwesenheit bei ihr immer mehr, schob es auf Einkäufe, die noch zu machen waren, und dergleichen. Eines Tages kam er mit einer völlig lächerlichen Geschichte.

„Hey, Süße, tut mir echt leid. Mein Sohn Luca (er hatte seinen beiden Kindern italienische Vornamen gegeben) hat heut 'ne CD in den Videorecorder geschoben und nun ist er kaputt. Ich muss sofort nach der Arbeit nach Hause kommen und ihn reparieren."

„Sag mal, kann deine Frau auch irgendwas selbst und wieso kann das nicht noch ein paar Tage warten?"

„Meine Kinder schauen immer nachmittags ihre Videofilme. Da wird meine Frau sauer, wenn der Rekorder nicht funktioniert. Bitte, Süße, hab doch Verständnis!"

Verständnis. Verständnis war inzwischen ihr zweiter Vorname geworden. Sie litt unter den dauernden Zurücksetzungen und verbrachte gefühlte Jahrhunderte damit, in ihrer Wohnung auf seine Ankunft und seine Anwesenheit von oftmals nur zehn Minuten zu warten.

„Ich halt das nicht mehr lange aus, Frank", sagte sie nach zwei Monaten des oftmals vergeblichen Wartens. „Ich liebe dich so sehr und bin gern mit dir zusammen, aber wir kommen irgendwie keinen Schritt vorwärts, sondern bewegen uns eher zurück. Ich möchte dich nicht anzicken, aber du musst einfach auch mal mitkriegen, wie wenig ich von dir habe und wie viel ich mir wünschen würde."

Er machte ein betretenes, schuldbewusstes Gesicht und sagte: „Du hast ja so recht, aber nächste Woche mache ich doch die Vertreterbesuche und dann habe ich gleich mehrere Stunden an einem Stück Zeit für dich."

Katarina ließ sich einmal mehr in der Aussicht auf eine ausgiebige Zeit mit ihm hinhalten. Dass dafür die anderen Aufenthaltszeiten nach der Arbeit reduziert wurden, hatte er vergessen zu erwähnen ...

Katarina nahm in der kommenden Woche extra einen Tag frei. Sie wollte alles perfekt machen und endlich mit dem geliebten Mann Sex haben. Seltsam war es schon, dass er keine Anstalten in diese Richtung machte, aber er sagte immer nur, dass er mit ihr keinen Quikkie haben, sondern sich richtig Zeit nehmen wollte. Also wartete sie.

Sie hatte ihre sexy rote Unterwäsche angezogen und ihm ein gutes Essen gekocht. „Meine Güte, ist das ein Aufwand, um einen Mann ins Bett zu bekommen", murmelte sie vor sich hin.

Eigentlich wollte er um vierzehn Uhr da sein, rief aber gegen halb drei von der Autobahn an.

„Hey, mein Schatz, es wird 'n bisschen später. Der Kunde hatte so viel zu erzählen und war so sympathisch. Ich konnte nicht so schnell weg wie erwartet."

„Na, dann drück auf die Tube und komm schnell vorbei. Ich habe meine sexy Dessous an." Noch hatte Katarina gute Laune.

„Hm, das klingt ja toll. Ich beeil mich", versprach er.

Mit dem Stau auf der Autobahn hatte keiner gerechnet und so kam er noch mal eine gute Stunde später. Sie aßen das aufgewärmte Essen und mit dem Digestif setzte sich Katarina auf seinen Schoß. Sie war nun nach der ganzen Warterei völlig ungeduldig.

„Hey, mach mal langsam, Süße", sagte er. „Lass mich mal 'n bisschen ausruhen. Die Fahrerei bin ich gar nicht gewöhnt und ich habe die ganze Zeit gesessen."

„Das tust du doch auch auf der Arbeit", entgegnete Katarina schnippisch.

Sie küssten sich wenige Zeit später und Katarina zog ihn in die zweite Etage Richtung Schlafzimmer.

„Ups", machte er, „jetzt habe ich aber gar nicht mehr so viel Zeit, weil ich noch die Elisa vom Kindergarten abholen muss. Wir können aber noch 'n bisschen schmusen." Sprachs und entledigte sich eines Teils seiner Anziehsachen und schlüpfte ins Bett.

„Okay", sagte Katarina, der jetzt gar nichts mehr einfiel. Sie schmusten und küssten sich, aber dabei blieb es auch.

„Denk an die Weihnachtsfeier nächste Woche. Dann holen wir das nach", sagte Frank im Gehen, der erschrocken festgestellt hatte, wie spät es schon war.

Die Betriebsweihnachtsfeier begann mit einem Essen und es gab jede Menge Bier. Er hatte versprochen, sich, sobald die Kollegen einen gewissen Pegel erreicht hätten, unauffällig zu entfernen und zu ihr zu kommen. Katarina freute sich auf die ungestörten Stunden mit dem geliebten Mann. Ab sechs Uhr wollte er bei ihr sein mit offenem Ende, da er bei der Weihnachtsfeier immer von seiner Frau Ausgang bekam.

Es wurde halb sieben und sie bekam die erste SMS. *Verspäte mich ein wenig. Kann noch nicht weg hier. Bussi, Frank. PS. Freu mich auf Dich.*

Um neun Uhr rief er an und kündigte sein Kommen mit dem Taxi an: „Konnte echt nicht früher weg hier. Die Kollegen sind alle so gut drauf und ich musste mit allen mal 'n Bierchen trinken. Man trifft sich ja sonst nie in so gemütlicher Atmosphäre."

Katarina konnte ihre schlechte Laune nicht verbergen, als er schließlich für eine Stunde vorbeikam. Die Dessous hatte sie inzwischen bereits gegen das gemütliche Couch-Outfit getauscht. An Sex war in seinem Zustand auch nicht mehr zu denken und so saß er eine Zeit auf ihrer Couch und sie unterhielten sich. Ein wenig hatte sie sich bereits von der ganzen Sache verabschiedet ...

Als er dann an Weihnachten, wo sie ihn sehr gern gesehen hätte, da sie sich ein bisschen allein fühlte, auch keine Zeit hatte, rief sie ihn auf seinem Mobiltelefon an.

„Bist du wahnsinnig, hier anzurufen, und dann noch an Weihnachten, wo meine ganze Familie zu Besuch ist?", flüsterte er ins Handy.

„Ich wollte dir nur persönlich frohe Weihnachten wünschen und dir sagen, wie sehr ich dich vermisse. Können wir uns nicht doch heut Abend sehen, wenn du den Hund ausführst?", fragte Katarina traurig.

„Na, weißt du. Ich vermisse dich auch, aber jetzt muss ich erst noch das ganze Geschirr abtrocknen. Das ist original Rosenthal-Porzellan; das kann man nicht in die Spülmaschine geben. Mein Schwager geht heut mit Lucky raus. Und jetzt muss ich auch leider auflegen."

„Weißt du was? Wenn du dein blödes Geschirr wichtiger findest als mich, dann vergiss das Ganze doch einfach", schrie Katharina ins Telefon.

Frank legte auf und rief auch die nächsten Tage nicht mehr an. Er hatte sie einfach abgeschaltet.

Nach Weihnachten versuchte er es noch ein paar

Male und erkundigte sich bei Martina, wie es Katarina ginge.

„Wie soll es ihr wohl gehen, so, wie du sie behandelt hast?", antwortete Martina. Dieser Kollege war für sie gestorben. Schon bald darauf begann der Bau seines Hauses in Frankfurt-Sindlingen und er bändelte mit einer Arbeitskollegin von Martina an.

Als sich Katarina etwas besser fühlte und nur noch Wut in ihr übrig war über die vielen Versprechungen, die Frank ihr gemacht hatte, hegte sie einen Racheplan. Sie schrieb einen Brief an Franks Frau ...

14. Dietmar (Sternzeichen: Schütze), leider treu

„In den anscheinend harmlosen, sehr freundlichen und großzügigen Schützen kann man sich sehr schnell verlieben. Aber vielleicht möchte er ja nur Ihr Freund sein?" (Astrologie sternenklar)

W ie kann er mich nur so enttäuschen und einfach im Regen stehen lassen? Wie oft hat er betont, wie seelenverwandt wir sind, und das waren wir auch!"

Katarina litt immer noch heftig unter der Trennung und sie vermisste Frank, obwohl sie nur so wenig gemeinsame Zeit miteinander gehabt hatten.

„Ich hatte auch so sehr gehofft, dass aus euch etwas werden könnte, aber inzwischen benimmt sich dieser Blödmann wirklich nicht mehr normal. Natürlich war es von vornherein fast unmöglich für ihn. An den Alimenten für seine Frau wäre er wohl kaputtgegangen und an der Trennung von seinen Kindern natürlich auch. Aber er hätte dir einfach nicht so viel Hoffnungen machen dürfen und deine Zeit vergeuden, wenn von vornherein klar war, dass er sich nicht trennt. Und dass er jetzt nach ein paar Wochen gleich mit Kerstin aus der Buchhaltung anbandelt, geht einfach gar nicht. Ich glaube, der ist 'n bisschen gestört."

Martina war völlig aufgebracht über das Verhalten ihres Kollegen, der ihre beste Freundin so sehr verletzt hatte. „Sei froh, dass wir bald in den Skiurlaub fahren. Mayrhofen wird dich bestimmt 'n bisschen ablenken und wir werden da schön Party machen und uns amüsieren."

Katarina hatte ihr Fazit aus der Sache mit Frank gezogen: Nie mehr verheiratete Männer mit Kindern! Die Chancen auf Erfolg waren zu gering, und die finanziellen und emotionalen Gründe bei den Männern zu gewichtig, als dass man Zeit und Gefühle investieren sollte. Das hatte sie aus ihrer Erfahrung mit Frank gelernt. Aber sie konnte die Sache nicht so leicht abschließen, dafür hatte er ihr zu weh getan. Sie hatte an seine Adresse einen parfümierten Brief geschrieben, in dem sie noch einmal alle Details ihrer Treffen und seiner Träume ausformulierte und sich für die schöne Zeit bedankte. Sie wusste, dass seine Frau grundsätzlich seine Post öffnete (erst recht solche, die nach Chanel roch), und so hatte sie den Brief abgeschickt und war zum Bewerbungsgespräch nach Nürnberg gefahren. Danach ging es ihr wieder etwas besser, auch als sie hörte, wie die „Resonanz" des Briefes war.

Martina wusste natürlich von dem Brief und sie fand ihn gut. „Frank läuft hier im Moment nur noch geduckt durch die Firma. Er hat mich blöd angemacht und mich gefragt, ob ich von dem Brief gewusst habe. Verdient hat er's alle Male. Er hat erzählt, dass seine Frau ihn vor eine Art Familiengericht mit ihren Eltern gestellt hat. Frank muss jetzt einen Ehevertrag unterschreiben, in dem er alle Ansprüche am Haus seiner Frau und den Schwiegereltern überschreibt. Außerdem gibt's überhaupt keinen abendlichen Ausgang mehr. Da hängt der Haussegen richtig schief!"

Sie waren auf dem Weg in den Skiurlaub und Katarina hatte endlich seit langer Zeit mal wieder gute Laune.

„Ja, beim nächsten Mal wird er es sich vorher überlegen, ob er einer Frau Seelenverwandtschaft vorgaukelt und sie dann einfach wie eine heiße Kartoffel fallen lässt und in sein warmes Nest zurückkehrt. Ich hatte anfänglich echt Gewissensbisse wegen des Briefes, aber als du mir von seinen Avancen deiner Kollegin gegenüber erzählt hast, bin ich mir sicher gewesen, dass es die richtige Strategie war. Er soll ruhig auch mal 'n bisschen leiden."

Sie fuhren abwechselnd Martinas Golf über die inzwischen volle Autobahn und kamen mit einigen Pausen gegen Mittag an. Mayrhofen lag malerisch in einem Tiroler Gletschertal, nur aktuell war es leider völlig grün.

„Oh je, hoffentlich liegt wenigstens oben auf den Bergen etwas Schnee. Schließlich sind wir zum Skifahren hier."

„Und zum Partymachen", grinste Martina, die sich nicht ihre gute Laune verderben ließ.

Sie zogen in ihre gemütliche Ferienwohnung ein. Dieses Mal hatten sie sich für die Selbstanreise und den Aufenthalt in einer eher einfachen Wohnung in einer kleinen Seitenstraße direkt gegenüber von der Seilbahn entschieden. Das war günstiger und sie waren flexibler mit den Mahlzeiten (das Abendessen bei Halbpension war nach dem Après-Ski sowieso völlig sinnlos).

Sie vertilgten ihre Vorräte von der Reise als Abendessen und tranken noch einen Wein. Als Katarina gegen dreiundzwanzig Uhr auf den Balkon ging, um eine Zigarette zu rauchen, fielen bereits die ersten feinen Schneeflocken. Als sie am nächsten Morgen von Martinas Fön geweckt wurde, war alles tief verschneit. Im Neuschnee machte das Skifahren beiden riesigen Spaß. Sie belegten einen Fortgeschrittenen-Skikurs, und der Skilehrer freute sich über die beiden gut gelaunten Schülerinnen. Nach dem Skitag gingen sie wie gewohnt in die Après-Ski-Bar und tranken ein paar Biere und feierten ein wenig. „Wir wollen's mal am ersten Tag nicht gleich so krachen lassen", stellte Martina fest und wandte sich zum Ausgang. Katarina war einverstanden und so verließen sie die Bar und fuhren mit der Seilbahn hinunter.

Sie schliefen zwei Stunden und machten sich dann für den Besuch der einzigen Diskothek Mayrhofens fertig. Sie sahen beide sehr hübsch aus mit ihrem leichten Sonnenteint vom Skifahren und dem Aufenthalt an der frischen Luft. Die Schlüsselalm war voll und sie hatten Probleme, einen Tisch und ein Getränk zu ergattern. Die zweite Woche im Januar nach Ende der Schulferien war immer ein Happening für alle Singles und Möchte-Gern-Singles und so gab es eine Menge feierwütiges Publikum, das die Tanzfläche bevölkerte.

Martina ließ auch mit dem Tanzen nicht lange auf sich warten. Katarina hatte schon bald Gesellschaft in Gestalt ihres Skilehrers, den sie kaum erkannt hatte. Er befand sich jetzt auf ihrer Augenhöhe, auf Skiern hatte er viel größer und kräftiger gewirkt. Er versuchte sie anzubaggern, kam immer näher und sie bewegten sich einmal um den Biertisch herum, da Katarina versuchte auszuweichen.

„Also, wenn du mich jetzt hier nicht gleich mal von Hansi erlöst, habe ich den Stehtisch gleich mehrfach umrundet", sagte sie zu Martina auf der Tanzfläche, auf die sie vor dem Skilehrer geflohen war.

„Mensch, bleib doch einfach hier. Ich habe hier grad 'n paar nette Jungs kennengelernt", lachte Martina ihr entgegen und deutete auf einen dunkelhaarigen, schnauzbärtigen Typen, der ungefähr so groß war wie sie (also einssechzig) und wild mit ihr tanzte. Also verließ Katarina den anhänglichen Skilehrer und gesellte sich zu Martina auf die Tanzfläche.

Außer Dieter, so hieß der Schnauzbärtige, gab es noch Helmut, Mario und Dietmar. Der Letztgenannte sah hübsch aus mit großen braunen Augen und dunklen Haaren und er interessierte sich auf Anhieb für Katarina. Er gefiel ihr auch und so tanzten und unterhielten sie sich den ganzen Abend. Der Skilehrer sah seine Felle schwimmen und hatte sich aus dem Staub gemacht. Die vier Männer kamen allesamt aus einem Dorf nahe Würzburg und sprachen fränkischen Dialekt mit einem rollenden „R". Martina und Katarina verließen spät die Disco, hatten sich wunderbar amüsiert und ein Date für den morgigen Tag ausgemacht.

Hansi ließ sich die Niederlage vom Vorabend am nächsten Skitag nicht anmerken und ließ seinen Skikurs, der außer Martina und Katarina noch aus drei Holländern bestand, in den Sessellift steigen. Plötzlich schrie Martina: „Schau mal, da sind ja unsere Würzburger!", und zeigte auf zwei im Tiefschnee abseits der Piste fahrende Skifahrer. Sie grölte laut und schließlich wurden Dietmar und Helmut ihrer gewahr und winkten. „Hey, wir sehen uns heut Nachmittag beim Après-Ski im Pilz", rief Dietmar und schon waren sie wieder im Tiefschnee verschwunden. „Wow, die fahren aber super Ski. Bin gespannt, ob sie auch so gut Après-Ski können!", flachste Katarina.

Und sie konnten gut Après-Ski! Sie feierten und tranken zwei Stunden lang gemeinsam und nahmen die letzte Gondel zur Talstation, da keiner von ihnen mehr hätte Ski fahren können. Sie unterhielten die gesamte Gondel und Helmut, der große Blonde, sang aus voller Kehle: *Who let the dogs out, hu, hu, huhu?!"* Und die anderen antworteten: *„Huhuhu!"* Also alles in allem eine sehr intellektuelle Konversation auf dem Weg ins Tal.

„Gut, dass wir keine Halbpension mehr haben", sagte Martina, als sie im Apartment ankamen. „Ich bin so satt von dem ganzen Bier, ich könnte keinen Bissen mehr essen."

Abends hatten sie sich mit den Männern in deren Apartment in einem der Nobelhotels von Mayrhofen verabredet. Die Würzburger waren einfach in Mayrhofen gestrandet, da der Pass und damit die Durchfahrt zum Skiort Livigno wegen zu viel Schnee geschlossen war. Mayrhofen war ihr erstbestes Ziel, hatte aber leider nur noch Nobelherbergen im Angebot.

Die zwei Frauen erfuhren bei einem Glas bestem fränkischen Bocksbeutelwein, dass die Männer nur mit dem Auto vorweggefahren waren. Die Freundinnen von Dieter und Helmut kamen zusammen – mit einer weiteren Frau aus ihrem Freundeskreis – nach.

„Na, wenn die auch so nett sind wie ihr, dann verstehen wir uns alle bestimmt richtig gut", sagte Martina tapfer, die ihren Schnauzbart sogleich abschrieb. Aber es gab noch einen weiteren Mann, der sie interessierte. Mario war zwar sehr schüchtern, aber er war ganz Martinas Typ und seine Schüchternheit forderte sie heraus. Dietmar interessierte sich weiterhin für Katarina und so verbrachten sie einen lustigen gemeinsamen Abend und tranken eine Menge Bocksbeutelwein. Als Katarina so betrunken war, dass sie das Pissoir mit der Toilette verwechselte, brachte Martina ihre Freundin heim.

„Wir sehen uns morgen beim Après-Ski, wenn eure Mädels angekommen sind", sagte sie nur kurz, verabschiedete sich von allen mit einem Küsschen und fasste Katarina unter den Arm.

„Boah, der Dietmar ist echt nett. Der gefällt mir richtig gut. Und außerdem muss ich jetzt nicht mehr so viel an Frank denken", lallte Katarina auf der Straße.

„Echt, die sind alle total okay. Mir gefällt ja der Mario besser, aber der scheint extrem schüchtern zu sein. Mal schauen, ob ich ihn noch auftauen kann", zwinkerte

Martina, die Katarina nur schwer gerade halten konnte. Im Apartment verwechselte Katarina dann noch den Kleiderschrank mit dem Bett, aber als sie am nächsten Morgen in ihrem Bett aufwachte, hatte sie seit Langem zum ersten Mal wieder gut ohne Träume und Sorgen geschlafen.

Sie frühstückten gemütlich und begannen ihren letzten Skikurs-Tag. Nachmittags lernten sie die Freundinnen der Franken aus Würzburg kennen und waren gleich begeistert. Man verstand sich und feierte sofort miteinander und der Abend verging wie im Fluge.

„Schade, dass wir übermorgen schon fahren", sagte Dietmar. „Dann ist also morgen unser letzter Abend. Diesen Abend verbringen wir ruhig und gehen nur mit unseren Mädels essen, aber morgen Abend machen wir noch mal alle zusammen eine richtige Sause in der Schlüsselalm."

Katarina und Martina waren zufrieden mit diesem entspannten Abend, den sie mit Fernsehen und Gesprächen in ihrem Apartment verbrachten. Am nächsten Abend hatte sich Katarina viel vorgenommen; sie wollte Dietmar näher kennenlernen, der zwar immer höflich und interessiert war, aber keine Avancen machte. Aber auch dieser Abend brachte nur viel Tanz und Party in der Schlüsselalm. Man tauschte Adressen aus und Dietmar gab ihr mindestens vier verschiedene Telefonnummern und einen Kuss auf den Mund.

„Du musst mich unbedingt anrufen. Ich würde gern von dir hören."

Katarina verbuchte das als Erfolg und fuhr zwei Tage

später gut gelaunt mit Martina nach Frankfurt zurück.

„Das war aber wirklich ein super Skiurlaub", sagte Martina.

„Ja, fand ich auch. Und wenn ich noch Dietmar etwas näherkomme, dann kann ich bald nach Würzburg ziehen und Geschäftsführerin seiner Druckerei werden", witzelte Katarina.

Einige Tage später machte Martina einen Vorschlag, von dem Katarina hellauf begeistert war: „Was hältst du davon, wenn wir die Würzburger zu meiner Geburtstagsparty einladen? Mario kann dann bei mir schlafen und die anderen bei dir. Du hast doch das Gästezimmer mit der ausklappbaren Couch und ein Doppelbett. Da bringen wir eine Menge Leute unter."

Gesagt, getan. Die Würzburger hatten sich kurze Zeit später mit Mario, Helmut und seiner Freundin Daria und Dietmar angesagt. Katarina hatte zwischendurch immer mal wieder versucht, Dietmar zu erreichen. Er schien aber immer im Stress zu sein und daher erhoffte sie sich viel von dem Aufenthalt in ihrer Wohnung, wo er zur Ruhe kommen konnte.

In Martinas Partykeller wurde feuchtfröhlich gefeiert und es war wie im Skiurlaub; man verstand sich prächtig. Dietmar hatte nur Augen für Katarina. Alle hatten eine Menge getrunken und der Abend näherte sich dem Ende. Katarina hatte bereits die Betten verteilt; sie wollte im Wohnzimmer auf der Couch schlafen. Dietmar sollte ins Gästezimmer und Helmut mit Daria in ihr Schlafzimmer. Als sie da so allein auf der

Couch lag und ihren Schwips auskurierte, kam ihr eine verrückte Idee: *Warum geh ich eigentlich nicht zu Dietmar rauf und versuche ihn zu verführen?* Vom Alkohol ermutigt torkelte sie die Treppe zu Dietmars Schlafstätte hinauf, der bereits eingeschlafen war, und legte sich zu ihm. Als er erwachte, schickte er sie jedoch weg

„Katarina, es tut mir leid, aber ich kann das nicht. Ich hab eine Freundin und ich kann ihr nicht untreu sein."

„Das ist wirklich schade, weil ich gerade angefangen hatte, mich in dich zu verlieben", sagte Katarina mit belegter Stimme und ging wieder auf ihre Couch zurück.

Doch am nächsten Morgen war alles vergessen und die Würzburger verabschiedeten sich nach einem ausgiebigen Katerfrühstück aus Frankfurt. Auch Martina war mit Mario nicht wirklich weitergekommen.

„Er ist solo, aber irgendwie kommt er gar nicht aus sich raus und ist sooo schüchtern. Ich glaub, das ist mir auf die Dauer zusammen mit der Entfernung zu anstrengend", machte sie ihren Frieden mit der Situation. Katarina berichtete von ihrem eigenen Misserfolg und Martina sagte nur, sie habe schon befürchtet, dass Dietmar liiert sei.

Die Freundschaft zwischen den Partyhochburgen Frankfurt und Leinach (so hieß das Dorf, in dem die Freunde wohnten) blieb aber noch über Monate bestehen. Martina und Katarina besuchten die „Leinacher" mehrfach zu Feiern und man tauschte sich per SMS und Mail aus. Dietmar redete nicht mehr über die Nacht mit Katarinas unglücklichem Vorstoß und so konnten sie weiterhin befreundet bleiben. Sie trafen sich sogar noch Jahre später, als Dietmar längst nicht mehr mit seiner damaligen Freundin zusammen war, in Frankfurt, weil er dort auf einer der Messen zu tun hatte.

Samstags besuchten Martina und Katarina gerne ihren gemeinsamen Freund Michael, der eine Druckerei außerhalb von Frankfurt besaß. Michael war Katarina sehr sympathisch und Martina hatte ihm von der schlechten Erfahrung mit ihrem Arbeitskollegen erzählt. Katarina kam so langsam über ihn hinweg. Als sie samstags einmal wieder mit Michael bei einem Kaffee in seiner Druckerei zusammensaßen, erzählte Katarina von ihrem Brief an Frank.

„Also, was der Typ dir angetan hat, finde ich schon wirklich heftig. Ich finde, wir sollten ihn da noch ein bisschen mehr bluten lassen", deutete er an.

Katarina war das Ganze schon fast ein wenig unangenehm. „Ach, lass doch. Die Sache ist ausgestanden. Ich bin über ihn hinweg. Nie mehr eine Affäre mit einem verheirateten Mann; ich habe meine Lehre bekommen."

„Ach was, komm, wir ärgern den Frank noch 'n bisschen. Ich weiß, dass er heute im Büro ist. Sollen wir nicht einfach eine Ladung Pflastersteine von uns nach Pisa bestellen?", schlug Martina vor.

Michael war ein echtes Sprachengenie, er sprach mit bestem italienischen Akzent in den Hörer: *„Buon giorno*. Bin ich der Franco Pallini aus Firenze. Habe ich ge'ört, dass sie 'aben Pflastersteine im Angebot. Stimmt?"

Am anderen Ende der Leitung schluckte Frank der Baustoffverkäufer merklich. „Ja, gerne. Wie haben Sie denn unsere Adresse bekommen?"

„'abe isch von eine gute Freund aus Francoforte, der Sie hat empfohlen und der sagt, Sie liefern auch nach Italia. *Va bene?*"

„Ja, also ... ich weiß nicht. Das muss ich erst mal prüfen. Das dauert aber eine Weile, bis ich alle Lieferbedingungen und Preise gecheckt habe. Wo kann ich Sie erreichen?"

Michael gab eine Fantasienummer mit italienischer Vorwahl an, die Katarina ihm schnell untergeschoben hatte. Ihr liefen die Tränen über die Wangen vor Lachen.

Endlich hatte sie die Affäre mit Frank überwunden!

15. Georg
(Sternzeichen: Stier) oder
Schlimmer geht's immer

„Der gutmütige und spendable Stier bleibt lange ruhig,
selbst wenn alles um ihn herum zusammenbricht.
Wenn er aber in Wut gerät, kann er rasend werden."
(Astrologie für Männer)

Frank, der Baustoffhändler, war völlig begeistert von der Bestellung aus Italien und schwärmte Martina von dem interessanten Gespräch mit dem Mann aus Florenz vor. Er hatte Überstunden wegen der Bestellung gemacht und wunderte sich nun, dass er unter der Rufnummer niemanden erreichen konnte. Martina konnte ihre Häme nur schwer unter Kontrolle halten, aber es war ihr ein echter Vorbeimarsch, diesem Mann, der ihrer besten Freundin so weh getan hatte, eine Lektion zu erteilen. Sie schwieg und grinste innerlich, als Frank irgendwann realisierte, dass es sich um eine Finte gehandelt hatte.

Der Frühling kam. Katarina genoss die Freizeit mit ihren Freundinnen und den Job, der ihr mit zunehmender Verantwortung auch finanzielle Freiheiten bot und sie unabhängig machte. Sie feierte ihren dreiunddreißigsten Geburtstag mit Martinas Hilfe beim Dekorieren im hauseigenen Partykeller und freute sich ihres Lebens.

Im Juni fuhr sie mit Petra, die seit zwei Monaten einen neuen festen Lebenspartner hatte, zum Club Robinson nach Fuerteventura und genoss die Anerkennung der illustren Singlerunde, die sich dort immer Anfang Juni einfand. Aber auch hier waren alle Beteiligten bereits in festen Beziehungen und Katarina flirtete fleißig, aber ohne Ernsthaftigkeit. Petra ebenfalls, und es gab hier und da brenzlige Situationen. Nämlich dann, wenn Ralf, Petras neuer Freund, der zu allem Elend auch noch Polizeikommissar und sehr misstrauisch war, bei ihnen anrief und Katarina gerade mal wieder nicht so genau wusste, wo und mit wem Petra sich gerade aufhielt. Sie genossen die Zeit mit viel Essen, Trinken, Sport und Party und kamen nach zehn Tagen braun gebrannt und gut erholt zurück.

Freitagabends gingen Martina und Katarina jetzt oft in eine angesagte Kneipe in Frankfurt-Mitte. Hier kannte Martina natürlich auch immer irgendjemanden durch ihren Job. Heute war es Georg (Betonverkäufer), ein großer, kräftig gebauter Typ mit blondem, leicht gewellten Haar und großen blauen Augen. Er war gut gekleidet mit rosa Hemd und Jeans und fiel Katarina unter Martinas anderen Bekannten aus der Baustoffbranche gleich positiv auf. Georg musterte sie durchdringend, während er sich mit Martina unterhielt, was Katarina als unangenehm empfand, sodass sie tanzen ging. Als sie sich auf der Tanzfläche umdrehte, stand er plötzlich mit seinem Bierglas in der Hand hinter ihr und lächelte sie an. Katharina lächelte schüchtern zurück.

„Sag mal, dein Bekannter ist aber sehr anschmiegsam", meinte sie später zu Martina, nachdem sie bereits ein längeres Gespräch mit Georg geführt hatte

„Oh ja, das ist er, aber nimm dich in Acht. Er ist ein bekannter Schürzenjäger und trinkt auch gerne einen über den Durst."

Georg war bereits wieder an Katarinas Seite, sodass sie ihr Gespräch nicht fortführen konnte. Und er wich ihr den ganzen Abend nicht von der Seite; er machte ihr Komplimente und gab ihr ein Getränk nach dem anderen aus. Um ihre Telefonnummer zu bekommen, ging er sogar auf die Knie. Leicht beschwipst ging sie mit Martina nach Hause, die ein wenig schlecht gelaunt war.

„Was ist los mit dir?", fragte Katarina.

„Ach, bloß Kopfschmerzen", winkte Martina ab. Sie hätte ihrer Freundin wohl besser den wahren Hintergrund ihrer schlechten Laune mitteilen sollen ...

Katarina telefonierte am nächsten Tag mit Georg und er erschien ihr sehr nett und sympathisch.

„Wann darf ich dich das nächste Mal sehen?", fragte Georg enthusiastisch.

„Tja, das wird wohl in den nächsten zwei Wochen 'n bisschen schwierig. Wir fahren mit vier Mädels in die Toskana und ich muss heute im Laufe des Tages noch packen und den Mietwagen abholen."

„Dann bringe ich dich zur Autovermietung."

Gesagt, getan. Georg holte Katarina ab und übergab

ihr einen großen Strauß rosa Rosen.

„Schöne Idee. Aber du weißt schon, dass ich ab morgen weg bin", maulte Katarina.

„Aber ich musste dir einfach was Schönes zum Abschied schenken, damit du mich nicht vergisst. Wir sehen uns jetzt so lange nicht mehr, weil ich auch mit meinem Bruder noch in zwei Wochen für eine Woche nach Mallorca fliege, das macht dann insgesamt drei Wochen."

Er erzählte von seinem Job und seiner Familie (er wohnte mit seiner Schwester und seiner Mutter in zwei großen Häusern im noblen Stadtteil Westend) und sie hörte ihm gerne zu. Dann waren sie an der Autovermietung angelangt und Katarina holte den VW Passat Kombi ab.

„Bin gespannt, wie wir vier Mädels mit unserem Gepäck für zwei Wochen hier alle reinpassen", sagte Katarina besorgt. Aber Georg beruhigte sie: „Kein Problem, glaub mir. Ich habe oft diesen Typus als Dienstwagen; da passt unglaublich viel rein."

Katarina war beruhigt, fuhr den Mietwagen vor ihre Haustür und Georg lud sie noch zum Italiener ein. Sie saßen in der Sonne, aßen und tranken Wein; Georg war ein guter Unterhalter und zahlte anstandslos die Rechnung.

„Kommt Martina auch mit?", fragte er zwischendurch.

„Ja klar. Sie ist eine meiner besten Freundinnen und ich bin froh, dass wir die weite Strecke mit drei Mädels fahren können. Petra habe ich gesagt, dass der Wagen nur für drei Fahrer zugelassen ist. Sie fährt so schlecht Auto und keine von uns will einen Unfall riskieren."

„Lass dir nur keine Dummheiten von Martina über mich erzählen", deutete er an.

Katarina schaute fragend.

„Sie ist mal abends mit mir und 'n paar Kumpels von der Arbeit weg gewesen. Danach habe ich mich nichts Böses ahnend bereit erklärt, sie nach Hause zu fahren. Dann wollte sie mich unbedingt noch auf einen Kaffee nach oben in ihre Wohnung bitten. Das war mir aber doch zu verbindlich und ich habe sie dann irgendwann aus dem Auto komplimentiert. Das hat sie mir bestimmt übel genommen."

Komisch, dass Martina nichts davon erzählt hat, überlegte Katarina. *Dann werde ich ihr wohl besser auch nichts von Georgs Avancen und unserem Treffen berichten.*

So fuhren die vier Freundinnen am nächsten Morgen im Morgengrauen ab. Abends hatten sie noch das Auto beladen und es hatte tatsächlich alles gepasst. Petra und Carola setzten sich in den Fond des Wagens, Katarina machte die erste Tour und Martina schaute auf den Plan und gab ihr Anweisungen. Nach der ersten Pause waren sie alle wieder fit und gelangten ohne nennenswerten Stau durch die Schweiz und den Gotthard-Tunnel nach Italien.

Katarina hatte über eine italienische Arbeitskollegin einen Bungalow mit einem Schlafzimmer, Küche, Terrasse und einer zusätzlichen Schlafgelegenheit auf einem Anwesen mit ehemaligen Bauernhäusern nahe

San Gimignano gebucht. Von Weinbergen umgeben gab es einen großen Pool und ein großes ehemaliges Herrenhaus, das zum Restaurant umgebaut worden war. Katarina und Carola bezogen das Schlafzimmer und Martina und Petra freuten sich über ein großzügiges Bett in der Küche in direkter Nähe zum Kühlschrank. Hier machten sie sich gerne nachts noch eine Dose Bier auf und besprachen bis in die Nacht hinein wichtige Dinge miteinander.

Sie frühstückten jeden Morgen gemütlich auf der Sonnenterrasse und fuhren dann zum Schwimmen ans Meer oder besichtigten einen der vielen Orte in der Toskana. Katarina war gut abgelenkt, aber sie konnte sich nicht dagegen wehren, dass sie an Georg dachte. Er ging ihr einfach nicht aus dem Kopf.

Eines Morgens, die anderen Frauen lagen noch im Bett, da sie abends zuvor in einer italienischen Disco die Nacht zum Tag gemacht hatten, bekamen sie Überraschungsbesuch. Nur Martina war schon angezogen (es war wohl so gegen acht Uhr). Sie hatte also gewusst, dass die drei Leute aus Frankfurt spontan zu Besuch kamen. Die Freundinnen waren ein bisschen verdutzt, aber letztendlich auch erfreut über den Besuch aus der Heimat und bereiteten ein gutes Frühstück. Man hatte sich im Herrenhaus in Zimmern eingebucht und wollte nur übers Wochenende bleiben. Nach dem Frühstück verdrückte sich Martina unauffällig mit Michael (dem Druckereibesitzer) und blieb den ganzen Tag verschollen. Sie übernachtete bei ihm (verheiratet, zwei Kinder) und am nächsten Tag unternahmen alle zusammen einen Ausflug nach Pisa.

Martina tat so, als wenn nichts geschehen wäre, doch die anderen Frauen waren schon etwas verwundert.

„Wenn du das nächste Mal nicht in deinem Bett schläfst, sag wenigstens Bescheid, damit ich mich breitmachen kann", provozierte sie Petra am kommenden Abend, als Martina wieder in der Mädels-WG übernachtete. Die drei Bekannten aus Frankfurt (inklusive Michael, dem Drucker) verabschiedeten sich Sonntagmittags wieder und fuhren nach Hause.

Aber Martina verlor weiterhin kein Wort – weder über ihre Affäre mit Michael noch über die Nacht mit ihm. Die anderen sahen es als Vertrauensbruch an, weil jede von ihnen an den vielen gemütlichen Abenden auf der Terrasse ein Stück von sich preisgegeben und intime Dinge berichtet hatte. Und die Vorkommnisse gaben auch der Freundschaft von Katarina und Martina einen gefährlichen Knacks.

Alle Frauen hatten irgendjemanden vom Handy oder der nächsten Telefonzelle aus angerufen: Martina ihre Eltern, Petra ihren neuen Freund, den Polizisten, und Carola ihre Familie.

„Ich gehe jetzt auch mal telefonieren", verkündete Katarina eines sonnigen Nachmittags den Mädels am Pool und machte sich auf den Weg zur Telefonzelle. Sie hatte nur noch den heutigen Tag, um Georg zu erreichen, bevor er nach Mallorca aufbrach.

„Hallo, Georg Stelterborn. Wer spricht bitte?", fragte er mit fremder Stimme.

„Hey, hallo, ich bin's, Katarina!" Sie war aufgeregt

und etwas verwundert, dass er sie nicht erkannte.

„Wow. Das ist ja klasse, dass du dich meldest. Wie geht es dir? Habt ihr schönes Wetter?"

Katarina berichtete über den bisherigen Urlaub, welcher auch in bereits vier Tagen vorbei sein sollte, und wünschte ihm eine schöne Zeit auf Mallorca. Dann ging sie beschwingt und glücklich zu ihren Freundinnen an den Pool zurück.

„Du bist ja gut drauf. Wen hast du denn angerufen?", fragte Petra verschwörerisch.

„Niemanden, den ihr kennt", grinste Katarina. Martina war im Pool und Carola war mit Musik abgelenkt, daher konnte sonst keine Katarinas vielsagendes Lächeln sehen.

Sie hatten nach vierzehn Tagen Pisa, Florenz und Siena gesehen und waren gut gebräunt und zufrieden mit der Reise. Der Urlaub hatte für alle vier die gewünschte Erholung gebracht. Carola fuhr den vollgepackten Passat Kombi zuerst und musste leider im Gotthard-Tunnel lange im Stau stehen. Danach war Martina dran. Sie trat aufs Gas und telefonierte während der Fahrt mit Michael (dem Drucker), der sie auch dauernd zurückrief. Die Frauen schauten besorgt, da Martina zwar eine gute Autofahrerin war, aber mit stetig hundertachtzig Stundenkilometern einen etwas zu scharfen Ritt absolvierte. Sie ließ sich aber nicht ablösen und heizte mit dem Leihwagen in geringster Zeit bis nach Frankfurt. Martina ließ sich zu Hause absetzen und war sofort verschwunden, da sie es sichtlich eilig hatte. Die anderen Frauen verabschiedeten sich in

Ruhe und versprachen, auf jeden Fall noch ein Foto-Nachtreffen zu veranstalten.

Martina war in den nächsten Tagen kaum zu erreichen und wenn, dann war sie sehr zurückhaltend.

„Ihr Verhalten scheint ihr wohl selbst ein bisschen unangenehm zu sein", meinte Petra beim ersten Frauen-abend nach ihrem Urlaub. „Martina hat als Einzige nie etwas von sich und ihrem Privatleben erzählt und da ist wohl doch eine Menge passiert ... Ich verstehe nicht, wie man so introvertiert sein kann. Wir haben fast jede Nacht noch zusammen in unserem Küchenbett das ein oder andere Bierchen geleert und über Gott und die Welt gesprochen, aber es war wohl alles oberflächlich."

„Hm, und wenn alles schlecht läuft, nehm ich ihr jetzt auch noch einen von ihren angebeteten Ge-schäftspartnern weg." Katarina erzählte von Georg und dass sie sich für ihn interessierte. Außerdem hatte sie aus lauter Sehnsucht den Plan ausgeheckt, ihn am Frankfurter Flughafen überraschend abzuholen. Die Idee gefiel ihr immer besser und so fragte sie genau sei-ne Flugdaten ab, als er einmal aus Mallorca anrief. Es schien ihm nicht besonders gut zu gefallen. Das Hotel war mittelmäßig, Sonne und Strand okay, aber die Leu-te eher uninteressant, und er freute sich wieder auf zu Hause. *Und natürlich auf mich,* dachte Katarina und ihr Herz machte einen Sprung.

So machte sie sich in einer lauen Sommernacht auf zum Flughafen. „Wenn ich ihn nicht finde oder er sich nicht freut, mich zu sehen, ist das hier alles so spät in der Nacht viel zu viel Einsatz", meckerte Katarina mit sich selbst. Und schon sah sie Georgs hünenhafte Erscheinung, braun gebrannt mit den halblangen blonden Locken. Zunächst schaute er durch sie hindurch und erkannte sie nicht. Aber dann erhellte sich sein Gesichtsausdruck und er nahm sie in die Arme und hob sie hoch in die Luft.

„Katarina, was für eine Überraschung. Ich hatte eigentlich ein Taxi nehmen wollen oder die Bahn, aber das ist ganz klar die bessere Alternative."

„Ich wollte nicht mehr länger auf dich warten und hatte heut Abend gerade zufällig Zeit", zwinkerte sie ihm zu.

Sie holten sein Gepäck und fuhren auf die Autobahn. Georg konnte kaum seine Hände bei sich lassen, er küsste sie, sooft es das Autofahren zuließ. In Westend angekommen, wollte sie gleich weiter nach Hause fahren.

„Es ist schon spät. Ich habe zwar noch Urlaub, aber du möchtest doch bestimmt noch auspacken", entgegnete Katarina, als sie bemerkte, dass er es für selbstverständlich hielt, dass sie noch mit hochkam.

„Ich will dich noch die ganze Nacht anschauen und küssen und dir sofort meine Wohnung zeigen. Meine Familie kann ich morgen noch begrüßen. Die können sich wahrscheinlich schon ihren Teil denken", sagte er und nahm sie an der Hand und brach problemlos ihren Widerstand.

Die Wohnung war komplett mit Parkett ausgelegt und mit teuren alten Möbeln bestückt.

„Die sind von meinem Opa. Hat er mir vererbt. Die

konnte Dajana dann auch bei ihrem Auszug nicht mitnehmen."

Katarina schluckte. „Ist das deine Ex-Freundin?"

„Genau. Aber sie ist eine Schlampe und ist einfach bei Nacht und Nebel ausgezogen. Sie hat nachher ihre Eltern geschickt, um die Klamotten abzuholen."

„Wie lange ist das her?", fragte Katarina besorgt

„Keine Ahnung. In etwa zwei Monate vielleicht. Aber wir hatten vorher auch schon viel Streit. Das ist nun endgültig vorbei. Jetzt bist du hier und ich zeig dir mein Schlafzimmer."

Auch dieses Zimmer war liebevoll eingerichtet und sie verbrachten die ganze Nacht mit der Inspektion des Zimmers ...

Am nächsten Morgen wirkte er extrem gut gelaunt und aufgeräumt, holte Brötchen und bereitete ihr ein gutes Frühstück. *Hier könnte ich mich richtig wohlfühlen*, dachte Katarina, während sie in ihr Nutella-Brötchen biss. Dann wurde sie der gesamten Familie vorgestellt: Seine Schwester war ungefähr zehn Jahre älter und hatte schon eine fünfzehnjährige Tochter und dann gab es noch seine Mutter. Alle waren wohlwollend und aufgeschlossen gegenüber Katarina und sie fühlte sich gleich angenommen von dieser bodenständigen, freundlichen Familie. Georg schwärmte von ihr, lobte ihre Intelligenz und ihren Job. Seiner Familie blieb nichts anderes übrig, als angetan zu sein, und fand es auch angenehm, dass Katarina gerne mit allen eine Zigarette auf der Terrasse rauchte.

„Georgs letzte Freundin war eine radikale Nichtraucherin; das haben wir, da wir fast alle starke Raucher sind, als sehr anstrengend empfunden", sagte die Mutter.

„Und nicht nur das ...", deutete seine Schwester an.

Sie verbrachten einen angenehmen Vormittag zusammen. Katarina sollte noch zum Essen bleiben, aber sie lehnte ab: „Ich bin seit gestern Abend nicht mehr zu Hause gewesen. Ich muss meinen Kater füttern und mich umziehen."

Tatsächlich fühlte sie sich nun langsam aber sicher nicht mehr so richtig wohl in ihren Klamotten.

Am gleichen Abend begutachtete Georg ihre Wohnung.

„Hübsch eingerichtet bist du hier. Ich mag deine Wohnung, aber gegen mein Westend ist einfach kein Kraut gewachsen."

„Ich mag meine Wohnung auch, nur leider fehlt ein vernünftiger Balkon und das Wohnzimmer könnte größer sein."

Georg legte sich gemütlich auf die Couch. „Und nun verwöhn mich mal ein bisschen!"

Katarina tat, wie ihr geheißen, und sie kuschelten gemütlich auf dem Sofa. Beide waren noch müde von der letzten Nacht und Georg wollte partout nichts vom Mallorca-Urlaub erzählen, so schliefen sie aneinandergeschmiegt ein. Plötzlich wachte Frank auf.

„Was ist denn mit deiner Fensterleiste passiert? Kältebrücke oder was?"

„Ja, es bröckelt Stück für Stück ab. Sieht nicht besonders toll aus, oder?"

„Ja, da lässt sich aber was gegen tun. Gib mir zwei Tage, ich habe noch Urlaub und werde hier alles abdecken und den Putz erneuern.“

Gesagt, getan. Katarina besuchte Georg nach der Arbeit in ihrer Wohnung, wo er tatsächlich tatkräftig den alten Putz komplett von der Fensterleiste abschmirgelte, neuen auftrug und übermalte. Abends fuhren sie zu ihm, da es ihm zu unbequem in Katarinas Wohnung war und er nicht in der Baustelle schlafen wollte. „Außerdem ist es viel schöner in Westend“, bekam Katarina ein weiteres Mal zu hören.

Seine besten Freunde waren seine Familie und ein befreundetes Pärchen, die in jeder freien Minute etwas gemeinsam unternahmen. So ging man regelmäßig in die Kneipe, in der sie sich kennengelernt hatten, und trank und feierte gemeinsam. Apropos Trinken, Georg trank viel und gerne Bier, Caipirinha und Wein. Er bestellte immer sehr großzügig und Katarina gewöhnte sich an, seine Getränke zur Hälfte mitzutrinken und dafür nichts Eigenes zu bestellen.

„Du bist echt die Beste“, sagte Georg eines Abends, als sie mit Claudia und Bernd, dem befreundeten Pärchen, in der Kneipe waren und Georg bereits seinen dritten Caipi leerte (mit Katarinas Hilfe). Wenn er betrunken war, wurde er manchmal grob und traurig. Dann waren seine großen blauen Augen blutunterlaufen und er bewegte sich hölzern. Da er schon in nüchternem Zustand nicht wusste, wohin mit seiner Kraft (er hob Katarina, die mit ihren sechzig Kilo kein Leichtgewicht war, unvermittelt hoch in die Luft und schleuderte sie herum), hatte er betrunken seine Kräfte nicht mehr in der Hand.

So passierte es, dass er eines Abends versuchte, Katarina von hinten zu nehmen, und ihr Analverkehr aufzwang. Es tat höllisch weh und sie schrie aus Leibeskräften, aber er ließ erst nach einer gewissen Zeit von ihr ab, als ob er ihre abwehrenden Schreie nicht gehört hätte.

„Bitte mach das nie wieder! Es tut mir weh und ist abstoßend", sagte sie am nächsten Morgen, als er wieder nüchtern zu sein schien und sie sich einigermaßen von dieser Art von Vergewaltigung erholt hatte. Er grinste nur und sagte: „Ja sorry. Kommt nicht wieder vor."

„Ich fühle mich wirklich wohl bei Georg in Westend", erzählte sie eines Abends Petra beim Frauenabend, „nur Martina habe ich wohl als Freundin verloren. Sie meldet sich gar nicht mehr. Aber manchmal bekomme ich den Eindruck, als wenn Georg mich nicht respektiert, und dann ist er so gewaltvoll, dass ich es mit der Angst zu tun bekomme."

„Das kann natürlich vom Alkohol kommen", mutmaßte Petra, aber eine Lösung fanden sie nicht.

Katarina verbrachte viel Zeit in Westend; Georg wollte nicht bei ihr übernachten. Er sagte nur scherzhaft, er bekäme Heimweh. Manchmal war sie allein in seiner Wohnung und wartete, bis er vom Tennis mit Bernd zurückkam. Sie beobachtete die Reiter, die am Haus vorbeikamen, und dachte sich: *Hier könnte ich mir vorstellen zu bleiben.* Jederzeit konnte sie bei Georgs Schwester oder seiner Mutter vorbeischauen, was sie auch regelmäßig tat.

„Ich habe gehört, wie du neulich geschrien hast", sprach sie eines Abends Georgs Mutter an. „Hat er dir wehgetan?"

„Ja, schon. Aber das hat er bestimmt nicht extra gemacht. Er war ... wir waren beide ziemlich betrunken."

„Du bist wirklich gut für Georg. Das sehe ich als Mutter. Aber er neigt dazu, die Grenzen zu überschreiten. Das hat er schon als kleines Kind getan. Pass bitte auf! Seine alte Freundin hatte auch darunter zu leiden ..."

Katarina versuchte mit Georg zu joggen, aber das entpuppte sich als Katastrophe. Bereits nach zehn Minuten gab er auf, weil er so aus der Puste war, dass sie befürchtete, er bekäme einen Herzinfarkt.

„Bei der Anzahl der Zigaretten, die du täglich rauchst, ist das auch kein Wunder", sagte sie.

„Ja, mein Liebling. Auch das wirst du mir noch abgewöhnen und einen guten Menschen aus mir machen. Weil ich nämlich gerne irgendwann mal mit dir hier in Westend joggen gehen möchte, ohne halb zu ersticken", sagte er nach einer Weile, als er wieder Luft bekam. Fürs Erste ließen sie das Joggen aber auf sich beruhen.

Eines Samstags wollte Georg noch gerne abends ausgehen und sie entschieden sich für eine Party in einer Diskothek, die Katarina früher oft mit Martina besucht hatte. Sie hatte zwar keine rechte Lust, nach einem guten Essen und viel Wein noch auszugehen, aber Georg überzeugte sie: „Ich kann noch fahren. Ich hatte nur zwei Gläser Wein." Sie zogen sich um und Georg lobte wieder einmal ihr Outfit: „Wie du das immer schaffst, dich so schick zu machen, finde ich unglaublich."

„Aber du siehst doch auch immer gut aus. Sind wir halt ein gutaussehendes Paar", entgegnete Katarina glücklich.

In der Disco angekommen, stutzte Georg plötzlich.

„Siehst du die Dunkelhaarige da vorne mit dem schwarzen Kleid?" Er zeigte auf eine eher unauffällige schlanke, junge Frau, die sich mit ihrer Freundin unterhielt und jetzt zu ihnen herübersah. „Das ist meine kroatische Ex-Freundin, die mich so schön hat sitzen gelassen, als es ihr nicht mehr gefallen hat bei mir."

Den Rest des Abends verbrachte Georg an der Theke. Bernd und Claudia, die sie zufällig in der Diskothek trafen, erzählten Katarina die wahren Hintergründe: „Klar ist die abgehauen. Die haben sich so heftig und andauernd in den Haaren gehabt, dass er sie wohl auch geschlagen hat. Dann ist sie immer noch wieder zurückgekommen und irgendwann war es dann wohl genug. Wir mochten sie nicht besonders."

Nach gefühlten drei Stunden ohne ihren Freund war es Katarina leid und sie schlug vor zu gehen. Georg, der schon extrem betrunken aussah, schaute noch mal nach seiner Ex-Freundin, die aber wohl inzwischen gegangen war, und wollte noch Auto fahren.

„Ich habe seit drei Stunden keinen Alkohol mehr gehabt, lass mich besser fahren", schlug Katarina vor, als sie die Diskothek verlassen hatten und vor seinem Auto standen. Er hob sie hoch, stellte sie dann wieder auf den Boden und kniete vor ihr nieder. „Willst du meine Frau werden?"

„Irgendwann vielleicht mal, wenn du wieder nüchtern bist", antwortete Katarina verwirrt. In seiner Wohnung angekommen, versuchte er sie wieder von hinten zu nehmen, aber selbst dazu reichte es nicht mehr, weil er zu betrunken und traurig war.

Einige Tage später stand Katarina unter der Dusche in Georgs Wohnung. Sie war wie üblich allein joggen gegangen; weder der gute Vorsatz mit mehr Sport noch der, mit dem Rauchen aufzuhören, hatten sich bei Georg als realistisch herausgestellt. Sie stieg aus der Dusche und wollte Georg gerade bitten, ihr den Rücken einzucremen, als sie aus dem Wohnzimmer sein Flüstern vernahm: „Ja, ich weiß. Ich liebe dich auch noch." Sie stutzte und wusste, dass nur Georg im Wohnzimmer sitzen konnte, also ging sie nur in ein Handtuch gewickelt näher an das flüsternde Gespräch heran.

„Ach, Katarina. Die ist ganz nett und hat mir die Trennung von dir etwas erleichtert. Aber du weißt doch, dass ich nur dich liebe."

Katarina war ins Zimmer getreten, sie hatte genug gehört. Sie blickte in Georgs wie immer unschuldige Augen, machte auf dem Absatz kehrt und ging ins Bad. Die Tränen schossen ihr in die Augen und sie zog sich irgendetwas an, das sie gerade fand. Georg beeilte sich nicht, das Gespräch zu beenden. Als sie wutentbrannt aus dem Badezimmer trat, stand er mit eingezogenen Schultern da und sagte nichts.

„Hast du da gerade mit deiner Ex-Freundin telefoniert?! Du wolltest ja wohl, dass ich mithöre. Dann ist es aus mit uns", schrie sie ihn an.

Georg zeigte kaum eine Regung oder Reue. *Ich kann doch nichts dafür*, sollte seine Körperhaltung wohl signalisieren. Sie raffte ein paar Sachen zusammen – immerhin hatte sie die letzten zwei Monate fast komplett bei ihm verbracht – und stieg in ihr Auto.

„Ich hatte von vornherein ein ungutes Gefühl", sagte Petra, als Katarina ihr unter Tränen die Vorkommnisse schilderte. „Er hat dich von Anfang an nicht respektiert und dich als Übergangsfrau gesehen, um über die alte hinwegzukommen. Die typische Rolle der Sandwichfrau. Das geht selten gut. Außerdem ist er wohl ein verwöhntes Bürschchen. Schon allein, dass er nie bei dir übernachten wollte, fand ich echt komisch."

Katarina weinte lange um Georg, den sie sehr lieb gewonnen hatte. Er hatte ihr so viele Hoffnungen gemacht! Und sie hatte mal wieder, blauäugig und idealistisch, wie sie war, an das Gute im Menschen geglaubt. Sie las in einer Frauenzeitschrift, dass Stiere gern in ihrer alten Konstellation blieben, auch wenn es noch so schwierig und unwahrscheinlich war. Sie könnten sich nicht von alten Röcken trennen.

„Das passt ja", bedauerte Katarina.

„Versuch ihn zu vergessen", sagte Petra. „Ich habe im Bekanntenkreis einen Typen, der trotz einer lesbischen Frau noch so sehr an seiner alten Ehe und Beziehung hängt, dass er – auch nach drei Jahren räumlicher Trennung von seiner Frau – vor Kurzem eine gute, neue Beziehung aufgegeben hat."

Georg versuchte noch einige Male Katarina zu erreichen. Meistens rief er zu völlig unmöglichen Zeiten an,
mitten in der Nacht oder früh morgens, und war völlig
betrunken. Nachdem er es noch mit einigen anderen
„Zwischenfrauen" versucht hatte, kam er wieder mit
seiner kroatischen Ex-Freundin zusammen und heira-
tete sie. Die Ehe blieb kinderlos, wie man hörte.

16. Andreas (Sternzeichen: Krebs) oder Wie fühlt man sich als erfolgreicher Groupie?

Nach der Episode mit Georg und dem Italienurlaub war die Freundschaft mit Martina gestört. Außerdem hatte sie Katarina in einem Telefongespräch unmissverständlich mitgeteilt, dass sie sie für eine Schlampe hielt. Katarina fühlte sich ungerecht behandelt, da sie nichts dafürkonnte, dass die Männer sie einfach attraktiver fanden als ihre Freundin. Allerdings hatte es ihr leider nichts gebracht und sie war immer noch auf der Suche nach dem „Richtigen". Sie vermisste Martina schmerzlich als gute Freundin, hatten sie doch früher mindestens einmal täglich telefoniert und waren viel zusammen ausgegangen.

Nun ging sie nicht mehr so häufig weg wie früher, aber dafür hatte sie durch Georg eine neue Liebe entdeckt: die zum Tennissport (immerhin ein positiver Aspekt!). Zusammen mit ihren Freundinnen Petra, Christiane und Alexandra hatte sie im Nachbarort schnell einen passenden Tennislehrer und eine unabhängige Tennisschule ohne teure Club-Mitgliedschaft gefunden. Sie waren alle Anfängerinnen (außer Christiane, die bereits in ihrer Kindheit gespielt hatte) und Andreas war ein sehr sensibler Tennislehrer. Er war ungewöhnlich groß und kräftig für einen ehemaligen Oberliga-Tennisspieler, aber durchtrainiert. Sein rundes Gesicht mit der Nickelbrille wurde von wilden dunklen Locken umrahmt. Er war kein Hingucker, aber die Damen wickelte er problemlos um den Finger. Sie hatten eine Menge Spaß, wenn Petra, die früher Badminton gespielt hatte, den Tennisball mit abgewinkeltem Handgelenk quer durch die Halle fegte oder wenn Christiane, die ungern lief, nach zwei Richtungswechseln hechelnd kapitulierte.

Andreas hatte ebenfalls sichtlich Spaß an der Frauen-Gruppe und trank gerne nach dem Training noch ein Bier mit den Damen. Er entpuppte sich als Fan von Egoshooter-Computerspielen und Chicken Wings mit Kartoffelecken von Aldi und kannte sich bestens in der Tennis-Weltrangliste und mit Horrorfilmen aus, die er sich illegal aus dem Internet herunterlud. Katarina gefiel seine sympathische unkomplizierte Art genauso wie seine Locken und das nette Lachen, wenn Petra, die gerne mit ihm herumspaßte, mal wieder über ihre verunglückten Versuche berichtete, das Tennisspielen zu erlernen.

„Er ist ein sehr netter Kerl, aber schon sehr einfach gestrickt", tauschten sich Katarina und Petra eines Abends aus. „Meinst du, du könntest herausfinden, ob er solo ist? Ich finde ihn nämlich wirklich recht interessant und würde ihn gerne näher kennenlernen", gab Katharina zu.

„Alles klar. Kein Problem", sagte Petra und fragte ihn

direkt nach der nächsten sonntäglichen Tennisstunde über sein Privatleben aus.

„Im Moment bin ich solo", berichtete er freimütig. „Ich war über zwei Jahre mit einer Frau zusammen, wir haben aber nicht zusammen gewohnt. Letztendlich waren wir aber wohl doch zu unterschiedlich. Sie war halt eine total typische Widderfrau."

„Ah, ein Mann, der Ahnung von Sternzeichen hat", schwärmte Petra.

„Nicht so richtig. Aber dass Widder und Krebse nicht harmonieren, weiß doch jeder", fachsimpelte der Tennislehrer. „Meine Ex-Freundin und ich waren das beste Beispiel. Sie hat immer den Ton angegeben, ich habe sie gewähren lassen und hinterher hat sie mir vorgeworfen, ich wäre so inaktiv. Sie wollte wohl auch immer etwas Besseres aus mir machen als einen Tennislehrer. Einmal hat sie sogar einen Job für mich in der Verwaltung eines Sportartikelherstellers organisiert, aber das war einfach nichts für mich. Ich mag meinen Job auf dem Platz im direkten Kontakt mit den Tennisschülern. Leider verdient man dabei nicht sehr viel."

Na, das wollen wir doch alles erst mal sehen, dachte Katarina, die als typischer Widder bekannt war und diese Herausforderung gerne annahm.

Sie packte ihn mit seinem Hobby Fernsehen: Eines Sonntagabends nach dem Training fragte sie ihn, welche Filme er im Moment so vorrätig hätte.

„Hab ich jetzt gar nicht so im Blick", sagte er. „Aber wenn du mir deine Nummer gibst, ruf ich dich heut Abend mal an und ich kann dir vielleicht den ein oder anderen guten Film ausleihen."

Und so telefonierten sie noch am selben Abend miteinander und fingen langsam an zu flirten.

Schließlich einigte man sich darauf, am kommenden Samstagabend einen gemeinsamen DVD-Abend zu verbringen. Katarina brachte den Wein mit und Andreas „zauberte" sein Lieblingsgericht: Chicken Wings und Kartoffelecken von Aldi. Seine Wohnung befand sich im „Tal der tieffliegenden Messer", wie er es gerne bezeichnete, in einem verrufenen Gebiet Frankfurts. Sie fand die Wohnung schnell und auch im Dunkeln musste sie Andreas bereits beipflichten; es war nicht wirklich schön hier und ein bisschen unheimlich.

„Gut. Die Anfahrt hast du schon mal überlebt", empfing er sie freundlich. Die Wohnung war klein, aber gemütlich eingerichtet. Sie aßen in der Küche. „Als Tennislehrer verdiene ich wenig Geld, obwohl ich an der Uni Sport studiert habe", erklärte er. „Aber mir gefällt es hier gut und ich bin sowieso nicht so viel daheim. Diese Wohnung kann ich mir gut leisten und sie ist zentral."

Katarina fand ihn auch in normalen Klamotten sehr sexy und genoss seine Chicken Wings wie ein Fünf-Gänge-Menü beim Nobel-Italiener.

Dann setzten sie sich auf die Couch im Wohnzimmer, welches tatsächlich auch nur aus Couch, Tisch und Fernseher bestand. Und der Fernseher war riesig!

„Ja, war ganz schön teuer, das Teil", erklärte Andreas. „Aber weil ich so viel fernsehe, brauche ich da auch was Vernünftiges." Dann machte er einen Horrorfilm an, den Katarina noch nicht kannte, und sie schwiegen. Gegen Mitternacht und nach zwei Hardcore-FSK-18-Horrorfilmen, die bestimmt auf irgendeinem Index standen, hatte Katarina genug und verabschiedete sich.

„Vielen Dank für den schönen Abend", sagte sie. „Ich hab daheim auch einen DVD-Player. Wir können also auch gerne mal bei mir einen DVD-Abend machen. Und du hast ja wirklich ein großes Angebot!" Sie ging bestens gelaunt zu ihrem Auto zurück. Den anderen erzählten sie nichts von ihrem Treffen. Die ganze Sache war noch nicht zur Veröffentlichung geeignet.

Sie verabredeten sich für den kommenden Freitag für einen Fernsehabend bei Katarina. „Dann koch ich uns was Leckeres, aber keine Chicken Wings", sagte sie am Telefon zu Andreas.

„Ich freu mich drauf und bringe auch richtig gute, neue gebrannte DVDs mit."

So saßen sie am kommenden Freitagabend beisammen und Katarina hatte bereits beim letzten Training bemerkt, wie es bei ihr prickelte, als sie sich wie immer von ihm mit einem Wangenkuss verabschiedete. Das Essen mundete und Andreas war beeindruckt von Katarinas Maisonette-Wohnung. Er trank etwas mehr Wein, als er hätte trinken dürfen, ohne seinen Führerschein zu riskieren, und fühlte sich sichtlich wohl bei Katarina. Sie bot ihm bereitwillig ihre Couch zur Übernachtung an.

Nach dem ersten Film nahm er ihre Hand. Dann fragte er sie, ob er sie küssen dürfe.

„Das hat mich noch keiner vorher gefragt. Aber ja, du darfst. Ich möchte nur nicht gleich in der ersten

Nacht mit dir schlafen."

Sie küssten sich zärtlich und es ging schließlich doch so weit, dass es kein Zurück mehr gab. Sie verbrachten die Nacht bei Katarina und frühstückten am nächsten Morgen gemeinsam. Die Tageszeitung konnten sie sich problemlos in Sport (für Andreas) und Politik und Tagespresse (für Katarina) aufteilen.

„Nee, das glaub ich jetzt nicht", prustete Petra später los, als Andreas gegangen war und Katarina ihr am Telefon berichtete. „Du hast mit dem Tennislehrer geschlafen!"

„Wieso denn nicht? Er ist ein echt guter Liebhaber und wir hatten eine Menge Spaß. Außerdem hab ich mich – glaub ich – ein bisschen in ihn verliebt."

„Wenn's dir guttut, genieß die Zeit mit ihm, aber ich glaube nicht, dass er dir gewachsen ist. In jedem Fall kriegst du kostenlose Tennisstunden."

„Nur kein Neid", lachte Katarina.

Doch Petra kannte ihre Freundin gut genug, um richtig zu liegen. Andreas war ein netter, treuer Typ, der Katarina im kalten Winter Wärme spendete und beinah jeden Abend auf ihrer Couch lag. Er hatte sich aber im Laufe seines Lebens tatsächlich sehr auf Themen wie Internet und Tennis spezialisiert, sodass er über anderes nicht viel zu berichten hatte. Für Katarina war das Leben tagtäglich so vielschichtig durch ihren Job und ihre Vorbildung, dass sie in ihm oft keinen gleichwertigen Gesprächspartner fand. Sie verbrachten eine gute Zeit ohne Verbindlichkeiten, gingen shoppen (sie kleidete ihn ein) und mit ihren Freunden auf Partys. Sie fühlte sich wohl, aber oft ertappte sie sich dabei, sich ein ganz klein wenig für ihn zu schämen. Sie verglich ihn mit den Freunden ihrer Freundinnen und die waren natürlich alle vielschichtiger als Andreas und inzwischen auch erfolgreich im Beruf. Und dann kam irgendwann die Langeweile auf ...

Sie beobachtete sich immer öfter dabei, wie sie sich nach anderen Männern umsah oder einfach gerne Sachen ohne ihn machen wollte. Er brachte ihr einmal die Woche in einer Privatstunde Tennis bei, was sie sehr genoss. Aber die Bewunderung, die sie ihm als ihrem Lehrer zollte, nahm Stück für Stück ab. Seine Probleme bestanden darin, die Rechnungen für seine Krankenversicherung und die Miete zu bezahlen. Sie machte sich Gedanken über ihre Zukunft, da sie nun bereits Mitte dreißig war und gerne eine Familie gegründet hätte. Aber mit diesem Mann hatte das keinen Sinn, darüber war sie sich nach einigen Monaten im Klaren. Sie unterstützte ihn bei seiner lang aufgeschobenen Knie-OP so gut sie konnte und bekam mit, wie er fast ohne Einkünfte auskommen musste.

„Er hat mich fasziniert, solange er noch unser Lehrer war und ich zu ihm aufgesehen habe", sagte sie zu Petra während eines Frauenabends. „Aber leider ist tatsächlich nicht sehr viel dahinter. Ich befürchte, ich respektiere ihn nicht genug, und das hat er nicht verdient. Jetzt fahre ich erst mal für eine Woche mit meinem Vater nach Tunesien und finde hoffentlich ein bisschen Abstand, um eine Entscheidung zu treffen."

„Ich glaube, er wird es verstehen, wenn du es ihm

genau so erklärst", sagte Petra. „Schließlich haben wir dasselbe Sternzeichen."

Bei der Weihnachtsfeier in der Firma hatte Katarina nebenbei noch einen netten Kollegen kennengelernt, einer der wenigen gutaussehenden Männer in der Firma und seit Kurzem getrennt, wie er ihr beeilte zu erzählen. Sie hatten sich gut unterhalten und ein wenig geflirtet, aber Katarina kam er absolut unnahbar vor. Immerhin zwei Monate später hatte er sporadischen Kontakt mit ihr am Telefon aufgenommen und sie hatten sich einmal zum Kino verabredet. Danach hatte er ihr eine SMS geschickt: *Der Abend war sehr nett, aber ich bin noch nicht bereit für eine Beziehung. LG, Richard.*

Das ist gut. Ich bin auch noch liiert im Moment und brauche bestimmt noch Zeit. Bussi, Katarina, war ihre Antwort.

Katarina war stolz auf sich, diesen gutaussehenden Typen, für den sie sich schon seit langer Zeit aus der Ferne interessierte, so locker vertröstet zu haben. Sie traf ihn noch kurz vor ihrer Abreise im Flur und erzählte ihm vom Urlaub. „Vielleicht melde ich mich mal übers Handy bei dir", versprach er. Katarina glaubte nicht daran.

Das Hotel in Tunesien war ein gutes Mittelklassehotel, aber es war Vorsaison und es gab nach dem Abendessen kein Programm mehr und dann wurde es auch empfindlich kalt. Sie gingen also abends nach dem Abendessen noch auf einen kurzen Spaziergang zum Meer und dann ins Zimmer zurück und sahen im Bett fern. Meistens schlief ihr Vater relativ schnell ein und schnarchte leise vor sich hin. So konnte sie noch gemütlich fernsehen.

Doch eines Abends wurde der gemütliche Fernsehabend unterbrochen. Richard rief an und telefonierte so lange mit ihr, dass sie dachte: *Wow. Er hat jetzt aber viel Geld ausgegeben, um mit mir zu sprechen.*

Er rief auch noch weitere drei Male bei ihr abends an und schickte eine Menge SMS. Andreas meldete sich einmal kurz, da ihm das Telefonat sonst zu teuer wurde. Und Katarina merkte, dass sie ihn gar nicht vermisst hatte …

Als sie wieder aus dem Urlaub zurück war, kündigte sie Andreas die Trennung an. „Bitte nimm dir morgen Nachmittag etwas Zeit; wir müssen reden."

„Worüber willst du denn reden? Willst du Schluss machen?" Er hatte als Krebs einfach ein gutes Gespür für andere Menschen. Und Katarina erklärte ihm unter Tränen – Trennungen fielen ihr immer schwer – ihre Beweggründe: „Sei mir nicht böse, aber ich sehe einfach keine Zukunft für uns beide. Ich brauche mehr als Tennis und Chicken Wings bei einem Mann, und dem Anspruch genügst du einfach nicht. Ich möchte mich lieber jetzt von dir trennen, als dass du hinterher meine Unzufriedenheit abbekommst. Weil, das möchte nämlich kein Mensch!"

Andreas war zwar traurig, aber verständnisvoll. „Ich habe es ähnlich bei meiner Ex-Freundin erlebt. Aber ich bin nun halt mal so, wie ich bin, und will mich nicht verbiegen. Aus mir wird einfach kein ehrgeiziger Banker mehr! Lass uns Freunde bleiben und jeden seiner eigenen Wege gehen."

Das war ein guter Vorschlag. Katarina umarmte Andreas unter Tränen. Sie sahen sich noch einige Male, aber seine neue Freundin war sehr eifersüchtig und wollte nicht, dass er Katarina noch weiterhin traf.

„Verdiene ich die große, glückliche Liebe vielleicht gar nicht?", fragte Katarina Petra später am Telefon.

„Ich denke, die Herausforderung ist, so lange zu warten, bis der Richtige kommt. Wenn es so einfach wäre, wäre es nichts Besonderes", entgegnete Petra mit einem leichten Seufzen.

17. Richard (Sternzeichen: Löwe) oder Warum es trotz großer Liebe und optimaler Sternzeichenkonstellation schiefgehen kann

*„Der Löwe-Mann ist mutig, warmherzig und großzügig,
er gibt aber auch gerne den Ton an. Man sollte sich
ihm schon ein bisschen unterordnen.
Sensibel und taktvoll ist er nicht."*
(Astrologie sternenklar)

A ls Katarina nach ihrem Urlaub im Büro eintraf, wurde sie gleich durch eine Nachricht von Richard begrüßt.

„Na, wie war dein Urlaub? Du machst einen ganz zufriedenen Eindruck", fragte Miriam, der das Grinsen auf Katarinas Gesicht nicht entgangen war.

„Ja, ja. War ganz schön", entgegnete Katarina gedankenverloren und dachte über Richards Mail nach, mit der er sie zu sich ins Büro zum Kaffee einlud. Wollte sie wirklich noch mal was mit einem Kollegen anfangen? Andererseits war er einfach zu perfekt, als das sie sich nicht wenigstens einmal mit ihm treffen wollte.

Gesagt, getan. Sie machte sich noch schnell auf der Toilette frisch und schaute kurz noch bei Miriam rein.

„Ich bin mal eben in der Finanzabteilung", sagte sie verschwörerisch. Miriam hob kaum den Kopf.

„Alles klar. Lass dir Zeit, hier brennt im Moment eh nichts an."

Richard war das genaue Gegenteil von Andreas ... und er hatte sie schon bei ihrem ersten Zusammentreffen vor ungefähr zehn Jahren interessiert. „Endlich mal ein gutaussehender Mann in unserer Firma", hatte sie zu ihrer Kollegin damals gesagt. Aber der hatte sich überhaupt nicht für sie interessiert, und daher hatte sie ihn in Ruhe gelassen. Richard hatte in der Zwischenzeit geheiratet und zwei Kinder bekommen, lebte aber seit einiger Zeit getrennt, nachdem ein dreijähriger Auslandsaufenthalt in Singapur ihn und seine Frau endgültig auseinandergebracht hatte. Er war Controller, Abteilungsleiter und ein Workaholic.

Katarina war seltsam aufgeregt, als sie sein Büro betrat. Er saß an seinem Schreibtisch in einem eigenen Büro, telefonierte in Englisch und nahm kaum Notiz von ihr. Sie räusperte sich und er sah sie mit seinen blau-grünen Augen an und strahlte. Wie konnte man denn solch einem Mann widerstehen?, fragte sich Katarina und beantwortete sich die Frage selbst: *Nimm dich in Acht. Er hat schon mehrere Liebschaften in der Firma gehabt und ist ein echter Schwerenöter.*

Also gab sie sich unnahbar und lächelte nur schwach, als er endlich sein Telefonat beendet hatte.

„Sorry. Das war unser Hotel in Shanghai. Denen

muss man alles fünfmal erklären und selbst dann kriegen sie ihre Bilanzen nicht vernünftig hin. Ich muss wohl nächste Woche schon wieder hinfliegen, damit es dort ordentlich rund läuft. Aber erzähl mal. Schön, dich zu sehen. Wie war dein Urlaub?"

Katarina erzählte über ihren Kurzurlaub in Tunesien und betonte, dass sie ihn *nur* mit ihrem Vater verbracht hatte. Sie unterhielten sich über dies und jenes und er flirtete offensichtlich mit ihr. Er hatte ein so nettes, verschmitztes Lächeln und ganz klar ihre Fährte aufgenommen! Dann schwärmte er über seine Kochkünste und die super-interessanten Filme aus Singapur, die er in seinem Haus daheim hatte. Und sie ließ sich mit wenig Gegenwehr davon überzeugen, ihn am nächsten Abend zuhause in Eschersheim, einem Vorort von Frankfurt, zu besuchen. Er wollte kochen und sie sollte nur sich und den Wein mitbringen.

Als sie im Routenplaner sah, dass er circa sechzig Kilometer von ihr entfernt wohnte, wollte sie zuerst schon einen Rückzieher machen. Und tatsächlich wohnte er jenseits von jeder Zivilisation in einem kleinen Dorf.

„Wie lange fährst du eigentlich zur Arbeit?", fragte sie ihn, nachdem sie einige Zeit auf der Autobahn und dann auf einer unbeleuchteten Straße verbracht hatte, um sein Haus zu finden.

„Wenn man morgens gut durchkommt, brauche ich circa vierzig Minuten. Aber so ein Haus hätte ich mir in Frankfurt nicht leisten können mit einer Frau, die nicht arbeitet, und zwei Kindern. Und jetzt erst recht nicht, wo ich nur noch für alle bezahle! Aber komm doch erst mal rein, ich zeige dir das Haus und dann können wir essen."

Es roch bereits köstlich in dem geräumigen und gemütlichen Haus. Katarina fielen die zahlreichen orientalischen Accessoires auf, die sie auch aus Tunesien kannte.

„Hat deine Frau das alles so dekoriert?", fragte sie ahnungslos.

„Nö. Das war ich. Mir gefallen die marokkanischen Accessoires wie Spiegel und Aschenbecher. Ich wurde wohl auch inspiriert durch meine Ex-Freundin. Aber das ist eine lange Geschichte und endgültig vorbei. Komm, lass uns essen; das Haus hast du ja nun gesehen."

Bei Katarina waren sämtliche Alarmlampen angegangen.

„Wie lange ist das mit deiner Ex-Freundin denn her?", fragte sie wie beiläufig, während sie die Vorspeise (gefüllte Champignons aus dem Ofen) vertilgte.

„Gut zwei Monate. Als ich dir damals nach unserem Kinobesuch die SMS geschrieben habe, waren wir gerade ein paar Tage getrennt. Ich habe sie sehr gern gehabt, aber sie hat mich so was von verarscht."

Mehr wollte er dazu nicht sagen und sie wandten sich wieder angenehmeren Themen zu.

Er erzählte von seiner Zeit in Singapur und seinem Job. Also, genau genommen hatte er zwei Jobs, zunächst einmal Abteilungsleiter Controlling in Katarinas Firma und dann machte er noch die gesamte Buchhaltung für die Firma seines Bruders. Sie fand seine Erzählungen allesamt sehr spannend und sie verlor sich in seinen grün-blauen Augen und dem charmanten Lächeln. Nach dem Essen, das aus drei Gängen bestand, und dem Espresso war sie glücklich und satt und hatte schon etwas zu viel Wein getrunken.

Richard erzählte und erzählte; sie hatte den Eindruck, er wolle sich interessant machen. Trotzdem tat Katarina nach dem Essen so, als wolle sie gehen.

„Ach komm. Es ist doch noch so früh. Und außerdem hast du noch gar nicht meine superlustigen Singi-Filme gesehen."

„Stimmt. Die kann ich mir ja nun wirklich nicht entgehen lassen."

Und schon saß Katarina auf der Couch und schaute sich alberne Asienkomödien auf Englisch an. Richard räumte die Küche auf und setzte sich dann zu ihr.

„Na, wie gefällt's dir? Mich haben die DVDs an meinen einsamen dunklen Winterabenden im Ausland am Leben erhalten."

„Also, nee, echt lustig", log Katarina, um Richard nicht zu enttäuschen. „Aber erzähl doch mal. Wieso hast du denn damals deine Frau und nicht mich geheiratet?", wechselte sie das Thema mit einem vermeintlichen Scherz.

„Also, zunächst mal warst du, als du bei uns angefangen hast, schon liiert. Danach habe ich mich schon damals erkundigt." Katarina schaute verdutzt. „Dann habe ich auf einer Party bei einem Freund Simone kennengelernt. Sie war mir sehr sympathisch und hatte eine super Figur. Wir haben's also zusammen probiert, aber so richtig Liebe war es eigentlich nie bei mir. Dann haben wir mal zwischendurch zusammen geschlafen – und ich habe gedacht, sie verhütet. Na ja, hat sie wohl nicht, und schon war sie schwanger und wir mussten heiraten und ich habe mich irgendwie so in mein Schicksal ergeben. Dann haben wir das Haus gebaut und ich habe immer viel gearbeitet. Und so verging die Zeit, in der man irgendwie immer voneinander abgelenkt war und trotzdem unter einem Dach gelebt hat. So richtig zufrieden war ich aber nicht mit meinem Leben, deswegen habe ich das Angebot mit Singapur direkt angenommen. Dort ein neues Hotel mit aufzubauen und die finanzielle Leitung zu bekommen, das war eine Riesenchance für mich. Meine Frau hat das leider nicht so verstanden. Wir sind zwar gemeinsam rübergezogen, aber sie konnte nicht gut Englisch und hat sich nie dort heimisch gefühlt. Wir hatten eine luxuriöse Wohnung mit eigenem Pool und Nanny fürs Kind, aber sie musste dauernd wieder zu ihren Eltern nach Hause. Ich war viel allein und dann habe ich auch was mit einer Kollegin dort angefangen. Sie ist Singalesin und arbeitete im gleichen Büro. Du wirst sie bestimmt kennen, es ist Linda."

Katarina schüttelte den Kopf; sie hatte sich nie für ihre Kolleginnen aus dem Singapur-Office interessiert, würde aber in Zukunft aufmerksamer sein!

„Ich weiß bis heute nicht, ob Simone es überhaupt mitbekommen hat, so wenig, wie sie in Singapur war! Tja, dann haben wir mit einem weiteren Kind noch den Versuch einer Versöhnung und einer Fortsetzung unserer Ehe probiert. Meine zweite Tochter kam ohne mich in Deutschland zur Welt und war nie in Singapur. Meine Frau wollte, dass ich sofort zurückkehre. Der Vertrag war auch ausgelaufen, aber ich hatte ihn stillschweigend um noch ein Jahr verlängert, bevor ich wusste, dass sie wieder schwanger ist. Also habe ich sie nur ab und zu besuchen können und wir haben uns immer mehr auseinandergelebt. Meine Frau ist dann vor einem Jahr ausgezogen und wohnt jetzt mit den Kindern in der Nachbarstadt, aus der sie auch ursprünglich kommt."

Katarina nahm noch einen Schluck Wein. Das klang doch alles gar nicht so schlecht und nicht nach der Suche nach einer Sandwichfrau oder Geliebten. Das zumindest hatte sie prüfen wollen, bevor sie sich ihm hingab. Aber Richard machte gar keine Anstalten, die Situation auszunutzen. Ganz im Gegenteil, er legte noch eine DVD ein. Katarina wollte alles, nur nicht noch eine von diesen langweiligen, albernen DVDs schauen!

Sie verschüttete ihren Weißwein und Michael beugte sich zum Saubermachen hinunter. Und als er wieder hochkam, war ihr Gesicht ganz nah an seinem. Und endlich verstand er ihren Hinweis und küsste sie. Er hatte sehr warme, weiche Lippen und konnte gut küssen. Seufzend gab sie sich seiner Umarmung hin.

„Ich werde auf gar keinen Fall schon beim ersten Besuch mit ihm schlafen", hatte sie vorher noch Petra versprochen. Doch auch ihr „Ich will heut Nacht noch nicht mit dir schlafen" verhallte ungehört im Überschwang der Gefühle. Er wusste, was er tat, und sie genoss es viel zu sehr ...

So übernachtete sie bei ihm und sie lagen die ganze Nacht auf der Couch im Wohnzimmer wach. Richard schaute zwischendurch eine Tiersendung, was Katarina etwas seltsam fand, aber sie war viel zu glücklich und verliebt und liebkoste ihn, während er begeistert die Reportage über die letzten Königstiger von Malaysia verfolgte. Gegen fünf Uhr morgens gingen sie dann in sein Schlafzimmer und schliefen ein.

Als sie am nächsten Morgen erwachte, hörte sie ihn bereits in der Küche. Er küsste sie zärtlich und hatte ein königliches Frühstück mit frisch gepresstem Orangensaft und Brötchen bereitet.

„Hey, wenn du mir immer so ein gutes Frühstück machst, komme ich vielleicht wieder", hauchte Katarina, die einfach nur glücklich war.

„Ich verwöhne meine Mädels immer gerne. Das wissen auch meine Töchter. Ich fände es schön, wenn du sie mal kennenlernst. Hast du nicht Lust, heut Nachmittag zum Kaffee vorbeizukommen? Ich habe nämlich die Mädchen am Wochenende und kann dich dann nicht besuchen."

Katarina nickte zufrieden und hatte nichts dagegen, Richards Töchter kennenzulernen.

Also machte sie sich an diesem schönen sonnigen Nachmittag auf, um Richard in seinem Haus zu besuchen. Im Hellen sah alles etwas einladender aus, allerdings war es weiterhin sehr dörflich und sie brauchte gute fünfzig Minuten, bis sie an seinem Haus parkte.

Sie sah ihn schon von Weitem; er mähte den Rasen vor dem Haus – mit nacktem Oberkörper, der überaus ansehnlich war, und einer Zigarette im Mundwinkel. Als er Katarina erblickte, strahlte er, zerdrückte die Zigarette unter seinem Schuh und umarmte Katarina mit einem Kuss.

„Meine Töchter sind oben und spielen mit ihrer Playstation. Sie haben die Nachbarskinder da", erklärte er die Ruhe im Haus, als er Katarina hineingeleitete. „Ich habe uns einen Pflaumenkuchen gebacken. Setz dich schon mal raus unter den Sonnenschirm, ich mache noch schnell Kaffee und schlage die Sahne auf."

Katarina konnte den Mund kaum schließen vor Staunen. Was hatte sie sich denn hier für ein Musterexemplar von Mann angelacht? Sie setzte sich in ihrem bunten, dünnen Sommerkleidchen, das ihre weiblichen Konturen vorteilhaft betonte, in den Gartenstuhl und betrachtete den Garten. Es gab lediglich eine große Rasenfläche mit ein paar Bäumen drum herum. Alles sah aber gut gepflegt aus.

Katarina konnte sich des Eindrucks nicht erwehren, dass sie beobachtet wurde. Als sie sich umblickte und ein Tuscheln von oben hörte, sah sie in die Gesichter von vier kleinen Mädchen, die daraufhin blitzschnell wieder verschwanden. Dann rief Richard durchs Haus und sie kamen herunter. Zwei der Mädchen waren seine Töchter, die sich mit ihren Freundinnen neugierig „Papas neue Freundin" angeschaut hatten. Sie gaben Katarina wohlerzogen die Hand und stellten sich vor. Katarina fand sie beide auf Anhieb sympathisch.

Die nächsten Monate vergingen wie im Fluge. Katarina besuchte Richard, der ein Einzelbüro im Finanzbereich des Hotels hatte, einmal pro Tag. Miriam meinte, Katarinas blaue Augen würden danach immer besonders hell leuchten. Sie übernachtete häufig bei Richard im Haus, weil er oft nach Feierabend noch bei seinem Bruder die Buchhaltung erledigte. Seine Affinität für die ausländischen, speziell marokkanischen Bräuche wie frischen Pfefferminztee und die orientalische Wohnungseinrichtung befremdeten sie etwas, aber sie ließ es sich nicht anmerken.

Irgendwann erzählte er von Fattima. Er hatte sie über einen Freund kennen und lieben gelernt und war sehr von der Gastfreundlichkeit der Marokkaner angetan. Fattima hatte aber dauernde Geldprobleme und (wie sich zum Schluss herausstellte) auch noch einen marokkanischen Verlobten! Sie hatte es ihm erzählt, um sich dann noch einmal zweitausend Euro von ihm zu leihen, um ihre kranke Oma in Marokko besuchen zu können. Danach war sie ohne einen Gruß abgetaucht. Er hatte noch häufig versucht, sie zu finden, aber niemand aus der Verwandtschaft wusste etwas. Angeblich war sie in Marokko geblieben.

„Ich habe sie sehr geliebt, das Exotische an ihr und ihre liebevolle Art, aber sie hat mich echt beschissen, und inzwischen bin ich über sie hinweg." Das war für Katarina nur ein kleiner Trost, denn so uneingeschränkt und intensiv sie Richard liebte, befürchtete sie, dass er doch letzten Endes eher auf exotische Frauen stand. Und Katarina war mit ihren langen blonden

Haaren, den blauen Augen und Sommersprossen alles, nur nicht exotisch! Als er ihr dann noch von seiner Affäre mit der Kollegin in Singapur erzählte, verstärkten sich ihre Zweifel.

„Wie kann ich mir bei diesem Mann sicher sein, der sich so gerne mit exotischen Dingen umgibt und sich nach beinah jeder dunkelhäutigen Frau umsieht?", machte Katarina ihrem Zweifel bei einem Frauenabend Luft.

„Vielleicht hat er jetzt endgültig genug von den orientalischen Frauen und möchte mal ein deutsches Modell probieren und ist glücklich damit", ermutigte Petra Katarina.

„Schön wärs. Aber ich bin schon recht eifersüchtig auf die Frauen um ihn herum und bin mir nicht sicher, ob es gerechtfertigt ist."

„Hunde, die bellen, beißen nicht", warf Britta ein und damit war das Thema erst einmal erledigt.

Katarina etablierte sich durch ihre regelmäßige Anwesenheit am Wochenende auch bei Richards Töchtern. Sie führte ein, dass er sie nicht einfach vor dem Fernseher einschlafen ließ, sondern ihnen abends eine Geschichte vorlas. So sahen die beiden Katarina nie als Konkurrentin um die Gunst des Vaters, sondern akzeptierten sie als Leidensgefährtin, wenn Richard, der ganz klar am Wochenende den Ton angab, wieder irgendwelche extremen Ideen mit ihr und den Kindern realisieren wollte. Einmal mussten sie sogar den ganzen Tag in einer kalten Lagerhalle verbringen, weil Richard dort für seinen Bruder Inventur machte! Das

Leben war wirklich nicht immer einfach mit Richard, der sich nur sehr wenig Zeit für seine Freundin und seine Kinder nahm; aber wenn er da war, kochte er für alle oder organisierte spannende Ausflüge und es wurde nie langweilig mit ihm. Doch was Katarina ab und zu fehlte, war die Normalität – und die Verbindlichkeit für ein gemeinsames Leben.

„Ich bin jetzt Mitte dreißig, habe einen tollen Mann an meiner Seite, aber so richtig was habe ich eigentlich nicht davon", erzählte sie eines Abends Petra. „Wir machen keine gemeinsamen Pläne und er war noch nie mit mir im Urlaub. Länger als eine Woche kann er sowieso nicht weg wegen der Arbeit. Er übernachtet selten bei mir und dass er sich von seiner Frau scheiden lässt, kann wohl auch noch geraume Zeit dauern. Da stimmt doch irgendwas nicht, oder?"

„Ihr seid jetzt gerade mal ein halbes Jahr zusammen, gib der Sache noch etwas Zeit", riet ihr Petra.

„Aber ich bin jetzt bald zu alt für ein eigenes Kind. Die biologische Uhr tickt", sagte Katarina traurig.

„Apropos schwanger", entgegnete Petra. „Ich hab eine tolle Neuigkeit: ich bin im dritten Monat! Ich kann jetzt einfach nicht mehr warten mit der Information", brach es aus ihr heraus.

Katarina nahm Petra in den Arm und beglückwünschte sie, aber es blieb eine Spur Melancholie in ihren Gedanken.

Richard plante seinen vierzigsten Geburtstag. Katarina war natürlich involviert in die Vorbereitungen und in die Gästeliste. Er hatte als Sternzeichen Löwe im Sommer Geburtstag und wollte in seinem Garten Biertischgarnituren aufbauen und grillen. Katarina durfte ein oder zwei Freundinnen einladen, da es sonst Männerüberhang gab. Richard hatte einige seiner männlichen Single-Kollegen eingeladen, allen voran seine „Lieblinge" Norbert (Steuerberater) und Udo (Leiter Finanzen), die man auch gerne noch zusätzlich bei der Feier „an die Frau" gebracht hätte. Tatsächlich klappte es mit Udo und Michaela, einer Kollegin von Katarina, und von da ab hatten sie immerhin einen kleinen eigenen Freundeskreis und unternahmen zu viert oder fünft vieles gemeinsam.

Die Feier war ein wenig chaotisch, da Richard vergessen hatte, jemanden für das Grillen zu engagieren, und so wechselten sich die männlichen Gäste unter Protest dabei ab. Außerdem hatte Richard scheinbar alle seine Ex-Frauen und Freundinnen eingeladen und es war ein bisschen seltsam, mit fünf verschiedenen Vorgängerinnen Sekt zu trinken, fand Katarina. Den anderen machte es wohl nicht so viel aus; sie fanden es eher lustig. Katarina half, wo sie konnte und hatte die Aufgabe der Dekoration übernommen. Am Ende waren alle zufrieden und man saß noch lange mit den Kollegen zusammen und klönte und trank Mojito (natürlich mit frischer marokkanischer Minze). Nachdem Richard und Katarina aufgeräumt hatten, fielen sie todmüde gegen halb vier morgens ins Bett (natürlich erst nachdem sie noch ein wenig „Partysex" hatten).

Weil es neben den Feierlichkeiten für Richards Geburtstag auch auf der Arbeit viel zu tun gab, fiel der Frauenabend in den letzten Wochen aus und Petra erreichte Katarina übers Handy.

„Hey, wie geht's dir?", fragte sie Katarina, als diese gerade eine Hotelführung mit Kunden machte.

„Danke, gut. Bin nur grad beschäftigt. Gibt's was Besonderes?"

„Nö, ich hatte nur gerade eine Fehlgeburt", sagte Petra mit tränenerdrückter Stimme.

Katarina war geschockt und setzte sich mit einer Ausrede kurz von der Gruppe ab.

„Oh Gott, du Arme! Kann ich irgendwas für dich tun?"

„Ich bin ganz furchtbar traurig, auch weil der Arzt gesagt hat, dass die Chance, noch einmal Mama zu werden, nicht wirklich gut ist."

„Es tut mir so leid", sagte Katarina mitfühlend. „Lass uns übermorgen beim Frauenabend darüber reden. Ich glaube fest daran, dass du noch einmal schwanger wirst!"

Beim folgenden Frauenabend war Petra schon wieder guter Dinge und scherzte sogar ab und zu, aber sie versuchte sicherlich auch ihren Schmerz zu überspielen.

Sie war einundvierzig und musste einfach damit rechnen, dass dies ihre letzte Chance auf ein eigenes Kind gewesen war. Ihr Freund, mit dem sie jetzt bereits seit drei Jahren zusammenlebte, hatte eine achtjährige Tochter aus erster Ehe, aber das Verhältnis war schwierig. Sie hätte sich so sehr ein eigenes Kind gewünscht!

Bei Richard und Katarina war das kein Thema. Richard arbeitete viel, war oft im Ausland und wenn er dann daheim war, kümmerte er sich noch um die Bilanzen seines Bruders und hatte alle zwei Wochen am Wochenende seine Töchter zu betreuen. Viel Platz für Gemeinsamkeiten oder den Aufbau eines gemeinsamen Lebens gab es da nicht. Katarina saß abends oft allein zuhause auf ihrer Couch und vermisste ihn. Aber er bestimmte die Geschwindigkeit und Intensität ihrer Beziehung und es quälte Katarina zunehmend, dass sich immer alles nach ihm richtete.

Um mit Richard nach gut acht Monaten Beziehung nun endlich mal einen Urlaub zu verbringen, ging Katarina in die Offensive. Sie hatte eine günstige Kreuzfahrttour zu den Kanarischen Inseln auf der Aida Anfang Dezember gefunden und ihn darauf bereits mehrfach angesprochen, aber keine definitive Antwort erhalten. Als sie eines Abends bei ihm im Wohnzimmer saß, nahm sie den Telefonhörer in die Hand und sagte: „Wenn wir die Aidareise jetzt nicht buchen, können sie den Preis nicht mehr garantieren. Wir haben uns auf den Termin geeinigt und du bist einverstanden, oder? Ich rufe jetzt einfach an und buche."

Er schaute nur kurz von seinen Excel-Dateien im Laptop auf und sagte lahm: „Na gut. Hör auf zu nörgeln und buch die Reise in Gottes Namen."

Und so erlebten sie kurze Zeit später eine wunderschöne Kreuzfahrt und schipperten vorbei an Madeira und den Kanarischen Inseln. Leider ertappte Katarina Richard immer wieder dabei, wie er sich nach exotischen Frauentypen umschaute, aber er tanzte abends nur mit ihr (und das konnte er wirklich gut) und sie hatten eine glückliche Zeit mit erstaunlich gutem Wetter für die Jahreszeit.

Nach einer Woche war der Spaß aber wieder vorbei und der Alltag begann aufs Neue. Kurz vor Weihnachten hatte Richard noch weniger Zeit als sonst. Katarina versuchte einen Weihnachtswunsch aus ihm herauszukitzeln, aber er sagte nur, er sei wunschlos glücklich.

„Du fragst auch gar nicht danach, was ich mir wünsche", stichelte sie, da er tatsächlich auch Mitte Dezember noch nicht wusste, was sie sich zu Weihnachten wünschte.

„Ich habe im Moment so viel Stress, dass ich es wohl auch gar nicht schaffen werde, es zu besorgen."

„Ich habe bei Christ superschöne Ohrringe mit blauen Steinen und einem passenden Ring gesehen. Die würde ich mir gern von dir wünschen. Wir könnten doch mal in der Mittagspause hinfahren und du kaufst sie mir."

Gesagt, getan. Sie waren in zwei Tagen zur Mittagspause verabredet, um gemeinsam in die Stadt zu fahren. Als Richard auch zehn Minuten nach dem verabredeten Termin noch nicht auftauchte, wunderte sich Katarina und rief in seinem Büro an.

„Oh Mist, unseren Termin muss ich absagen, Schatz", sagte er sachlich. „Unser Geschäftsführer braucht dringend die aktuellen Zahlen für China und die muss ich vor Abgabe erst noch überprüfen. Sorry, dass ich nicht abgesagt hab. Hab ich völlig vergessen in dem Stress.

Kleines, geh dir doch einfach den Schmuck selbst besorgen und ich geb dir später das Geld."

Katarina ging mit ihren Kolleginnen essen und fuhr einen Tag später in die Stadt. Wie frustrierend es war, was sie da gerade tat, wurde ihr erst bewusst, als die Verkäuferin fragte, ob sie es einpacken solle. „Ja, dann kann mein Freund es mir wenigstens noch offiziell überreichen", sagte sie mit einem Kloß im Hals.

Später im Auto ließ sie ihren Tränen freien Lauf.

„Schlechter kann man doch gar nicht behandelt werden, als dass man sich sein Weihnachtsgeschenk selbst kaufen muss", schluchzte sie Petra ins Handy.

„Doch", entgegnete diese, „wenn man gar kein Weihnachtsgeschenk bekommt."

An Weihnachten, welches sie immer bei ihrer Schwester im Frankfurter Norden verbrachte, öffnete Katarina feierlich Richards Geschenk und ließ es von ihren Nichten bestaunen. Dass sie es selbst gekauft hatte, erzählte sie niemandem.

Richard hatte für Silvester einen Karaoke-Abend vorgeschlagen, weil er im Besitz des Equipments und eines großen Hauses war, wo für fünf bis acht Personen problemlos Schlafmöglichkeiten bestanden. Es sagten lediglich Michaela und Udo, Norbert und ein weiterer Arbeitskollege von Richard zu. Katarinas Freunde hatten keine Lust auf Karaoke und die weite Fahrt. Katarina hatte vorgeschlagen, Fondue zu machen, und so begann sie am Silvesterabend den Tisch zu decken. Als sie beinah fertig war, sagte Richard: „Ich habe extra eine

Tischdecke mit marokkanischem Design besorgt, die müssen wir unbedingt aufdecken. Das sieht bestimmt toll aus."

Katarina fiel nun nichts mehr ein. „Aber ich bin jetzt fast fertig mit dem Tisch decken. Dann müssen wir ja wieder von vorne beginnen! Ich hab dich doch gerade noch gefragt, ob du noch Ideen für die Tischdeko hast."

Richard lächelte verschmitzt, wie immer in solchen Situationen, in denen sich Katarina einfach nur auf den Arm genommen vorkam, und fing an, den Tisch wieder abzuräumen.

„Das machst du jetzt aber alleine. Ich sehe fern." Sie setzte sich auf die Couch und streikte. Normalerweise hätte sie ihm geholfen, aber wenn er sie so auflaufen ließ, konnte sie platzen vor Wut.

Die Gäste klingelten auch schon bald und nichts war fertig. Katarina hatte Sorge, dass ihre Freunde sie für eine schlechte Gastgeberin halten könnten, aber Michaela nahm ihr diese Befürchtung gleich.

„Na, hat Richard dich mal wieder genervt?", fragte sie verständnisvoll. Sie stellte ihren Salat auf den halbwegs gedeckten Tisch. „Wir gehen das Ganze heut Abend einfach ganz gemütlich an. Wer möchte einen Aperitif?", fragte sie in den Raum und holte eine Flasche Sekt aus ihrer Tasche hervor. „In der Zwischenzeit können die Männer dann mal das Fondue richtig aufbauen."

Bald war alles fertig und sie setzten sich gemütlich an den Tisch und aßen das vorbereitete Fleisch. Es war ein lustiger und gemütlicher Silvester-Abend und es wurde viel gelacht und getrunken. Katarina hatte eine gute Stimme und gewann den Karaoke-Contest vor Norbert, der ein hervorragender Howard-Carpendale-Imitator war. Dann ging sie mit Michaela nach draußen, um eine Zigarette zu rauchen, und erzählte ihr von dem verunglückten Weihnachtsgeschenk.

„Das ist aber 'n starkes Stück. Das würde Udo sich nicht bei mir trauen!"

Katarina war sich inzwischen darüber im Klaren, dass Richard sie nie heiraten oder sie ein Kind von ihm bekommen würde.

Sie hatte bereits beim Essen eine Menge Wein und als Aperitif zwei Gläser Sekt getrunken. Zum Jahreswechsel schüttete sie den Champagner, den Michaela und Udo großzügig spendiert hatten, ungezügelt in sich hinein. Bereits nach kürzester Zeit saß sie mit Richards Nachbarin, einer langweiligen, überschminkten Blondine, auf dem Sofa und lallte Weisheiten, die nur die Blondine zu interessieren schienen. Man unterhielt sich unter Betrunkenen und verständigte sich unter Gleichgesinnten. Katarina bemerkte, wie ihr langsam immer schwindeliger wurde.

Als sie die Blondine zur Tür brachte, merkte sie, wie es ihr der Boden unter den Füßen wegzog. Sie fand gerade noch den Weg zur Gäste-Toilette und konnte nicht aufhören, sich zu übergeben. Allmählich schwanden ihr die Sinne und sie bekam kaum noch mit, wie die anderen sie in ihr Bett brachten.

Als Richard ihr am nächsten Morgen berichtete, wie er alles aufgeräumt und geputzt hatte, konnte sie sich an Details des Abends nicht mehr erinnern.

„Irgendwie ist es doch beunruhigend, wenn ich mir meine Situation erträglich trinken muss und dann so die Kontrolle verliere", berichtete sie am nächsten Abend ihrer Freundin Petra.

„Ja, mit Ruhm hast du dich in dieser Situation sicher nicht gerade bekleckert. Sei mal froh, dass da nur gute Freunde von euch dabei waren und nicht irgendwelche Fremden."

„Da hast du recht. Michaela und Udo haben sich super verhalten. Sie haben kaum ein Wort über die Party und meinen unrühmlichen Abschied verlauten lassen und hatten einfach nur Verständnis dafür, dass man auch mal einen über den Durst trinken kann."

„Aber du hast hier ganz klar deine Probleme mit Richard wegtrinken wollen", gab Petra zu bedenken.

Und so blieb es im Raum stehen.

18. Matthias (Sternzeichen: Widder), der Mann aus den Bergen

„Egal, wie oft er scheitert, der Widder-Mann glaubt optimistisch daran, demnächst seine Traumfrau zu finden und mit ihr glücklich zu werden."
(Astrologie für Männer)

Katarina lebte ihr Leben mit dem gutaussehenden, aber anstrengenden Richard und versuchte sich so wenig wie möglich Gedanken über die Zukunft zu machen. Sie waren nun bereits ein Jahr zusammen und in ihrer Beziehung nicht weitergekommen. Je mehr Druck Katarina bei Richard aufzubauen versuchte, umso mehr Zeit ließ er sich mit dem Hausverkauf und der Trennung von seiner Frau. Vielleicht wollte er sie einfach nur ärgern und hatte längst die Reihenfolge seines Vorgehens festgelegt, aber das gab er ihr gegenüber nie zu. So war sie allein gelassen mit ihren Zukunftswünschen und der Sehnsucht nach einer Familie. Ihre eigene Familie war zwar am Leben, aber nicht für sie da. Nicht nur einmal hatte sie das in der Vergangenheit erlebt. Sie sehnte sich nichts so sehr herbei wie eine eigene Familie und etwas Geborgenheit, die Richard ihr zum aktuellen Zeitpunkt nicht geben konnte und wollte.

Beim nächsten Frauenabend bahnte sich auch noch eine Verschlimmerung ihrer Situation an. Ulla, die inzwischen mit einem italienischen Kellner zusammen war, traute sich als Erste.

„Ich muss euch etwas Tolles berichten: Ich bin schwanger und bereits im fünften Monat!"

Ulla war schon immer etwas pummliger gewesen, daher war ihre Schwangerschaft niemandem aufgefallen.

„Tja, da möchte ich mich gerne anschließen. Ich bin auch wieder schwanger und wenn alles gutgeht, bin ich drei Monate später dran", legte Petra nach.

Britta und Katarina schauten sich ungläubig an, jede in der Erwartung, dass die andere nun auch noch ihre Schwangerschaft bekannt gäbe.

Katarina war die Erste, die die Sprache wiederfand. „Einen Long Island Icetea bitte, einen doppelten", bestellte sie und gratulierte dann ihren Freundinnen zum unverhofften Mutterglück.

„Na, dann können wir ja wohl demnächst unseren Frauenabend einstampfen", mutmaßte Britta, als sie ihre Sprache wiedergefunden hatte.

„Ach was, das glaube ich nicht. Wir haben doch beide unsere Männer daheim. Die können doch auch mal auf die Kinder aufpassen", meinte Petra.

Am nächsten Tag war die Firmen-Weihnachtsfeier angesagt. Katarina hatte nicht wirklich Lust auf diese Veranstaltung, da sie sich nicht in der Öffentlichkeit (sprich: auf der Arbeit) mit Richard zeigen konnte. Er wollte ihre Beziehung geheim halten; auch darin sah Katarina ein Indiz für deren kurze Halbwertzeit. Michaela und Udo zeigten ihre Beziehung bereits jetzt völlig offenkundig und kamen gemeinsam mit einem Auto zur Arbeit. Richard warf ihr zwar während der Feier vielsagende Blicke zu, aber dabei blieb es auch.

Um zehn Uhr, als die Stimmung auf dem Höhepunkt zu sein schien (Katarina hatte daran nicht wirklich Anteil), gab es eine Karaoke-Einlage. Linda, die Kollegin, mit der Richard eine Affäre in Singapur gehabt hatte und die gerade ein Praktikum in Frankfurt machte, stand auf der Bühne. Sie hatte eine wirklich schöne Stimme und Katarina sah sie zum ersten Mal. Und wen sie noch sah, war Richard, der wild klatschend vor der Bühne klebte! Linda schmachtete ihn an und schien nur für ihn zu singen ...

Das war zu viel für Katarina. „Mir reicht's für heute. Ich nehm mir ein Taxi und fahr nach Hause. Sag Richard bitte, dass ich weg bin", sagte sie zu Michaela.

„Kann ich verstehen, dass du sauer bist. Die ziehen da ja auf der Bühne voll die Show ab. Wir bleiben auch nicht mehr lange und Udo fährt noch."

Am nächsten Tag wunderte sich Richard über Katarinas plötzlichen Abgang: „Hättest ja wenigstens noch kurz Tschüss sagen können."

„Du warst doch viel zu sehr mit deiner Singapur-Maus beschäftigt", entgegnete Katarina schnippisch.

„Ich weiß überhaupt nicht, was du meinst. Wir sind immer noch gute Freunde und ich hatte gestern Abend kaum Gelegenheit, mit ihr zu sprechen."

Katarina war trotzdem tief verletzt, was Richard in seiner üblichen sorglosen Art nicht bemerkte.

„Wir fahren übrigens mit ein paar Leuten aus dem letzten Kuba-Urlaub auf eine Hütte in Tirol zum Skifahren", legte Katarina nach. „Möchtest du vielleicht mitkommen?" Sie kannte bereits seine Antwort.

„Das ist über Karneval, da bin ich gern zuhause und ich kenne die Leute ja alle nicht. Fahr mal ruhig alleine", kam es dann auch prompt zurück.

Und wieder war Katarina allein unterwegs. Der Skiurlaub kam näher. Im letzten Urlaub, den sie mit ihrer Freundin Caroline auf Kuba verbracht hatte, hatte sie eine Gruppe von Leuten kennengelernt: Marie und Antti, sie Polin, er Finne, arbeiteten beide bei Nokia in Bochum, Claudia war mit ihrem Leumund als Waisenkind auf Urlaub gefahren und Gernot, der immer schwarz gekleidete Tiroler, der nie am Strand lag. Mit Gernot hatten sie in einem Mietwagen die Gegend der Insel auf eigene Faust erkundet; er war selbstständiger Architekt in Innsbruck und immer auf der Suche nach einem traumhaften Grundstück für sein nächstes Hotel.

Abends kam die Gesellschaft immer zu einem Cocktail (oder zweien) zusammen und Gernot erzählte eines Abends von seiner Skihütte, die er oberhalb von Innsbruck besaß. „Ihr fahrt doch bestimmt alle gut Ski, oder? Warum kommt ihr denn nicht mal vorbei und wohnt für eine Woche auf meiner Hütte?"

„Na ja, *gut Ski fahren* ist jetzt etwas übertrieben",

meinte Claudia. „Ich bin mal während meiner Schulzeit ab und zu im Thüringer Wald Langlauf gefahren. Ich weiß gar nicht, ob ich das noch kann."

„Und ich bin erst zweimal mit Antti in Finnland auf Skiern gestanden", fügte Marie hinzu.

„Ach, das passt schon", ließ sich Gernot nicht von seiner Idee abbringen.

Und so kam im darauffolgenden Jahr eine recht bunte Truppe mit zwei Autos auf Gernots Hütte an. Claudia hatte ihren neuen Freund mitgebracht, der zwar gut aussah, aber allen gleich negativ auffiel, auch weil er mal eben die Route änderte und so alle in einen langen Stau führte. Claudia und ihr Freund Rolf schliefen freiwillig in Schlafsäcken auf dem Dachboden, weil sie es dort so gemütlich fanden. Marie und Antti teilten sich ein kleines Doppelzimmer genauso wie Katarina und Claudias Freundin Nele, die von ihrem Job als Krankenschwester aus der Schweiz angereist war. Caroline hatte leider sehr viel auf der Arbeit zu tun und konnte nicht mitkommen. Für die komplette Gruppe von sechs Personen gab es nur ein kleines Badezimmer und so waren die morgendlichen Querelen schon vorhersehbar.

Claudia brauchte ungefähr anderthalb Stunden im Bad, weil sie sich jeden Morgen ihre langen Haare wusch und föhnte und perfekt geschminkt auf die Piste wollte. Antti saß immer mindestens eine halbe Stunde auf der Toilette und danach war diese für eine genauso lange Zeit nicht benutzbar.

Katarina hielt sich aus allem raus. Da sie morgens immer nur eine Viertelstunde brauchte und ihr Zimmer gleich neben dem Bad lag, passte sie immer genau die Zeit zwischen Antti und den anderen ab und hatte so morgens kaum Stress. Anders Claudia, die schon am zweiten Tag meckerte: „Super. Jetzt muss ich in meinem Urlaub auch schon um sechs Uhr aufstehen und jeden Morgen Frühstück machen."

„Hey, wenn du unbedingt wie die Schönheitsqueen aussehen musst, dann ist das eben so", entgegnete Antti, der wenig Sinn für allzu herausgeputzte Frauen und den dazugehörigen Stress hatte.

„Dafür spülen die anderen später das Geschirr ab und du kannst relaxen, Claudia", ging Marie diplomatisch dazwischen.

Am nächsten Tag wurde die Gesellschaft von Gernot mit frischen Brötchen bedacht und danach zum Skifahren abgeholt. Bis alle zusammen auf der Piste nahe Innsbruck waren, vergingen noch einige Stunden und so standen sie erst gegen vierzehn Uhr auf ihren Skiern.

„Wenn das so weitergeht", sagte Katarina zu Gernot, die mit ihm im Wagen fuhr, „komme ich hier kaum zum Skifahren."

„Na, das wird schon besser in den nächsten Tagen", antwortete Gernot gewohnt optimistisch. „Ich habe mir vorgenommen, euch die schönsten Skigebiete in der Umgebung zu zeigen."

Mit Nele tat sich Gernot an diesem Tag recht schwer, obwohl er natürlich ein hervorragender Skifahrer war. Sie war pummelig und unsportlich und lag bleischwer in seinen Armen, wenn er versuchte, sie nach einem ihrer vielen Stürze aufzurichten.

„Morgen kommt ein Freund von mir mit. Dem Matthias habe ich erzählt, was für super Skifahrer ihr seid, und er freut sich schon auf euch", sagte Gernot abends beim gemeinsamen Essen auf der Hütte. Dabei hatte er natürlich gnadenlos übertrieben: Antti und Katarina fuhren bereits seit ein paar Jahren Ski und kamen mehr oder weniger stilvoll jede Piste runter, Claudia gewöhnte sich gerade an die Alpin-Ski, ihr Freund hatte spontan keine Lust mehr auf Skilaufen und blieb tagsüber auf der Hütte, und Nele war blutige Anfängerin. „Na, wenn du deinem Freund da mal nicht zu viel versprochen hast", sagte Katarina.

Am nächsten Morgen ging es bereits um elf Uhr los, weil man Matthias noch in Innsbruck abholen musste und dann mit drei Autos nach Serfaus ins Skigebiet fuhr. Über einen geschlängelten Pfad erreichten sie schließlich ein architektonisch interessantes Gebäude, komplett aus Holz gebaut mit vielen Fenstern und einem riesigen Garten. Da kam auch schon ein stattlicher Mann mit roter Skijacke aus dem Haus. Er hatte leicht angegrautes, dichtes Haar und wirkte sportlich und attraktiv. Katarina, die wieder mit Gernot fuhr, schaute zu Claudia in den Nachbar-Wagen und sah, wie sie den Daumen hob. Dieser Typ war eine echte Bereicherung! Wie sehr, das sollte sich allerdings noch zeigen.

Matthias fuhr mit eigenem Auto und die zwei anderen Wagen versuchten mit ihm Schritt zu halten. Er fuhr so eng und schnell in die Kurven, dass selbst Gernot hier und da auf die Bremse gehen musste. Antti fluchte nachher über die „seltsame Fahrweise der

Inländer".

Nachdem alle Skimaterial hatten, fuhren sie gemeinsam mit der Gondel hoch bis zur Mittelstation und plötzlich war Matthias verschwunden.

„Na toll", meinte Katarina zu Gernot. „Sagtest du nicht, dass dein Freund mit uns Ski fahren will?" Sie fuhr mit Antti die Piste runter und bei der nächsten Auffahrt mit der Gondel entdeckte sie Matthias, wie er Claudia half, die Piste einigermaßen glücklich herunter zu kommen. *Das ist ja mal wieder typisch,* dachte sie. *Alle Männer stehen auf diese geschminkten Skihasen mit langen Haaren und gespieltem Beschützer-Bedürfnis.*

Sie verbrachten einen schönen Skitag bei Sonne und besten Schneeverhältnissen in Serfaus. Katarina sah Matthias den ganzen Tag nicht, da er wohl ausschließlich mit Claudia fuhr und sie in die Geheimnisse des Skifahrens einweihte (und wer wusste, worin noch). Gernot mühte sich mit Nele ab und bekam leider nicht die erhoffte Unterstützung von seinem Freund. Nach einem kurzen Après-Ski, bei dem Katarina feststellen konnte, dass dieser Matthias tatsächlich umwerfend aussah mit seinen wachen braunen Augen, der stattlichen Figur und dem angegrauten, dichten Haar, war es Zeit für die Heimfahrt. Katarina hatte kein Wort mit Matthias geredet, er widmete sich komplett Claudia, die ausgiebig die Gelegenheit nutzte, mit ihm zu flirten, da ihr Freund nicht dabei war.

Während der Autofahrt plauderte Gernot aus dem Nähkästchen: „Matthias ist ein wirklich guter Freund, aber er ist da familiär in was hineingeraten, wo er nicht wieder rauszukommen scheint. Seine Frau ist eine arbeitsscheue Esoterikerin und in letzter Zeit geht sie auch noch fremd." *Aha, natürlich hat er eine Frau,* dachte Katarina hämisch. „Die beiden Kinder sind noch zu klein, als dass sie etwas mitbekämen, aber die ganz große Idylle ist das schon lange nicht mehr. Ich freue mich, wenn ich ihm mal ein bisschen Abwechslung verschaffen kann."

Katarina schaute ihn verächtlich an. „Wie war das denn jetzt gemeint?"

„Ja, beim Skifahren natürlich nur!"

Matthias lud die ganze Gesellschaft in sein Haus auf einen Schnaps ein. Durch eine Art Wintergarten betraten sie den Flur, in dem sich bereits Berge von Schuhen, Turnbeuteln und anderen Anziehsachen türmten. Katarina rümpfte die Nase, zog ihre Schuhe aus und stieg über den Haufen von Unordnung hinweg.

„So einen chaotischen Eingangsbereich habe ich noch nie bei einem Haus erlebt", tauschte sie sich später mit Marie aus.

„Das Beste hast du gar nicht gesehen", erwiderte diese. „Auf der Gäste-Toilette stand noch ein komplett beladener Kleiderständer, sodass man nur im Slalom aufs Klo kam."

Matthias' Frau stand in der offenen Küche und kochte, nahm aber ansonsten kaum Kenntnis von seiner Besuchergruppe, geschweige denn dass sie sich dazugesellt hätte. Sie war groß, schlank und dunkelhaarig und trug eine schlabbrige Jogginghose und T-Shirt.

Matthias bot allen in der gemütlichen Sitzecke einen Schnaps an. Der tat gut und die Gesellschaft wurde merklich lockerer.

„Wisst ihr eigentlich, wie der Gernot euer Skifahren gelobt hat?", rückte er schließlich heraus. Alle schüttelten den Kopf. „Er sagte, zwei von euch fahren super, eine mittel und eine ist Anfängerin. Daher bin ich grad ab der Mittelstation direkt losgefahren, weil ich dachte, ihr würdet mich sonst noch überholen."

Die Gruppe prustete los. Keiner hier hätte es in irgendeiner Weise mit dem schnittigen Tiroler im Skifahren aufnehmen können und Gernot hatte wohl maßlos übertrieben in seiner sympathischen Gutmütigkeit.

Katarina war nun besser gestimmt, weil sie Matthias in einem anderen Licht sah. Nach zwei bis drei Schnäpsen machte sich die Gesellschaft wieder auf und Matthias kam mit auf die Hütte, um mit der Reisegruppe aus Deutschland einen gemeinsamen Hüttenabend zu verbringen. Er hatte auch versprochen zu kochen, was alle in Hochstimmung versetzte, da man die Hausmannskost von Rolf inzwischen satt hatte.

Katarina gesellte sich nur schüchtern zu Matthias in die Küche, da sie bisher in ihrem Leben noch nicht so oft und erst recht nicht für so viele Leute gekocht hatte und sich für keine gute Hilfe hielt. Bisher hatte sie sich immer freiwillig zum Abwasch gemeldet. Er spannte sie jedoch für verschiedene Aufgaben beim Kochen ein und so hatten sie in kürzester Zeit einen delikaten Wurstgulasch gezaubert.

„Wenn ihr immer so gut kocht, dürft ihr das jetzt

täglich tun", sagte Claudia beim Essen mit einem Seitenhieb auf ihren Freund, der bisher die Küche geschmissen hatte.

Nach dem Essen rauchten Antti und Matthias eine Pfeife und die Hütte füllte sich mit vanilligem Tabakduft. Claudia, Marie und Katarina hatten sich zusätzlich zu dem Bier zum Essen noch einige nachträgliche Schnäpse genehmigt und waren sichtlich angeheitert. Matthias, der bisher noch nicht viel mit Katarina gesprochen hatte (abgesehen von den Anweisungen beim Kochen), setzte sich nach einiger Zeit zu ihr und fragte, ob er ihr die Füße massieren dürfe. Katarina nickte (später schob sie es auf ihren schwer alkoholisierten Zustand) und Matthias zog ihr irgendwann die Socken aus. Sie genoss die Massage, die er zwar kräftig, aber nicht unsensibel durchführte. Daran, was sie an diesem Abend gesprochen hatten, erinnerte sich Katarina nicht mehr.

Gegen Mitternacht verabschiedete sich Matthias und nahm Gernot mit runter nach Innsbruck.

„Meine Lieben, morgen früh hole ich euch bereits gegen zehn Uhr ab. Wir fahren nach St. Johann zum Wilden Kaiser."

Katarina ging gleich danach ins Bett. Sie war unglaublich betrunken.

Am nächsten Morgen hatten alle einen kleinen Kater, aber nach einem leckeren Frühstück mit diesmal aufgebackenen Brötchen und der üblichen „Badezimmer-Arie" stand die Gruppe gegen zehn Uhr tatsächlich für

Gernot parat. Leider kam Gernot aber diesmal nicht; er übermittelte per SMS, dass er noch beruflich aufgehalten würde.

„Das ist ja auch kein Wunder. Der arme Mann hat einen anstrengenden Job und bespaßt uns noch nebenbei. Wir könnten auch mal alleine fahren", schlug Marie vor.

Gegen elf Uhr kam er schließlich und sie fuhren – spät wie immer – in Richtung St. Johann. Gernot fuhr mit Katarina, die vorne saß, und Claudia im Auto und hatte viel zu erzählen.

„Na hör mal, Katarina, den Matthias hast du aber beeindruckt, meine Liebe! Der ist ja hingerissen von dir. Er hat sich total in dich verliebt. Du seist so eine tolle Frau, hat er gestern Abend dauernd gesagt."

„Das ist ja alles schön und gut, aber immerhin ist er verheiratet und hat zwei Kinder" war alles, was Katarina erwiderte (dass sie selbst auch noch liiert war, verschwieg sie in diesem Moment).

Das Skigebiet war riesig und so teilten sie sich auf. Gernot fuhr mit Nele den Anfängerhang und Katarina, Antti, Marie und Claudia versuchten sich an den roten und schwarzen Pisten. Da es bereits gegen drei Uhr nachmittags anfing, dunkel zu werden, hatten sie nur einige Stunden auf der Piste. Als sie schließlich alle vier, Katarina voran, eine schwarze Piste hinunterfahren mussten, um wieder an ihren Treffpunkt zu kommen, verlor Claudia die Nerven und die Kontrolle über ihre Ski. Katarina wurde abgedrängt und musste auf eine abseits liegende Tiefschneepiste ausweichen.

Als sie sich schließlich alle unten im Café trafen, wo sie ihren Treffpunkt ausgemacht hatten, sagte Katarina erleichtert: „Gut, dass ihr alle wieder hier seid. Ich hatte mir schon Sorgen gemacht, hab aber selbst einige Zeit gebraucht, um mich wieder im Gelände zurechtzufinden. Ich war völlig abseits der normalen Pisten und fahre ja nun auch nicht so gut Ski."

Matthias war durch Zufall auch im Café, und zwar mit seiner kompletten Familie: „Gernot musste noch was beruflich erledigen. Er kommt dann aber auf jeden Fall heut Abend zu euch rauf." Er saß Pfeife rauchend zwischen seiner Frau und seinen zwei kleinen Jungs, die ihn um ein Eis anbettelten, aber er blieb hart. Katarina bestellte sich einen Lumumba, weil sie doch arg durchgefroren war. Wenige Minuten später wurde dann Matthias' Söhnen doch ein stattliches Eis serviert. „Ich hab's ihnen erlaubt", sagte seine Frau nur kurz angebunden und das war auch das letzte Wort, das Matthias im Café verlor. Er war sichtlich angenervt.

An diesem Abend wollten sie eine Abschiedsfeier machen. Katarina hätte gern noch ein paar Tage verlängert. Eigentlich hatte sie Richard in der Zeit überhaupt nicht vermisst. Er rief nicht an und hatte ihr nur eine SMS geschrieben, dass er mit seiner Singapur-Kollegin zum Shoppen und auf dem Karnevalszug war. Das wiederum hatte Katarina nur für kurze Zeit auf die Palme gebracht. Dann war sie wieder abgelenkt von den Vorkommnissen auf der Hütte.

Sie kochten gemeinsam Sauerkraut mit Kassler und Kartoffelpürree und Gernot kam gegen acht Uhr dazu und brachte einen süffigen Rotwein mit.

„Matthias kommt auch noch", berichtete er.

„Na, dann kann Antti wieder mit ihm rauchen. Das wird ihn freuen", sagte Marie. Und Claudia machte noch schnell ihren Freund eifersüchtig: „Ihr müsst euch unbedingt mal seine Beine anschauen. Der hat durchs Skifahren wahrscheinlich so knackige Waden bekommen, wie ich sie bisher noch nicht gesehen hab!"

„Meine Waden sind dir wohl nicht gut genug", entgegnete Rolf beleidigt. Katarina ließ Matthias den anderen seine Waden zeigen, als er gegen neun Uhr abends sichtlich gestresst die Hütte betrat.

Sie hatte im Café kaum ein Wort mit ihm gesprochen und wusste jetzt überhaupt nicht, wie sie sich ihm gegenüber verhalten sollte. Sie versuchte möglichst cool zu bleiben, auch auf die Gefahr hin, dadurch eher abweisend zu wirken. Sie tranken also einige Gläser Rotwein in der großen Runde und bereits nach einer Stunde wollte Matthias wieder aufbrechen.

„Ich wünsche euch eine gesunde Rückfahrt und bleibt weiter dran am Skifahren. Hoffentlich sehen wir uns noch mal wieder."

„Wie, du willst doch wohl nicht jetzt schon fahren?", protestierte Claudia.

„Die Kinder sind allein zuhause und ich hab versprochen, nicht so lange wegzubleiben. Sie können zwar auch zu den Großeltern gehen, aber ihr wollt doch bestimmt morgen auch früh los."

„Alles halb so wild. Wir müssen noch die Hütte sauber machen und dann fahren wir gemütlich gegen elf

Uhr los", sagte Antti.

Katarina hatte sich bereits von Matthias verabschiedet und ihm noch einmal tief in die Augen geschaut. Sie konnte diese lange Abschiedszeremonie einfach nicht ertragen.

„Tschüss, Matthias. Hat viel Spaß gemacht, mit dir zu kochen", sagte sie und gab ihm zwei Bussis auf die Wangen. „Ich habe wohl zu viel getrunken und verabschiede mich. Hoffe, wir sehen uns mal wieder", und schon war sie in ihrem Zimmer verschwunden.

Die anderen versuchten Matthias noch wenigstens auf einen Wein dazubehalten und er rauchte noch eine Pfeife mit Antti. Katarina hörte die Geräusche von ihrem Zimmer aus. Einer nach dem anderen ging ins Bett und sie hatte Matthias auch schon längst in seinem eigenen Bett gewähnt, da öffnete sich die Tür und er betrat das fast dunkle Zimmer.

„Die anderen sagen, ich darf mich vielleicht noch etwas ausgiebiger von dir verabschieden", und schon beugte er sich zu ihr hinab und küsste sie. Sie ließ es geschehen und genoss seine weichen Lippen. Er konnte nicht nur gut Ski fahren, sondern auch küssen!

Katarinas Zimmergenossin Nele hatte es sich auf der Couch im Wohnzimmer gemütlich gemacht und so hatten Matthias und Katarina die ganze Nacht für sich. Sie küssten und liebkosten sich und genossen die Zweisamkeit. Gegen vier Uhr morgens zog sich Matthias leise an und verabschiedete sich.

„Das war wunderschön und ich hätte nie gedacht, dass ich so etwas noch einmal erleben würde."

Matthias küsste sie zärtlich. „Ich muss jetzt zurück, aber ich habe von Gernot deine Telefonnummer bekommen und wir bleiben in Kontakt, gell?"

Katarina nickte.

19. Matthias
oder Funktioniert das gleiche Sternzeichen?

„Leidenschaft und Romantik sind dem Widder nicht fremd; er geht jede Beziehung extrem dynamisch und idealistisch an und macht dabei keine halben Sachen."
(Astrologie für Männer)

Nach Matthias' Abfahrt kam Katarina nicht mehr in den Schlaf. Sie war seltsam aufgeregt und glücklich zugleich. Es war solch eine unerwartet schöne Nacht gewesen! Wer hätte gedacht, dass ihre Mit-Skifahrer so nett gewesen wären und Matthias förmlich genötigt hatten zu bleiben und an Katarinas Tür zu klopfen? Wahrscheinlich hatten die anderen auch inzwischen gemerkt, dass hier zwei unglückliche Seelen zusammengefunden hatten, und man gönnte ihnen ihr Glück.

„Na, wie war die Nacht?", fragte Nele grinsend. „Ich hoffe, es hat sich wenigstens gelohnt, dass ich die ganze Nacht auf dem ungemütlichen Gästesofa verbringen musste!"

„Oh ja, ich bin noch immer wie in Trance. Es war eine wunderschöne Nacht, aber die ist jetzt vorbei und Matthias ist wieder bei seiner Familie und ich fahre zurück zu meiner unerfüllten Beziehung und meiner Arbeit. Er wird mich sehr schnell vergessen, da wäre er nicht der Erste", entgegnete Katarina traurig.

„Hey, sei mir nicht böse", mischte sich Claudia ein, die das Gespräch mitangehört hatte, während sie die Küche aufräumte. „Aber ich fresse einen Besen, wenn der sich nicht mehr meldet. Er ist so verliebt in dich. Das sagt übrigens auch Gernot."

„Ja, ja. Verliebt sein ist immer schön, aber die Konsequenzen ziehen, das hat bisher noch keiner geschafft."

„Gib die Hoffnung nicht auf, vielleicht hast du ja auch mal den Richtigen erwischt", sagte Gernot, der zur Verabschiedung noch mal schnell in der Hütte vorbeigekommen war. „Ich denke, Matthias ist so weit. Er hat inzwischen schon so viel bei seiner Frau mitgemacht, dass ich es ihm gönne, dass er sich wieder neu verliebt."

Katarina schüttelte den Kopf. Diese Menschen hatten alle nicht ihre schlechten Erfahrungen gemacht!

Aber bereits vor ihrer Abreise kam die erste Nachricht von Matthias: *Die Nacht mit Dir war wunderschön und ich werde sie nie vergessen. Vergiss Du mich auch nicht und hab eine gute Heimreise. Ich küsse Dich in Gedanken, M.*" Katarina durchlief ein warmer Schauer und sie spürte seit Langem wieder Flugzeuge im Bauch.

Sie verabschiedete sich von Gernot und den anderen; Claudia und Rolf fuhren gemeinsam, sie hatten sich näher kennengelernt und leider viel zu viel gestritten in diesem Urlaub. Sie trennten sich kurze Zeit später. Nele reiste zurück an ihren Arbeitsplatz in der Schweiz und Gernot fuhr zurück an seine Arbeit als Architekt in Innsbruck. Es war für alle eine sehr erlebnisreiche Woche gewesen, am meisten aber sicherlich für Katarina. Sie plauderte mit Marie und Antti im Wagen über die Ereignisse und versuchte Matthias etwas aus ihren Gedanken auszublenden; immerhin würde sie in ein bis zwei Tagen Richard wiedertreffen, mit dem sie außer einem kurzen Telefonat und einer SMS während des Urlaubs kaum Kontakt gehabt hatte. Sie sah nun ein, dass er tatsächlich nicht der Richtige war, und wollte gleich zuhause mit ihm Schluss machen.

Sie kamen gut durch auf ihrem Nachhauseweg und machten nur einmal Rast, damit die „Damen Pipi machen konnten“, wie Antti, der Finne, es gönnerhaft formulierte. Als sie bei einem Kaffee zusammenstanden, bekam Katarina eine SMS.

„Und, und, und, von wem ist sie?“, drängelte Marie neugierig.

„Wenn du denkst, sie ist von Matthias, muss ich dich enttäuschen. Der wird sich sicher nicht melden. Wir hatten eine schöne Nacht zusammen und nun ist er wieder zurück bei Frau und Kindern in seinem gewohnten Leben“, sagte sie nachdrücklich, schaute auf ihr Handy und sah mit Erstaunen, dass es doch Matthias war. Er hatte ihr gleich zwei SMS mit so viel Romantik und Sehnsucht formuliert, dass sie bis über beide Wangen errötete und grinste.

„Haha, von wegen *das ist er nicht*. Das sehe ich dir doch am Gesicht an“, lachte Marie.

Katarina fühlte sich die ganze Rückfahrt über wie auf Wolke sieben und ging am nächsten Tag beschwingt zur Arbeit.

Dort traf sie als Ersten Richard. „Na, schönen Urlaub gehabt?", fragte er nur kurz. Sie erzählte ein paar kleine Details, und das schien ihm auch schon zu genügen. „Ich habe gehört, sie haben deiner Versetzung zugestimmt", Richard war seit langer Zeit im Betriebsrat der Firma und Katarina hatte sich schon seit Langem in ihrer Position mit der aktuellen Chefin nicht mehr verstanden und um einen Wechsel gebeten. Ihre Miene erhellte sich.

„Vielen Dank für die Info. Das ist eine wirklich gute Nachricht!"

„Ich bin jetzt erst mal wieder für eine Woche in Indien und muss dort die Buchhaltung der Tochtergesellschaft klären", erklärte Richard nur kurz und verabschiedete sich mit einem flüchtigen Schmatzer.

Unter normalen Umständen wäre Katarina frustriert gewesen, dass sie ihren Freund nach einer Woche Urlaub gleich wieder verabschieden musste, aber jetzt war sie mit den Gedanken und dem Herzen nicht mehr bei Richard, sondern bei Matthias. Ob er wohl anrufen würde?

Am selben Abend noch meldete er sich. Obwohl sie sich doch erst seit so kurzer Zeit kannten, entstanden keine Gesprächslücken. Sie unterhielten sich den ganzen Abend am Telefon und Katarina hatte nach drei Stunden ein schmerzendes, rotes Ohr. Matthias erzählte von seiner Arbeit (er war Sachverständiger beim Amt für Umweltschutz in Innsbruck und ein studierter Diplom-Ingenieur) und von seinen Naturerlebnissen. Er nahm Katarina mit auf seine Reise in die sonnenumfluteten Berggipfel, die er während seiner Arbeit besuchte und fotografierte. Die Bilder fand Katarina gleich am nächsten Tag mit einem romantischen Gedicht in ihren Mails im Büro.

„Ich glaube nicht, dass es für ewig ist, und ich glaube auch nicht, dass er sich von seiner Frau trennen wird", erzählte sie Caroline einige Tage später beim Sushi in Frankfurt, „aber er ist so unglaublich romantisch und ich genieße es einfach."

„Ich bin echt neidisch, nicht dabei gewesen zu sein", erwiderte lachend die Freundin. „Vielleicht hätte Gernot ja noch einen Freund zu vergeben gehabt. Aber Spaß beiseite. Du solltest diesen Mann nicht so schnell gehen lassen, er scheint ja sehr verliebt in dich zu sein. Und lass nicht immer die schlechten Erfahrungen aus der Vergangenheit auf dich abfärben. Womöglich haben wir es hier mit jemand ganz anderem zu tun! Ich bin kolossal neugierig und würde ihn natürlich gern mal kennenlernen."

„Er hat mir bereits gestern nach unserem dritten Telefonat vorgeschlagen, dass wir uns wiedersehen. Er hat ein langes Wochenende frei, weil er auf der Veranstaltung einer Skiliftgesellschaft eingeladen ist, und kann mich und eine Freundin in einem guten Hotel unterbringen."

Caroline konnte an diesem Wochenende leider nicht dabei sein, da sie eine Familienfeier hatte, aber sie lernte Matthias später noch kennen.

In den kommenden Wochen telefonierten Matthias

und Katarina täglich mindestens drei Stunden, meistens abends, manchmal auch tagsüber im Büro, und ihre Kollegen grinsten, wenn sie auflegte, weil man ihren geröteten Wangen die Aufregung ansah. Richard merkte von all dem nichts, er hatte in dieser Zeit kaum Freiraum für Katarina und war froh, dass sie nicht zickte und seine Abwesenheit entspannt zur Kenntnis nahm. Auch als sie ihm verkündete, dass sie mit ihrer Freundin Ende März noch einmal zum Sonnenskilauf nach Tirol reisen wollte, machte er keine Anstalten mitzukommen, da er in den Osterferien seine beiden Töchter zu Besuch hatte. Dass Katarina während der Zeit ihren Geburtstag feierte, daran hatte er wohl gar nicht gedacht.

Gabi leitete die Jazztanzgruppe, in der Katarina bereits seit einigen Jahren mittanzte. Sie war gut zehn Jahre älter als Katarina, aber enorm attraktiv und als typische Tänzerin sehr extrovertiert. Im Moment trug sie zu ihrem immer farbenfrohen Make-up kurze, schwarz gefärbte Haare, war groß und hatte für ihr Alter noch eine hervorragende Figur. Unglücklicherweise hatte sich ihr langjähriger Freund vor ein paar Wochen von ihr getrennt und so nahm sie Katarinas Angebot auf etwas Abwechslung und Ablenkung gerne an und reiste mit ihr ins Pitztal zur Einladung der Liftgesellschaft.

Sie fuhren mit Gabis Auto und kamen nach einer kurzen Frühstückspause bei McDonalds problemlos über den Fernpass nach Österreich. Dort rasteten sie kurz und bewunderten auf dem Parkplatz des Restaurants „Zugspitzblick" die Aussicht auf das Bergmassiv von Deutschlands höchstem Berg.

„Ich hatte ganz vergessen, wie schön es hier ist. Thomas wollte in den letzten Jahren nicht mehr nach Österreich fahren, weil man ihn einmal ohne Vignette erwischt hat und er viel zahlen musste. Darüber hat er sich tierisch geärgert", sagte Gabi mit etwas Wehmut in der Stimme.

„Na, dann sei mal froh, dass du den Typen los bist und nun mit mir das Alpenpanorama genießen kannst", versuchte Katarina sie aufzumuntern. „Ich bin auch viel pflegeleichter!" Gabi lächelte und nickte.

Die Reise war bald zu Ende und Katarina spürte, wie die Aufregung in ihr wuchs.

„Was ist, wenn er inzwischen total unattraktiv geworden ist und ich ihn gar nicht mehr liebe?! Wir haben uns nur ein paarmal gesehen und fast immer waren die anderen dabei. Ich habe echt Schiss, dass das hier ziemlich in die Hose geht."

„Na, und wenn schon", entgegnete Gabi. „Dann haben wir ein paar schöne Tage in Tirol erlebt. Das Wetter ist ein Traum und wir machen uns jetzt einfach eine richtig schöne Zeit."

Katarina versuchte, nicht an Matthias zu denken, und konzentrierte sich darauf, die Berge um sie herum zu bewundern. Das war nicht schwer, denn trotz der fortgeschrittenen Jahreszeit glänzten die Alpen vor Schnee und der Kontrast mit dem klaren blauen Himmel war einfach traumhaft.

Sie kamen pünktlich im Hochzeigerlift an, wo sie

Matthias treffen sollten, der sie auf Gernots Hütte führte. Matthias übernachtete direkt am Hochzeiger, weil er dort eine Schulung machte und dabei jederzeit zwischendurch wegkonnte.

Als sie vom Parkplatz in Richtung der Gondelstation von Jerzens liefen, sah Katarina bereits Matthias in der Sonne vor einem Lokal sitzen. Er trug eine Weste zur Skihose und war braun gebrannt. Er lachte sie an und nahm sie in den Arm. Katarinas Herz machte einen Sprung und ihre Unsicherheit war verflogen. Sie fühlte mit einem Mal eine solche Wärme, die von diesem Mann ausging, dass sie sich einfach gehen ließ. Sie küssten sich zärtlich und Katarina stellte Gabi vor. Nach einem gemeinsamen Kakao mit Rum in der Sonne waren sich Gabi und Matthias gleich sympathisch und Gabi folgte Matthias zur Hütte von Gernot.

Er musste jedoch gleich wieder weg. „Ich muss noch mal nach Hause und komme euch dann gegen acht Uhr abholen. Wir haben eine Einladung zum Essen von den Geschäftsführern des Pitztals und da darf ich euch mitbringen."

Katarina, glücklich wie schon lange nicht mehr, nickte nur. Gabi versuchte in der Zwischenzeit den Holzofen in der Hütte anzuzünden, was sich als schwieriges Unterfangen erwies. „Also, ich bin ja wirklich technisch begabt und kann dir jeden Autoreifen wechseln, aber hier komme ich irgendwie nicht mehr weiter." Schließlich schaffte sie es doch, den Ofen zu aktivieren, und die Hütte wurde mollig warm. „Ist aber nett vom Gernot, dass er uns hier übernachten lässt", sagte sie.

„Er ist halt eine Seele von Mensch", nickte Katarina. „Morgen fahren wir dann gemeinsam mit Matthias Ski, dann wirst du ihn auch noch näher kennenlernen, und danach sind wir auf einer superschönen Hütte direkt auf der Skipiste. Die Besitzer sind gute Bekannte vom Matthias und so hat er noch zwei Zimmer für uns bekommen, damit wir auch schön in meinen Geburtstag feiern können", sagte sie mit einem Lächeln.

Sie machten sich ein bisschen, aber nicht zu schick für den Abend zurecht, weil man ja in Tirol etwas legerer unterwegs war. Katarina wäre lieber mit Matthias alleine gewesen, freute sich aber auch auf ein gutes Essen. Er trug immer noch dieselbe Weste, hatte aber die Skihose gegen eine Cordhose getauscht, die ihm durchaus gut stand. Katarina war immer noch auf ihrer Wolke und konnte auf der Fahrt von der Hütte zum Restaurant kaum den Blick von ihm wenden. Er konnte sich ebenfalls – trotz des schwierigen Geländes – kaum aufs Fahren konzentrieren und berührte sie so oft es ging zärtlich. Gabi hatte schon etwas Sorgen, ob sie auch gesund bei der Feier ankommen würden, aber Matthias schien alles im Griff zu haben.

Als sie auf der Festivität eintrafen, waren schon viele Leute da, die die Neuankömmlinge mit lautem Gegröle begrüßten. Gabi und Katarina fühlten sich nicht so recht wohl in ihrer Haut. Matthias stellte sie als Bekannte aus Deutschland vor, aber jeder wusste natürlich, dass eine dieser beiden attraktiven Frauen zu ihm gehörte. Die Gastgeberin würdigte die Deutschen keines Blickes und sagte nur zu Matthias: „Servus,

Matthias, hast du deine Skihaserl mitgebracht?" Katarina war heilfroh, dass Gabi sie begleitete, ansonsten wäre sie wahrscheinlich im Boden versunken.

„So, jetzt sind wir Skihasen", sagte Gabi hinterher gespielt streng zu Matthias.

„Ach Mädels, das dürft ihr nicht so eng sehen. Das ist eher ein Kompliment!"

„Auf so'n Kompliment verzichte ich gerne", sagte Katarina verärgert, dann ließ sie sich aber von Matthias' guter Laune anstecken. An ihrem Tisch saß noch ein einzelner Mann in Gabis Alter, mit dem sie sich auf Anhieb gut verstand. So konnten alle ungestört den Abend und das wunderbare Essen genießen. Matthias war ein Genussmensch, das merkte Katarina gleich, er wollte alles probieren (auch den Wein) und gegen Mitternacht löste sich die Feier auf und die Leute verabschiedeten sich.

„Sag mal, Matthias, kannst du eigentlich bei deinem Alkoholkonsum noch fahren?", fragte Gabi, die auch etwas angeschlagen war.

„Klar. Den Weg zur Hütte finde ich auch blind."

Katarina und Gabi sahen sich an, aber keine von ihnen hätte noch selbst fahren können, und so mussten sie sich auf Matthias' Aussage verlassen. Katarina war sich der Gefahr nicht wirklich bewusst, sie hatte den Abend mit ihm zu sehr genossen, als dass sie jetzt eine Szene gemacht hätte. Sie ergab sich in ihr Schicksal und er brachte beide – mit durchaus gefährlichen Fahrmanövern, aber unversehrt – auf die Hütte zurück.

„Ich kann leider nicht bleiben. Morgen früh muss ich

schon pünktlich im Büro sein und meine Frau wundert sich sonst, wo ich den Abend verbracht habe. Ich muss wenigstens heut Abend zuhause schlafen, morgen Mittag gehen wir dann zusammen mit Gernot durch Innsbruck. Das ist eher unauffällig. Und übermorgen sind wir dann eh gemeinsam auf der Skihütte."

Katarina war ein wenig enttäuscht; sie hätte auch gern noch die Nacht mit diesem interessanten, gutaussehenden, warmherzigen Menschen verbracht. So trank sie mit Gabi noch einen letzten Schnaps als Absacker und ging nach einem ereignisreichen Tag glücklich ins Bett.

Am nächsten Morgen schliefen sie aus und frühstückten die Reste, die sie sich von der Fahrt aufgehoben hatten. Beide waren noch etwas angeschlagen von dem vielen Wein des Vorabends und daher froh, dass sie niemand beim Pyjama-Frühstück störte. Gegen Mittag kam dann tatsächlich Gernot vorbei und holte sie zu einem Sightseeing-Trip ins benachbarte Innsbruck ab. Sie besichtigten die wichtigsten Gebäude und Sehenswürdigkeiten und trafen dann Matthias in einer Einkaufspassage, die das Architekturbüro von Gernot entworfen hatte. Sie fuhren mit dem Aufzug zu einem Restaurant, das, im fünfzehnten Stock gelegen, einen wunderschönen Blick über die Stadt bot.

Matthias wirkte seltsam gehemmt, er sagte kaum ein Wort. Er trug wieder die Weste und die Cordhose vom Vortag, aber Katarina störte das nicht. Sie himmelte ihren Mann aus den Bergen an. Er aber reagierte nur sachlich und Katarina fragte ihn, was los sei.

„Ich kenne hier in Innsbruck zu viele Leute und möchte nicht mit dir gesehen werden", sagte er fast abwesend.

Katarina war überrascht und antwortete: „Aber es wird doch wohl niemand argwöhnisch werden, wenn du mit einer Gruppe von Leuten ins Restaurant gehst?"

„Nein, sicher nicht. Ich möchte dich so gern in den Arm nehmen, aber das kann ich hier nicht."

Katarina war wieder beruhigt und flüsterte ihm ins Ohr: „Ich bin auch ganz lieb. Wir haben ja bald unsere Zeit auf der Hütte und dann können wir noch ganz viel kuscheln."

„Oh ja, da freu ich mich schon riesig drauf", sagte er, nun schon etwas entspannter. Er musste aber schon bald weg zu einer erneuten Besprechung im Rathaus und Gabi und Katarina genossen mit Gernot noch den Rest des Nachmittags in dieser wunderschönen Stadt bei strahlendem Sonnenschein.

Am nächsten Morgen kam Matthias in Skikleidung zur Hütte. Er trug sein Haar etwas länger als noch vor einem Monat und hatte sich einen kleinen Bart stehen lassen. Aber mit seiner sonnengebräunten Haut und den interessanten braunen Augen war er immer noch genauso attraktiv für Katarina wie am ersten Tag ihres Zusammentreffens.

„Ich glaube, er hat nicht so einen guten Geschmack wie zum Beispiel Richard, was Klamotten angeht. Aber das finde ich nicht so wichtig, wenn dafür der Rest stimmt. Ich kann mich wunderbar mit ihm unterhalten und er scheint mich wirklich zu vergöttern. Ich weiß aber auch, dass das hier alles nicht für ewig ist. Er ist verheiratet und hat Kinder, und bisher hat sich noch keiner für mich von seiner Familie getrennt. Ich glaube einfach nicht mehr daran. Aber ich versuche unsere Zeit hier einfach zu genießen."

Gabi nickte, das war die richtige Einstellung und Zweckpessimismus war hier eher angebracht als Optimismus, und niemand wusste, wie die Sache ausgehen könnte.

Sie fuhren mit ihrem Auto hinter Matthias her, da sie in drei Tagen vom Pitztal aus direkt nach Hause fahren wollten. Gabi hatte Mühe, Matthias zu folgen, sah es aber als Herausforderung und so kamen sie mittags in der Hütte am Rande der Piste mitten im Skigebiet von Jerzens an. Sie bezogen ihre Zimmer und lernten die Hüttenwirte, Gabi und Erich, kennen, die sehr herzlich waren. Leider verstanden sie speziell den Gastwirt sehr schlecht, da er einen extremen Tiroler Dialekt sprach, und so konnte man sich nur mühselig verständigen.

Matthias hatte für die beiden Damen ein Doppelzimmer mit einem Hochbett gebucht und für sich eins mit normalem Doppelbett. Sie genossen die köstliche Küche der Hüttenwirte und saßen auf der Sonnenterrasse, nachdem sie für eine Stunde gemeinsam Ski gefahren waren. Matthias war sichtlich stolz auf die netten „Skihasen", für die er eine Menge Aufmerksamkeit erhielt, und die beiden Frauen hatten sich inzwischen an ihren neuen Spitznamen gewöhnt. Abends aßen sie gemeinsam auf der Hütte und spielten Karten.

Gegen elf wurde Gabi sichtlich müde und verabschiedete sich.

„Puh, mir ist das ungewohnte Skifahren mit den Carvingski stark in die Glieder gefahren. Ich glaub, ich streck mich schon mal aus. Deinen Geburtstag feiern wir dann morgen, okay?"

Katarina nickte, in der Hoffnung, dass sie nun gemeinsam mit Matthias in ihren Geburtstag feiern konnte, aber auch der machte sich bereit zum Gehen. Also schloss sie sich Gabi an und lag gegen halb zwölf in ihrem Bett. Irgendwie war sie durcheinander.

„Will Matthias sich womöglich schon jetzt von mir trennen, wenn er so wenig Notiz von mir nimmt?", fragte sie Gabi. Die war schon beinah eingeschlafen und beruhigte Katarina: „Der Matthias hat dich ganz doll lieb. Dessen kannst du sicher sein."

Und nur zehn Minuten später klopfte es an der Türe. Matthias stand da in seinen amerikanischen Boxershorts und gab ihr ein Zeichen, das Zimmer zu verlassen. Katarina folgte und stellte mit Verwunderung fest, dass der komplette Gang mit Kerzen geschmückt war. Die brennenden Kerzen führten zu Matthias' Zimmer. Sprachlos folgte sie der Lichterspur und betrat sein Zimmer, welches ebenfalls mit Kerzen und Blütenblättern geschmückt war. Sie hatte Tränen in den Augen. So etwas Romantisches hatte sie noch nie erlebt!

Er nahm sie in die Arme und sagte: „Ich liebe dich und danke Gott, dass er dich in mein Leben gebracht hat."

Sie versank in seinen Armen und sie küssten und

liebten sich auf den ausgestreuten Blütenblättern in seinem Doppelbett.

Als Katarina am nächsten Morgen gegen vier Uhr aufwachte, lag er neben ihr und sah sie mit seinen tiefbraunen Augen an.

„Ich möchte dich immer so betrachten können. Herzlichen Glückwunsch zum Geburtstag", sagte er und überreichte ihr ein Geschenk. Katarina konnte ihr Glück gar nicht fassen. Sie war von einem Mann, der sich kaum um sie kümmerte und von dem sie sich selbst die Geschenke kaufen musste, zu einem so lieben Romantiker gekommen. Sie freute sich über das Geschenk – egal, was es gewesen wäre, jeder x-beliebige Gegenstand wäre das schönste Geschenk ihres Lebens gewesen – und stahl sich gegen sechs Uhr morgens wieder hinüber in ihr Zimmer zu Gabi. Die schlief noch und hatte ihre Abwesenheit anscheinend kaum bemerkt. Aber natürlich hatte Matthias mit ihr sein Vorgehen bereits abgesprochen gehabt. Er hatte wirklich nichts dem Zufall überlassen und so grinste Gabi verschmitzt, als sie sich gegen acht Uhr erhob, Katarina gratulierte und kurz nachfragte, wie denn die Nacht gewesen sei.

20. Matthias (der Widder), der Mann fürs Leben?

*„Der Widder ist manchmal so dynamisch, dass er sich
und seine Liebste überholt und sie vergisst mitzunehmen. Das liegt an seiner naturgegebenen Ungeduld.
Dann kann er unbesonnen und aufbrausend sein."*
(Astrologie für Männer)

Nachdem sie noch einen perfekten Skitag mit
Matthias erlebt hatten, musste dieser in der kommenden Nacht spontan wieder zu seiner Familie
zurück, denn seine Frau war plötzlich krank geworden.
Gabi und Katarina fuhren am nächsten Morgen nach
dem Frühstück wieder nach Hause und Matthias rief
noch in Österreich an, um sich zu erkundigen, wie es
ihnen ging.

Sie hatten eine störungsfreie Rückfahrt und Matthias und Katarina telefonierten am gleichen Abend
wieder aus zwei unterschiedlichen Ländern.

Sie war sich nun aber absolut sicher, dass dieser sen-
sible und gesprächige Mann der Richtige war. Wenn er
nur nicht so weit weg gewesen wäre! Da sie selbst kein
Anhänger des „zweigleisigen Fahrens" war, musste sie
sich relativ schnell von Richard trennen. Er hatte natürlich nichts bemerkt und tat dies auch nicht in den kommenden Tagen, in denen sie täglich mehrere Stunden

mit Matthias telefonierte. Er hatte so viel zu berichten über seine Arbeit in der Natur und im Büro, über seine Vergangenheit und seine Probleme mit seiner Frau und der Familie (er war sich aufgrund des permanenten Fremdgehens seiner Frau nicht gänzlich sicher, ob er der Vater seiner Söhne war).

Eine weitere Schwierigkeit stellte die Tatsache dar, dass der Baugrund, auf dem das Haus stand, welches er mit seinen eigenen Händen aufgebaut hatte, seinem Schwiegervater gehörte. Katarina sah bereits ihre Felle schwimmen: Einerseits liebte sie diesen kräftigen Mann mit den schönen großen Händen, der ihr eine Schulter zum Anlehnen bot, die sie immer gesucht hatte, andererseits holte sie mehr und mehr ihre Vergangenheit ein, in der sie gelernt hatte, dass sich Männer mit Familienanschluss nicht trennten. Sie selbst wäre auf und davon gewesen und hätte sofort ihren Job gekündigt und in Tirol im Fremdenverkehrsgewerbe gearbeitet; sie war ja gelernte Hotelkauffrau. Aber sie wusste aus ihren zahlreichen Erfahrungen einfach, dass auch dieser Mann sich nicht trennen würde.

Mit Richard kühlte es sich immer mehr ab. Er schien dankbar dafür zu sein, da er in seinen zwei Jobs extrem eingespannt war. Aber Katarina fühlte sich in der Beziehung mit Richard zunehmend unwohl. Eines Abends fasste sie sich ein Herz und versuchte ihm klarzumachen, dass sie ihre Beziehung als beendet ansah. Als Grund gab sie seine Weigerung an, sich ernsthaft zu binden. Matthias verschwieg sie ihm. Richard schlug vor, sich erst einmal auf Zeit zu trennen.

„Ich verstehe überhaupt nicht, warum Richard nicht endgültig von mir getrennt sein will. Er hat ja wirklich nicht viel Einsatz in unserer Beziehung gezeigt", erzählte sie später ihrer inzwischen hochschwangeren Freundin Petra am Telefon.

„Er liebt dich sicherlich auf seine spezielle Art und will dich nicht komplett verlieren. Richard ist so ein Typ, der nicht ohne Frau sein kann, aber auch nicht so hundertprozentig mit. Aber warum hast du denn nicht einfach gesagt, dass du einen anderen hast?"

Katarina schluckte. „Gute Frage. Wahrscheinlich bin ich mit meinen nun sechsunddreißig Jahren einfach so verunsichert, dass ich mir möglichst alle Eisen noch im Feuer halten will. Ich finde es selbst nicht so gut, aber es besteht überhaupt keine Gefahr, dass sich Richard und Matthias begegnen. Außerdem befürchte ich sowieso, dass Matthias bald keine Lust mehr hat. Die Entfernung und seine finanzielle Gebundenheit werden das Feuer schnell erlöschen lassen."

Aber in diesem Punkt täuschte sich Katarina. Sie war frustriert, weil sie Matthias' Probleme nicht lösen konnte und sie seine langen Ausführungen am Telefon mehr und mehr anstrengten. Gabi hatte in Tirol richtigerweise festgestellt: „Wenn deutsche Männer zweitausend Worte haben, haben Tiroler Männer mindestens fünftausend Wörter!" Sie hatten kaum jemals so eloquente Männer kennengelernt wie in Österreich und waren mächtig beeindruckt. Mit der Zeit ermüdeten Katarina die allzu ausführlichen Beschreibungen der Natur und Matthias' familiärer Probleme, zumal keine

Lösung in Sicht war. Oft waren auch seine Argumente und Schilderungen ihr eher fremd und sie konnte seinen Ausführungen kaum folgen. Hinzu kam noch der Tiroler Dialekt. Sie kamen aus zwei völlig verschiedenen Welten. Er war auf dem Bauernhof aufgewachsen, hatte noch vier Geschwister und liebte die Natur und seine Berge über alles. Katarina war ein Stadtkind, kleidete sich gern modisch und teuer und liebte Kultur und alles, was die Stadt an Annehmlichkeiten bot: Kino, Restaurants, Museen etc. Oft redeten sie aneinander vorbei, aber letztendlich hielten beide krampfhaft an ihrem romantischen Gefühl fest und Matthias erkannte die Unterschiede sicherlich erst lange nach Katarina und empfand sie auch als nicht so wichtig.

Eines Abends war Katarina bei Caroline zur Geburtstagsfeier eingeladen und traf dort einige Bekannte und Kollegen. Caroline hatte als Halbspanierin ein hervorragendes spanisches Buffet mit Tortilla und Tapas vorbereitet und Katarina genoss den Abend. Da läutete ihr Handy und sie erkannte Matthias' Rufnummer. Normalerweise rief er aufgrund der unnötig hohen Kosten nicht übers Handy an. Katarina ging mit dem Telefon ins Schlafzimmer, um in Ruhe zu telefonieren.

Matthias schien sehr aufgeregt. „Ich habe es ihr gesagt. Oh Schatz, es musste einfach raus. Ich werde mich von meiner Frau trennen."

Katarina schluckte und wusste zunächst nicht, was sie sagen sollte. „Hast du dir das auch wirklich gut überlegt? Du weißt, was alles an solch einer Entscheidung hängt. Natürlich bin ich superglücklich, dass du dich trennen möchtest, aber das sollte wirklich gut überlegt sein."

„Nein. Es war schon so lange überfällig. Ich fühle mich so glücklich und frei wie schon lange nicht mehr!" Er wirkte richtig euphorisch.

Sie beendeten das Telefonat aufgrund der Kosten relativ schnell und wollten es später von zuhause weiterführen. Katarina war wie in Trance. Noch nie hatte bisher ein Mann solch einen Einsatz für sie gebracht!

Unter dem Einfluss dieser beflügelnden Energie willigte sie ein, mit Matthias nach Nepal zu reisen. Sie machte sich kaum Gedanken über den Schwierigkeitsgrad der Tour oder die politische Situation im Land. Mit Jazztanz und dem regelmäßigen Joggen hielt Matthias sie für sportlich genug, um an dem Unternehmen eines Trecks zum Himalaya teilzunehmen; wahrscheinlich war er benebelt vor lauter Liebe und Glück. Außerdem machte sie mit Antti und Marie, die sich auch zur Tour hatten überreden lassen, ab sofort regelmäßige Wanderausflüge ins hügelige Hinterland von Frankfurt.

Um die große Entfernung zu überbrücken, trafen sich Katarina und Matthias nun regelmäßig am Wochenende in München. Es gab günstige Flüge, und Arne, ein guter Freund von Matthias aus Tirol, besaß eine große Wohnung in München. Er überließ ihnen gerne übers Wochenende sein Apartment. Doch hier kamen die ersten Unstimmigkeiten auf. Katarina liebte München als Stadt, wollte shoppen gehen und die Restaurants und Sehenswürdigkeiten aufsuchen. Sie rümpfte zwischendurch mächtig die Nase, als Christian sich mitten auf einer vielbefahrenen Straße an einem Baum erleichterte.

„Das glaub ich jetzt nicht", schimpfte sie. „Konntest du nicht warten, bis wir irgendwo eine Toilette finden?!"

„Ich musste aber jetzt. Das hat doch keiner gesehen", beteuerte Matthias mit Unschuldsmiene.

Auch sein Outfit machte Katarina nicht wirklich glücklich; er trug Funktionssportschuhe und kurze Hosen, was Katarina für einen Stadtbesuch äußerst unpassend fand. Abends gingen sie nicht aus, Matthias versuchte immer irgendwo günstig einzukaufen, zu kochen und daheim vor dem Fernseher zu bleiben. Er war viel häuslicher als Katarina.

Auch der Sex war nicht wirklich harmonisch. Katarina hielt sich nicht für sehr anspruchsvoll, aber bei Matthias artete der Beischlaf immer mehr in eine sportliche Rammelei aus, bei der sie immer öfter den Orgasmus simulierte, damit er endlich aufhörte. Für ihn selbst gab es kaum eine Befriedigung, das hatte er im Laufe seiner unbefriedigenden Ehejahre verlernt, erklärte er Katarina. Vieles wischte sie weg und sagte sich, dass man sich schon im Laufe der Zeit aneinander anpassen und gewöhnen würde, aber seine Kleidung und seine Sparsamkeit gaben ihnen immer wieder Anlass zum Streit.

Eines Morgens schockte er sie damit, dass er sich aus rein praktischer Erwägung einfach die Haare auf dem Kopf abrasierte, weil doch jetzt Sommer war. Katarina versuchte ihre Fassung wiederzugewinnen und überlegte sich, ob dies tatsächlich der Mann ihrer Träume sein sollte, mit dem sie den Rest ihres Lebens verbringen würde.

Die Zeit bis zu ihrer Abfahrt nach Nepal verging wie im Fluge. Sie hatten noch einmal in Tirol das Berggehen geübt, wobei Katarina bemerkte, dass sie arge Probleme mit dem Bergab-Gehen hatte und Knieschmerzen bekam. Und dann saßen sie auch schon mit ihrer österreichischen Reisegruppe im Flieger der Austrian Airlines auf dem Weg nach Katmandu.

Hier ging es nicht um stilvolles Aussehen, sondern um praktische funktionelle Ausrüstung, das wusste Katarina. Aber was Matthias alles in ihrem schönen Hotelzimmer des Hyatt Hotels in Nepals Hauptstadt auspackte und womit er den Raum komplett füllte, ließ sie erstarren. Seine Anziehsachen ließ er in der Tasche vor sich hin knuddeln und packte sein komplettes Überlebenspaket aus. Das Zimmer des Fünf-Sterne-Hotels war gefüllt mit Taschenmessern und -lampen, mit Pflastern und Verbänden, Socken, Schuhen und Berglampen.

„Hängst du deine Sachen nicht auf, Schatz?", fragte Katarina, die wieder einmal schwer um Fassung rang.

„Och, die sind eh geknickt. Ist nicht so schlimm."

„Aber dafür ist doch der Kleiderschrank da und wir gehen doch erst in einigen Tagen auf den Treck."

„Ich weiß, aber ich muss alle Sachen hier um mich haben, damit ich auch weiß, dass ich nichts vergessen habe."

Damit war das Thema beendet und nur Katarinas Sachen füllten den schönen großen Kleiderschrank des Hotelzimmers. Sie genoss die schöne Atmosphäre und das gute Essen dort und liebte die Ausflüge zu den Tempeln und anderen Sehenswürdigkeiten rund um die Hauptstadt Nepals.

Nachdem man sich zur Änderung des Trecks entschlossen hatte, weil der Flughafen an der Mount-Everest-Basisstation aufgrund des schlechten Wetters geschlossen war, fuhr die 15-köpfige Reisegruppe nun in einem Bus auf einer anderen Tour in Richtung des Himalaya-Massivs. Nach einer achtstündigen Fahrt in einem ruckeligen Reisebus ohne Hydraulik und Dämpfung kamen sie in einer so armseligen Behausung an, wie Katarina noch nie in ihrem Leben eine gesehen hatte. Es gab hier keine Straße und die Häuser des Dorfes waren lediglich mit Waschbeton und Holz ausgeschmückt. Als sie in ihrem Zimmer von einer untertellergroßen Spinne mit haarigen Beinen an der Wand begrüßt wurde, wusste sie tatsächlich, worauf sie sich eingelassen hatte. Matthias wollte die Spinne über ihrem gemeinsamen Schlafplatz hängen lassen und nur auf Katarinas schweren Protest und unter Androhung des Übernachtens auf dem Flur entfernte er sie und sie konnten ihre Schlafsäcke ausbreiten. Alles war feucht und schmutzig; die Menschen waren freundlich, aber Katarina fand es eher seltsam, sich auf dem Flur in einem vor Schmutz starrenden Waschbecken in aller Öffentlichkeit die Zähne putzen zu müssen.

„Feucht und schmutzig", das war das Motto der nächsten sechs Tage, so lange, wie der Treck dauerte, der die zwanzigköpfige Reisegruppe inklusive Trägern auf bis maximal viertausendachthundert Meter Höhe über dem Meeresspiegel bringen sollte. Es gab keinen Strom und natürlich auch kein warmes Wasser in dieser Höhe und alle rochen nach gewisser Zeit irgendwie gleich. Katarina hatte relativ wenig Probleme mit dem Aufstieg, umso mehr aber damit, dass Matthias nie bei ihr war, sondern immer wie ein aufgekratztes Kaninchen rauchenderweise von vorne nach hinten den Treck umkreiste. Über zu viel Sex in Schlafsäcken in Verschlägen, wo jedes Geräusch hörbar war, brauchte sie sich auch nicht zu beschweren. Er fand einfach nicht statt. Man war abends nach einer wirklich guten Mahlzeit, die die Einheimischen auch ohne Elektrizität zu zaubern verstanden, auch einfach nur müde, machte eine letzte Runde mit Berglampe auf dem Kopf in Richtung Loch im Boden und fiel dann in einen traumlosen Schlaf.

Marie und Antti hatten bereits beim Aufstieg jeder fast fünf Kilo Gewicht verloren, für Katarina begann die schlimmste Zeit mit dem Abstieg: Es gab keine festen Wege, sondern sie stiegen nur über Geröll und Bergspalten hinweg. Katarina hatte durch falsche Belastung beim Abstieg fürchterliche Knieschmerzen und verfolgte die Gruppe nur langsam und leise vor sich hin schluchzend. Matthias versuchte ihr zu helfen, aber er konnte sich nicht in sie hineinversetzen, da er in den Bergen aufgewachsen war und nicht verstand, warum sie die Füße so unsicher setzte und dabei so viel Belastung auf die Knie lenkte.

Nach sieben Tagen und um viele Erfahrungen reicher erreichten sie wieder die Zivilisation. Sie machten noch einen Ausflug mit einem Kleinflugzeug in einen Nationalpark an der Grenze zu Indien und flogen weitere fünf Tage später über Wien, wo sie sich von den Innsbruckern trennten, nach Düsseldorf zurück.

Richard holte Katarina überraschenderweise vom Flughafen ab.

„Wow, du bist ja richtig schön braun geworden!" Er war sichtlich erfreut, sie wiederzusehen. Katarina freute sich auch, vor allem wieder in der Zivilisation mit einem gutgekleideten Mann angekommen zu sein. Er lud sie zum Lieblings-Italiener ein und sie genoss es in vollen Zügen.

„Bin ich wirklich so oberflächlich?", fragte sie später Caroline, die beide Männer inzwischen kannte. „Matthias ist ein so guter Typ, aber ich komme einfach nicht über seine Unordentlichkeit, die Sparsamkeit und den fehlenden Stil hinweg."

„Tja, das alles hat Richard, aber dafür hast du ihn nie ganz für dich."

„Ich weiß inzwischen gar nicht mehr so genau, wen ich noch für mich habe. Auch Matthias hat unsere Unterschiede inzwischen bemerkt."

Matthias aber war mehr mit seiner Trennung beschäftigt, als dass er sich große Sorgen um ihre gemeinsame Zukunft hätte machen können. Sein Schwiegervater, der als Rechtsanwalt arbeitete, setzte alle Hebel in Bewegung, um Matthias finanziell mit der Scheidung zu ruinieren, und seine Frau versuchte ihn wieder für sich zu gewinnen. Nur zu gern willigte er in Katarinas Vorschlag ein, ihm im November ihre Lieblingsstadt Rom zu zeigen. Er brauchte dringend Tapetenwechsel, raus aus den vielen Problemen, die ihn umgaben.

Sie hatte mehr oder weniger blind eine Unterkunft gebucht und die Flüge als Schnäppchen bekommen. Matthias war ein wunderbarer Reisebegleiter, weil er gut vorbereitet, neugierig und offen für alle Sehenswürdigkeiten und die begleitenden Geschichten war. Und da hatte Rom bekanntlich einiges zu bieten. Sie verbrachten eine wunderbare gemeinsame Zeit, aßen in guten einheimischen Restaurants und sahen in einer Woche so gut wie alles Wichtige, was Rom so zu bieten hat. Katarina war bereits zum dritten Mal in Rom und kannte sich gut aus. Sie mussten sich daher auch nicht mit Shoppen aufhalten, sondern konnten sich in gemeinsamen Interessen üben. So hatten sie auch seit Langem wieder richtig guten Sex und Katarina fiel nur kurz danach siedend heiß ein, dass sie aufgrund von vielen Geschäftsreisen nach Übersee in letzter Zeit die Pille nicht mehr so regelmäßig wie sonst eingenommen hatte. Matthias schien sich darüber keine Gedanken zu machen, fragte nie und überließ das Thema komplett ihr.

Nach der Romreise war allerdings die schöne Zeit für Matthias und Katarina vorbei. Sie hatte viel im Büro zu tun, er kümmerte sich um seine Scheidung und wohnte inzwischen wieder bei seiner Mutter in Innsbruck. Katarina hörte immer nur Matthias' Klagen am Telefon und es schien ihr fast, als wolle er aufgeben. Parallel dazu war Richard, seit sie aus Nepal zurück war, wieder sehr interessiert an ihr und sie genoss seine Komplimente und die gemeinsamen Abendessen und geheimen Treffen bei ihm im Büro. Matthias war mit seinen Problemen und als Person in den nächsten Wochen so weit weg von ihr. Er konnte auch von seiner Mutter aus, die seine Liaison mit einer Deutschen absolut missbilligte, nicht mehr so häufig und ausgedehnt anrufen, was Katarina entgegenkam. Sie hatte nun zwei „Halbzeitmänner", einen sensiblen für lange Gespräche am Telefon und für romantische Mails, und den anderen für die körperliche Zärtlichkeit, die sie im kalten Winter brauchte, und für romantische Abendessen und Kinoabende, wie man sie in der Stadt so liebte.

„Aber ich tendiere im Moment tatsächlich wieder mehr zu Richard", gestand sie Petra, die inzwischen einen kleinen Jungen entbunden hatte. „Der passt einfach besser zu mir. Zwar ist er immer sehr beschäftigt, aber er gibt sich Mühe und er ist hier in meiner Nähe. Matthias wird nie seine Berge und seinen Beruf aufgeben. Es wäre auch nicht möglich, selbst wenn er es wollen würde. Inzwischen läuft mein Job hier so gut, dass ich auch nicht alles stehen und liegen lassen möchte, um zu ihm nach Innsbruck zu ziehen. Außerdem wohnt er grad wieder bei Mutti und sucht seit Monaten eine Eigentumswohnung."

Als Nächstes waren Katarina und Matthias erst wieder für den zweiten Weihnachtstag verabredet. Sie konnten bei einer Verwandten von Gernot unterschlüpfen. Katarina versuchte die Vorweihnachtszeit mit viel Arbeit und Treffen mit ihren Freunden auch ohne festen Freund zu überbrücken.

„Warum achtet man eigentlich in diesen blöden vier Wochen vor Weihnachten immer ganz besonders auf die verliebten Paare, wenn man durch die Stadt geht?", fragte sie bei einem Martinsgansessen eines Abends Michaela, mit der sie sich noch ab und zu traf.

„Tja, dann wird es kalt und es wird dir besonders bewusst, wenn du keinen Mann bei dir hast, mit dem du kuscheln kannst. Aber sei dir sicher, es ist auch da nicht alles Gold, was glänzt. Viele haben in ihrer Partnerschaft nur ganz wenige solcher kurzen Momente, und das war's dann auch."

Katarina verließ die Veranstaltung früher, weil sie sich – vermutlich nach dem ungewohnten Genuss von zu viel Rotkohl – nicht wohl fühlte.

Am nächsten Wochenende verabredete sie sich mit Richard in Frankfurt auf dem Weihnachtsmarkt und traf dort zufällig ihre Mutter.

„Das ist aber ein netter junger Mann. Wäre der nicht eher was für dich als dieser Tiroler?", fragte ihre Mutter, als Richard gerade zum Glühweinstand unterwegs war.

„Du kennst ihn doch gar nicht, Mama, und nur weil dir jemand einen Glühwein ausgibt, ist er noch lange keine Seele von Mensch", antwortete Katarina schnippisch.

Die Woche über hatte Katarina einige Geschäftsessen und musste zweimal die Arbeit verlassen, weil sie sich so schlecht fühlte.

„Irgendwas zwischen Unterleibsschmerzen und

Unterbauchdrücken. Vielleicht bin ich jetzt noch allergisch gegen Kohl", erklärte sie ihrer Kollegin.

„Blähungen sind durchaus üblich, wenn du Kohl nicht so gut verträgst", bestätigte diese die Theorie. Trotzdem machte Katarina einen Termin beim Gynäkologen noch vor Weihnachten, da sie in den letzten Jahren Probleme mit Zysten gehabt hatte und fühlte, dass irgendwas mit ihrem Körper nicht in Ordnung war. Sie bekam noch einen Termin zwei Tage vor Weihnachten.

Der Arzt war ein vertrauenerweckender älterer Herr mit Vollbart, der sich immer sehr viel Zeit für seine Patientinnen nahm. Er fragte nach ihrer letzten Periode.

„Oh, das weiß ich gar nicht so genau. Ich bin in letzter Zeit viel gereist mit Zeitverschiebungen und da habe ich auch öfter mal die Pille vergessen."

„Na ja, dann lassen Sie uns mal per Ultraschall sehen, ob wir die Werte ergänzen können", sagte der Arzt und bat sie, sich zu entkleiden und auf dem Gynäkologenstuhl Platz zu nehmen. Katarina erkannte wie immer nichts auf dem Ultraschallbild, aber der Arzt sagte kurzerhand: „Es ist gut, dass Sie sitzen, weil ich weiß, dass dies nicht unbedingt Ihren kurzfristigen Wünschen entspricht. Aber ich kann hier ganz klar einen kleinen Embryo erkennen. Katarina, Sie sind schwanger."

Katarinas Gesichtsausdruck war wohl so entgeistert, dass der Arzt ihr gleich ein gutes Buch zur Vorbereitung auf das Thema *Schwangerschaft und Geburt* empfahl. Sie ging wie in Trance nach Hause und wusste nicht, ob sie lachen oder weinen sollte.

Als sie in ihrer Wohnung ankam, rief gerade ihre Freundin Marion aus Osnabrück an. Sie hatte selbst bereits zwei Kinder und das erste war auch nicht wirklich mit viel Bedenkzeit für ihren jetzigen Mann gekommen. Daher hatte sie viel Verständnis für Katarinas Gemütszustand.

„Versuch einfach mal daran zu denken, dass du immer gern ein Kind wolltest. Du bist ein so selbstständiger Mensch, dass du es auch allein schaffen kannst, selbst wenn du noch nicht verheiratet bist."

Und plötzlich konnte sich Katarina über die Nachricht richtig freuen. Letztendlich war es ein Wunder und vielleicht nahm ihr Leben jetzt doch noch eine gute Wendung ...

21. Wie geht das Leben weiter? – ohne Mann und mit Kind

Als Nächstes rief sie ihre Mutter an, die weniger beruhigend antwortete: „Sag mal, weißt du eigentlich, was du dir mit dem Kind antust? Es ging dir doch gut. Du hattest einen guten Job und nette Freunde. Warum bindest du dir jetzt ein Kind ans Bein? Na, dann schau mal, wie du damit allein klarkommst!"

Mit solch einer niederschmetternden Antwort ihrer Mutter hatte Katarina nicht gerechnet. Diese hatte erst vor erst drei Monaten ihren aktuellen Ehemann durch Krebs verloren. Sie hatte gehofft, dass die Mutter nun ein weiteres Enkelkind als neue Lebensquelle sehen und sich darüber freuen würde. Stattdessen war sie wieder einmal völlig unsensibel von ihrer Mutter abgekanzelt worden.

Eine völlig andere Erfahrung machte sie bei ihrer Schwester. Katarina war, wie immer an Heiligabend, bei ihrer Schwester Nadine zusammen mit ihrem Vater zum Abendessen eingeladen; ihre beiden Nichten waren natürlich auch dabei. Als sie zum Dessert die frohe Nachricht verkündete, war ihre Schwester komplett aus dem Häuschen.

„Oh, was für eine wunderbare Nachricht! Endlich wieder ein neues Baby in der Familie. Ich freue mich so!"

Der Schwager bot sich gleich an, eine Wickelkommode zu zimmern, und ihre Nichte Ilka wollte all ihre Stofftiere und ihre Duplo-Steine für das neue Kinderzimmer spenden. Die beiden Schwestern beschlossen noch an diesem Abend, dass Nadine die Patentante für Sebastian werden sollte.

Am zweiten Weihnachtstag fuhr sie bei Schneetreiben nach Tirol, das war sie inzwischen gewöhnt. In den frühen Morgenstunden traf sie bei der genannten Adresse von Gernots Cousine Barbara ein und wurde freundlich empfangen.

Gernot kam später vorbei, holte sie ab und fuhr mit ihr ins Innsbrucker Café Sacher, das sie so sehr liebte. Er erzählte von den Problemen, die Matthias im Moment hatte, und dass sein Schwiegervater ihn finanziell bis auf die Unterhosen ausziehen wollte. „Er hat doch tatsächlich Matthias, der mindestens fünfzig Prozent seiner Arbeitsstunden ins Haus investiert hat, angeboten, mit einer Nullnummer rauszukommen, da ihm das Grundstück, auf dem das Haus steht, gehört. Dafür würde er dann für die Altersvorsorge der beiden Jungen aufkommen."

„Das wird sich Matthias doch wohl hoffentlich nicht gefallen lassen", sagte Katarina, die nun auch die finanzielle Verantwortung für sich und ihr Kind fühlte, unsicher.

„Er war eine Zeitlang kurz davor, aber inzwischen hat er sich auch Rechtsbeistand genommen und seine Ansprüche geltend gemacht. Er muss natürlich Unterhalt für die Kinder bezahlen, hat aber auch finanziellen

Anspruch aufs Haus, wenn seine Frau mit den Kindern dort wohnen bleibt und es in den Besitz des Schwiegervaters übergeht."

Matthias kam leicht geduckt ins Café Sacher und begrüßte Katarina nur kurz.

„Müsst ihr euch eigentlich immer an den vollsten Plätzen in Innsbruck treffen? Hier kennt mich bestimmt der ein oder andere."

Katarina schaute verdutzt.

„Hier in Tirol geht es bei der Scheidung noch nach der Schuldfrage und wenn die Leute mich schon vor der Scheidung mit einer anderen Frau sehen, lässt mich das eventuell vor Gericht in einem schlechten Licht dastehen."

Katarina schluckte. Wenn dieser Mann bereits jetzt nicht zu ihr stand, wie sollte es sein, wenn sie ihm seine Vaterschaft mitteilte? Sie wartete damit noch ein paar Tage und verbrachte zunächst ein paar schöne Skitage mit Matthias. Dann kam er mit der frohen Botschaft, dass nun seine Scheidung rechtskräftig sei und dass er sie auch bald seiner Mutter vorstellen wolle.

„Das ist eine gute Nachricht", sagte Katarina und schluckte eine Fluor-Tablette, die sie in der Schwangerschaft nehmen musste. „Ich habe auch eine Neuigkeit, wobei ich nicht genau weiß, ob sie gut oder schlecht für dich ist." Sie holte tief Luft und machte eine Atempause: „Ich bin schwanger."

Matthias saß nur da und brauchte einige Minuten, bis er wieder Worte fand: „Wow, natürlich freue ich mich. Aber ich dachte, ich könnte nun endlich ein Leben ohne Verpflichtungen beginnen und mit dir ein schönes Leben genießen. Weißt du, Kinder bedeuten auch immer jede Menge Unannehmlichkeiten. Mal ganz davon abgesehen, was ich bereits jetzt finanziell für meine beiden bestehenden Kinder zu leisten habe. Große Sprünge kann ich da nicht mehr machen."

„Matthias, du kennst mich doch gut genug und weißt, dass ich dir mit dem Kind nicht auf der Tasche liegen werde. Ich möchte nur von dir wissen, ob du es akzeptierst und wir es gemeinsam aufziehen wollen, wie auch immer, wo auch immer!" Sie schaute ihn hoffnungsvoll mit ihren großen blauen Augen an. Es verging wieder einige Zeit, aber Katarina blieb ruhig.

„Was ist die Alternative? Es abtreiben lassen. Das würde ich niemals akzeptieren. Also schaun mer mal, wie wir dieses Kind der Liebe aufgezogen bekommen."

Gleich am nächsten Tag machte sich Matthias einen Termin in der Klinik und ließ sich sterilisieren.

Katarina war klar, dass sie den größten Teil der Versorgung ihres Kindes würde leisten müssen, aber sie war ein starker Mensch und so erfüllt von Liebe und Freude auf dieses neue Wesen, das in ihrem Bauch heranwuchs, dass sie sich gleich bei ihrer Heimkehr daranmachte, alle Möglichkeiten für sich und das Kind auszuschöpfen. In den kommenden Wochen sprach sie mit ihren Freunden über die Schwangerschaft, dann auch irgendwann mit ihrem Arbeitgeber, der ihr sofort eine Heimarbeitsstelle anbot. Sie bekam von Freunden Unterstützung und Mobiliar, ihre Schwester war in jeder freien Minute da und half, wo sie nur konnte.

Richard hatte sie die Nachricht nur schweren Herzens mitgeteilt, aber er sollte einer der Ersten sein, der es erfuhr. Da sie ihn nicht mit der ganzen Wahrheit konfrontieren wollte, erwähnte sie Matthias nur als Bekanntschaft aus der Nepalzeit und nicht als eine bereits mehrere Monate dauernde Beziehung.

Richard ließ sich seinen Schock nicht anmerken und bot Katarina an, trotzdem mit ihr zusammenzubleiben und sie zu unterstützen.

„Warte erst noch mal ab und lass dir die Sache durch den Kopf gehen. Ich weiß nicht, ob du mit einem fremden Kind glücklich werden könntest", beteuerte Katarina.

Und nach circa einer Woche schrieb er ihr aus China eine E-Mail, in der er einen Rückzieher machte. Er habe es sich noch einmal überlegt und könne und wolle nicht das Kind eines anderen großziehen, da er ja auch schon zwei eigene Kinder habe.

Katarina war nicht traurig über Richards Entscheidung. Sie hätte sich ihn auch nicht wirklich als Hilfe beim Aufziehen von Kindern oder bei einer Geburt vorstellen können!

Der Frauenabend löste sich langsam aber sicher auf, da sich die Gesprächsthemen der Frauen mit und ohne Kinder so komplett unterschieden, dass man auch zwei getrennte Gesprächsrunden hätte machen können. Es war einfach keine Übereinstimmung in der Lebensrealität der vier Frauen mehr vorhanden. Katarina hoffte inständig, dass sich dies wieder ändern würde, da auch nach der Geburt von Sebastian für sie vieles gleich bliebe. Und sie war auch einfach nicht der Typ Frau, der sich nur über Windeln und die Pupser ihres Kindes unterhielt. Das Leben ging weiter, sie würde mit Computerarbeit von zu Hause aus ihren Lebensunterhalt verdienen müssen. Die Eigentumswohnung hatte hohe Belastungen, aber zum jetzigen Zeitpunkt noch umzuziehen wäre eine noch größere Belastung für Katarina gewesen.

Sie richtete das Kinderzimmer ein und renovierte es und freute sich die meiste Zeit allein auf dieses noch fremde Wesen, das in ihrem Bauch heranwuchs. Ein neues Leben begann und sie war auf ihrer Suche nach dem perfekten Mann lediglich an Erfahrungen und um ein kleines Wunder reicher geworden.

Auch war sie zu der Erkenntnis gekommen, dass den richtigen Mann zu finden wohl sehr, sehr viel Geduld brauchte, aber auch ein riesiges Quantum Glück – und das war halt nicht jedem hold.

Kurzübersicht über die Eigenschaften der männlichen Sternzeichen

1. Widder (21. März – 20. April)
    Positive Eigenschaften: elektrisierend und mitrei-
    ßend, extrem dynamisch, optimistisch, idealis-
    tisch und überzeugend , romantisch und leiden-
    schaftlich, ehrgeizig
    Negative Eigenschaften: unsensibel, sehr ungedul-
    dig, überholt sich gern selbst, unbesonnen, kom-
    pliziert, aufbrausend

2. Stier (21. April – 21. Mai)
    Positiv: großzügig, warmherzig, geradlinig, ruhig
    und praktisch, vernünftig und besonnen, ehrlich,
    unkompliziert
    Negativ: bestimmend, rasend (wenn er in Wut
    gerät), unflexibel, eher passiv in Beziehungen

3. Zwilling (22. Mai – 21. Juni)
    Positiv: anpassungsfähig, unkompliziert, char-
    mant, fantasievoll, treu, humorvoll, spontan
    Negativ: unberechenbar und ruhelos, wankelmü-
    tig, unehrlich, disziplinlos

4. Krebs (22. Juni – 23. Juli)
   Positiv: einfühlsam und gefühlvoll (guter Ge-
   sprächs- und Lebenspartner), liebt sein Nest
   Negativ: labil, besitzergreifend, empfindlich, reiz-
   bar, antriebslos und wenig ehrgeizig

5. Löwe (24. Juli – 23. August)
   Positiv: großzügig, warmherzig, mutig, praktisch,
   offen, liebenswürdig
   Negativ: unsensibel, herrisch und bestimmend
   (autoritär), egozentrisch, taktlos, eitel

6. Jungfrau (24. August – 23. September)
   Positiv: ehrlich, zuverlässig, ordentlich, beschei-
   den
   Negativ: launisch, pedantisch, nörglerisch, sorgen-
   voll

7. Waage (24. September – 23. Oktober)
   Positiv: gutmütig, aufrichtig, diplomatisch, liebenswert, gerecht, ausgeglichen
   Negativ: unentschlossen, störrisch, wenig selbst-
   bewusst, faul, eitel

8. Skorpion (24. Oktober – 22. November)
   Positiv: leidenschaftlich, zuverlässig, entschlossen,
   kreativ
   Negativ: nachtragend, rachsüchtig, eifersüchtig,
   rücksichtslos, gefährlich, vorsichtig

9. Schütze (23. November – 21. Dezember)
    Positiv: freundlich, spontan, geduldig, ausdauernd, diszipliniert, großzügig
    Negativ: verschwenderisch, taktlos, überheblich, chaotisch

10. Steinbock (22. Dezember – 20. Januar)
    Positiv: besonnen, treu, ehrgeizig, fleißig, realistisch, vernünftig
    Negativ: pessimistisch, ängstlich, gehemmt, geizig, verschlossen

11. Wassermann (21. Januar – 19. Februar)
    Positiv: menschenfreundlich, freiheitsliebend, loyal, zuverlässig, offen, tolerant
    Negativ: wankelmütig, kühl, stur, launisch, wenig flexibel, oberflächlich

12. Fisch (20. Februar – 20. März)
    Positiv: sensibel, hilfsbereit, verständnisvoll, verträumt, großzügig, verlässlich, fröhlich
    Negativ: naiv, disziplinlos, launisch, passiv, Selbstmitleid, nicht entscheidungsfreudig